连环罪 4

——迷雾之城——

墨绿青苔/著

天津出版传媒集团
天津人民出版社

图书在版编目（CIP）数据

连环罪 . 4, 迷雾之城 / 墨绿青苔著 . -- 天津 : 天津人民出版社 , 2018.8
ISBN 978-7-201-13542-7

Ⅰ . ①连… Ⅱ . ①墨… Ⅲ . ①长篇小说 – 中国 – 当代
Ⅳ . ① I247.5

中国版本图书馆 CIP 数据核字 (2018) 第 155942 号

连环罪 . 4, 迷雾之城
LIAN HUAN ZUI 4 MI WU ZHI CHENG
墨绿青苔 著

出　　版　天津人民出版社
出 版 人　黄　沛
地　　址　天津市和平区西康路 35 号康岳大厦
邮政编码　300051
邮购电话　（022）2332469
网　　址　http://www.tjrmcbs.com
电子信箱　tjrmcbs@123.com

责任编辑　章　赪
封面设计　王　鑫

制版印刷　北京雁林吉兆印刷有限公司
经　　销　新华书店
开　　本　787 × 1092 毫米　1/16
印　　张　17
字　　数　197 千字
版次印次　2018 年 8 月第 1 版　2018 年 8 月第 1 次印刷
定　　价　39.80 元

目录

第一章 诡异失踪

王小虎急急忙忙地去了欧阳双杰的办公室。

“花岩区又发生了一起人口失踪案。这三个月来已经发生六起女性失踪的案件了。我觉得这几起女性失踪案并不那么简单。”

欧阳双杰望向王小虎。

“失踪的六名女性有一个共同点，都是属蛇的。”

欧阳双杰听了王小虎的话之后，愣了一下。人口失踪案常有发生，但三个月里失踪的六名女性都是同一属相，确实有些不正常。

欧阳双杰淡淡地说道：“没有这样的巧合。我们去找下冯局，把这个发现和他说一下。”

欧阳双杰和王小虎一道去了冯开林的办公室，把王小虎的发现说了一遍。

冯开林听完以后脸色一正：“我觉得你们应该介入这几个案子的调查。刚才樊新说花岩区又报了一起失踪案，这个案子刘希成在办。小虎，你赶紧和刘希成联系一下，确定失踪者是不是也是属蛇的！另外，你们盯紧一点下面有没有发现女尸什么的，如果这些女性不是单纯的失踪，那很可能已经被谋害了。”

从冯开林的办公室出来，欧阳双杰让王小虎把邢娜、王冲、许霖和谢欣找来，连他和王小虎在内六个人，分成两组，对六个区七起失踪案进行秘密调查。几个人就在欧阳双杰的办公室里开了一个碰头会，明确了区域和分工。

贾老二喜欢钓鱼，每到周末都会去红花湖垂钓。红花湖在林城的北郊，比较偏僻，平日里几乎没什么人去。

又是一个周末，贾老二和往常一样吃过早饭就骑着摩托来到红花湖。他在湖边架起了鱼竿，掏出烟点上，望着水面。

很快鱼漂就动了，贾老二赶紧伸手去拿鱼竿。可待看清楚钩住的是什么的时候，贾老二吓了一跳，手一松，那东西就又沉入了湖里，他惊恐地望着水面，脸色也变得非常难看："好像是颗人头！"

"欧阳，半小时前接警中心接到报案，一名垂钓者在红花湖发现了一颗女性人头，当地派出所已经出警，现在正安排人打捞。我已经请小河区局的人赶去了，先确认一下死者的身份。"

欧阳双杰说道："知道了，有消息第一时间告诉我。"

大约两个小时后，王小虎的电话又打了过来："欧阳，已经确认了，死者是七个失踪女人中的一个，叫廖小茹，二十一岁，小河区田坝镇望垄村人，在城里打工，是零乱夜总会的包房公主。区公安局对红花湖进行了大面积的打捞，除了那个人头，没有其他的发现。"

欧阳双杰听完皱起眉头，杀人弃尸案，可是尸体却不完整，只有一个人头。莫非凶手是分了几个地方抛尸吗？他说道："这样，请区局对辖区内一些有可能成为抛尸地点的地方进行排查，看看能不能有进一步的发现。"

欧阳双杰决定马上成立专案组，对此事进行彻查。

零乱夜总会的名字让人有一种怪怪的感觉，可是欧阳双杰知道这家夜总会的经营很正规，老板叫胡之凯，曾经是林城第一职高的副校长。

胡之凯是个文人，而"零乱"的名字还是源自诗仙李白的一句诗：我歌月徘徊，我舞影零乱。他是想表现出夜总会里大家起舞时灯光将身影弄得零乱的意境。可是这名字却让很多人产生了歧义，觉得这个夜总会里很乱。事实上胡之凯对自己手下的人约束很严，黄赌毒在他的场子里是不能出现的。

对于欧阳双杰的到来胡之凯并不感到惊讶，因为之前区局刑警队的人就已经来过一次。

坐下之后，没等欧阳双杰开口，胡之凯就先说道："你们是为了廖小茹的事情吧？"

欧阳双杰点了点头："廖小茹的案子目前由我们市局接手，所以还请胡总能够多协助配合。"

"欧阳，我们认识也有几年了，只要我能够做到的你尽管开口。"

"听说最初向警方报警说廖小茹失踪的不是她的家人，而是你们夜总会？"

胡之凯说确实是这样，廖小茹接连几天没来上班，电话也打不通。夜总会里的一个和她同村的叫许丽丽的女孩儿试着联系她的家人，确定她没有回过家。因为廖小茹平时的表现很好，加上她的社会关系不复杂，按说廖小茹不应该就这样不辞而别。公司的人事部经理觉得这事情有些蹊跷，就向胡之凯进行了汇报。

胡之凯听了也觉得不对劲，就让人事部报了警。

"你们公司有员工宿舍吗？"邢娜问道。

"有，因为有部分员工不是本地人，公司就在距离夜总会不远的桂树湾小区租了几套房子给他们做宿舍，这笔费用大头儿由公司承担，员工只是象征性地付一些。不过公司并不强制要求员工住在宿舍里，廖小茹就没有住在公司安排的宿舍。"

"可是据我们所知，廖小茹好像并没有谈男朋友。"邢娜皱起了眉头。

"公司提供宿舍，他们有在外租房子居住的自由。至于他们想自己租房住的原因那就多了，谈恋爱只是其中之一。"

欧阳双杰笑了笑："我建议找她那个同乡了解一下。"

欧阳双杰和邢娜找到了廖小茹的那个同乡，是一个秀气的女孩儿，叫许丽丽。他们是在胡之凯为员工提供的员工宿舍里见的面。这是一个小两居的房子，两室一厅，一个房间住两个人。

同宿舍的其他三人都是廖小茹在"零乱"的同事。四个女生加上欧阳双杰和邢娜六个人就坐在客厅的沙发上。经许丽丽介绍，她的三个室友分别叫伍燕寒、罗兰和李彤。

"丽丽，听说你和廖小茹是同村的？"

"嗯，我们是一个村的人，还是小学同学。"

邢娜问道："对于廖小茹这个人，你怎么看？"

许丽丽说她与廖小茹是同乡，一起到市里打工，彼此也很照应，不过廖小茹的性格有些孤僻，平时话不多。

伍燕寒也说道：“小茹人不坏，就是不太合群。我们和她说话，她常常也只是听，非得要她回答，她也就只是笑笑。”

“刚认识她的时候还以为她这是傲气，后来接触多了才发现她对人还不错，就是不喜欢多啰唆。”罗兰补了一句，李彤在一旁点了点头。

邢娜望了欧阳双杰一眼，欧阳双杰微笑着问许丽丽：“按说像廖小茹这样不喜欢与人沟通的人，做服务行业能行吗？”

“刚开始的时候客人偶有投诉，可是后来一些熟客知道她就是那样子，做事情倒很认真细致。我们的客人大都有教养，不会刻意刁难她。”

欧阳双杰说道：“对廖小茹的家庭你应该很了解吧？”

提到廖小茹的家庭，许丽丽脸上的笑容消失了。她说其实廖小茹家里挺不容易的。她奶奶瘫痪在床，母亲身子弱，干不了太多的活儿。家里的活儿大多是她的父亲在做。廖小茹在家里是老三，一个哥，一个姐，姐已经嫁人了，哥哥在外地打工。廖小茹读完初中就没有再上学，先是在家里帮着父亲做些农活儿。他父亲好酒贪杯，一喝醉了就拿廖小茹和她母亲撒气。

虽说她哥哥在外面打工，可是从来没有给家里寄过钱。她哥哥甚至两年没有回黔州了，说是要在外面干出一番事业。一次廖小茹被父亲打得狠了，她母亲就劝她离开家，到城里找份工作。廖小茹起先不愿意，她不放心自己的母亲。但后来她母亲又劝说两次，才下了决心到城里来的。

在城里廖小茹遇到了许丽丽，就跟她到“零乱”来了。许丽丽说现在像这样相对“干净”的娱乐场所已经很少了，而且老板也不错。廖小茹在夜总会先是做服务员，因为人长得还不错，加上本身也很勤快，就让她做了包房公主。相对来说轻松多了，工作不累，有时候还能够拿些小费。

廖小茹是个很节俭的女孩儿，除了留下必要的生活费外，把其他的钱都寄回了家。她说她能够减轻一点父亲的负担。

“廖小茹为什么不住在公司安排的宿舍里呢？”

许丽丽摇了摇头：“我也不太清楚，我问过她，可是她不说。”

“她有男朋友吗？”

许丽丽看了看她的三个室友，摇了摇头。大家都说从来没有听廖小茹提起过，也从没见过她和哪个男生在一起。

"除了你，她有没有提起过自己有其他的什么朋友？"

许丽丽还是摇了摇头。欧阳双杰问许丽丽，有没有去过廖小茹在林城的住处。

许丽丽说廖小茹刚到林城的时候其实也是住在宿舍的，是从去年搬出去的。反正她搬走的时候感觉神神秘秘的，问她她什么都不说。

"那她住的地方有没有告诉过你们？"邢娜问道。

许丽丽说在杏山路的天宝家园。这和区局调查的结果一样，廖小茹的住处正是杏山路的天宝家园，九栋三单元十八楼。

"我也觉得很好奇，杏山路的天宝家园我虽然不太清楚。但十八楼那可是电梯房呢，租金肯定不便宜。我怀疑她是不是傍上什么大款了，像她那样有点姿色的人，想找一个长期的饭票倒也不难。"

"廖小茹在失踪之前有没有什么反常的？"欧阳双杰望着许丽丽，很慎重地说道。

许丽丽很认真地想了想："她原本就是一个不善沟通的人，什么事情她都闷在心里，甚至脸上也不会流露出来。"

"对了，有一件事情我觉得有些奇怪。"罗兰接话，"就在她失踪前几天，我总是觉得她心不在焉，脸色也不好看。我就问她是不是生病了，她没有说。就在那时她的电话响了，她听到电话铃之后就有些不自在，慌慌张张地在她的包里翻动，最后还是没找到手机。她把包里的东西全都倒出来才找到。我无意中看到了一样东西——验孕试纸。"

这下连欧阳双杰和邢娜都愣了一下。他们准备去一趟廖小茹的住处。

欧阳双杰和邢娜、谢欣一起来到了廖小茹生前的住处，杏山路的天宝家园。区局的小卢已经在那里等着了。

三人下了车，邢娜看了看小区里的环境："这小区环境不错啊！"

谢欣说道："这儿的房价每平方一万二左右！"

邢娜瞪大了眼睛："就算是在这儿租一套房子也得花不少钱吧？"

欧阳双杰微笑着说道："在这儿租一个八十平方的小两居一个月也得三千五百块钱。廖小茹租的是个不足四十平方的单身公寓，租金一个月一千八。"

邢娜说道："廖小茹一个月的收入大概三千多，就算平时拿些小费也就近五千吧，跑这儿来租一个小单间就花了四成的月收入。”

“这房子估计不是她自己掏钱租的。区局已经查过了，她每个月固定给家里寄去三千块钱。”

“那又是谁出钱给她租的房呢？”邢娜问道。

欧阳双杰说这就不知道了，租赁合同上签的是廖小茹的名字，房东也说是廖小茹直接和她联系的。

房东是个二十七八岁的女人，叫冉媛媛。她的脸色并不好看，只是冲欧阳双杰他们点了点头，然后打开了门：“真是晦气，早知道这房子我就不租给她了。”

欧阳双杰苦笑了一下。

“你们看吧，走的时候把门带上，我先走了！”冉媛媛显然并不想和警察一道进去。欧阳双杰向谢欣使了个眼色。谢欣跟上了冉媛媛：“我送送你！”

谢欣跟着冉媛媛进了电梯，欧阳双杰、邢娜则和小卢进了屋子。屋里收拾得很整齐，只是好些天没有人打理，家具上都蒙了一层灰尘。屋子是经过简单装修的，布置倒也紧凑，整个屋子用的是粉色调，带有一丝浪漫的气息。

“看不出廖小茹还是有点品味的！”

欧阳双杰笑道：“你是怎么看出来的？”

邢娜说她是从房间的布置来看的，还有那挨着床头的那个小书架，都是一些小资情调的现代小说和时尚杂志。

欧阳双杰对于邢娜说的也有些认同。但他觉得又有什么地方不对劲。廖小茹是从农村出来的，而且她只上过初中。这房间里的陈设与布置，和廖小茹的身份格格不入。在出租屋里，他们并没有找到有价值的线索，最后他们只得悻悻地离开了，和区局的小卢道别后就各自上了车。此时谢欣已经等在了车里。

“怎么样，屋子里有什么发现吗？”谢欣见两人上车便关切地问道。

邢娜摇头道：“没有发现。”

谢欣说这个冉媛媛虽说是房东，但对于廖小茹的事情知道得很少，她只是知道廖小茹是从乡下来城里打工的，她也觉得奇怪，像廖小茹这样的女孩儿在林城没有根基，虽然有一份工作，但又能够挣几个钱，怎么会来这儿租房子。

欧阳双杰说道：“我们查过廖小茹的银行户头。她大概有两万块钱的存款。每个月她要邮三千块回去，还要租房，穿衣吃饭，还有电话费、交通费这些花销，竟然还能够存下钱来，她的钱应该并不都是靠打工挣的吧！”

谢欣说道：“我们好好查查，到底是谁出钱为她租了这儿。”

欧阳双杰说道：“廖小茹的社会关系并不复杂，小娜，你和电信公司联系一下，调出廖小茹的通话记录。我们对着通话记录一一排查。”

邢娜点了点头。欧阳双杰又让谢欣与小区保安协调一下，看看能不能调到小区以往的监控记录。

谢欣下了车，她要去找小区的保安调监控。欧阳双杰和邢娜先开车离开了，欧阳双杰在电信公司楼下把邢娜放下，便回了局里。

林城市局刑警队的小会议室里正开着会，参会的人员有肖远山、欧阳双杰、王小虎、王冲、谢欣、邢娜和许霖。大屏幕上正在播放着一组幻灯片，是失踪的七个人的资料。王小虎对七名失踪者的身份一一进行了介绍。

“根据时间顺序，第一个失踪者叫马芸，是市第三人民医院的儿科医生，至今为止，失踪了两个月二十二天；第二个失踪者叫彭佳慧，市直机关幼儿园的实习老师，失踪了两个月零七天；第三个失踪者叫罗美娟，无业，失踪了一个月二十三天；第四个失踪者廖小茹，夜总会服务员，失踪了一个月零八天；第五个失踪者叫谭西敏，个体经营户，卖服装的，失踪了二十四天；第六个失踪者叫赵莉，小区物管员，失踪了九天；另外还有就是林桦，同样是失踪了九天。”

王小虎顿了顿：“这七个人中，彭佳慧和廖小茹是二十一岁，其他五个都是三十三岁，都属蛇。另外我们还分析出了一个规律，失踪者失踪时间间隔都是半个月，除了赵莉和林桦是同一天失踪。到目前为止，只有廖小茹确定已经死亡，不过除了已经发现的那颗人头外，没有找到其他的尸体残骸。”

欧阳双杰对肖远山说道：“老肖，目前我们掌握的情况就是这些。”

肖远山问道：“七个死者之间有没有内在的联系？”

“我们大致进行了调查，七个死者互不相识。”

肖远山“嗯”了一声：“失踪间隔半个月有什么讲究？”

欧阳双杰摇了摇头：“暂时还不知道。”

肖远山说道：“鉴于‘廖小茹案’造成的恶劣影响，责成市局刑警队组成专案小组。冯局说这次只给你们半个月的时间。所以，接下来你们的压力很大，希望你们别辜负了局里对你们的期望。”

王小虎说道：“是只针对‘廖小茹案’成立的专案组，还是针对林城的这七桩失踪案？”

“我觉得这七桩案子绝对不是孤立的，而是一个整体。我决定成立专案组，对林城的几起失踪案并案调查。几个失踪者失踪时间间隔是半个月，而现在已经过了九天，也就是说罪犯五天后还会有行动。”

欧阳双杰苦笑了一下：“我让小许查过，全林城市属蛇的女性有好几万人，根本就没有办法确定凶手会选择谁作为下一个目标。”

“我知道这个案子很棘手，但你们一定要用尽全力！否则还会有更多无辜者受到伤害！”肖远山强调道。

“欧阳，刚接到110接警中心的电话，说飞山街垃圾转运站发现一大袋骨头，疑似人骨。我已经让技术部门的人先赶过去了，估计很快就能够确认。”王小虎给欧阳双杰打来电话。

“有结果第一时间通知我，我现在和谢欣去马芸家里了解一下情况。”

马芸家住在林城金阳区的“世纪公园”。这是林城最奢华的小区之一，是名副其实的富人区。

马芸只是一个普通的儿科医生，不过她的丈夫是林城著名上市公司融通集团的总经理封臣。

“欧阳，对封臣你了解多少？”谢欣问欧阳双杰。

封臣在黔州省也是个响当当的人物，融通集团的二号核心。融通集团是一家大型的投资理财公司，公司有十几亿的资产，封臣是董事长周海亮之后的第二大股东，占百分之二十五的股份。

欧阳双杰倒是见过封臣几次，但只是在一些公开的场合，并没有和封臣有过任何的交流。

“我倒是对他有些了解，我的一个同学就在融通集团总裁办做总裁助理。”看来谢欣倒是做了功课的。

欧阳双杰问道：“是给封臣当助理吗？”

谢欣说是的，她从那个同学处了解到，封臣是一个很正统的男人，是个技术型人才。封臣在进入“融通”之前是在一家军工企业工作。那家军工企业是当年三线建设的时候落户黔州的，现在已经迁回了金陵，不过封臣没有跟着去。

“马芸才三十三，封臣应该也大不到哪儿去，怎么就成了老三线呢？”

谢欣说道：“他父母是老三线，他大学毕业后也分配到了厂里。当时按他父母的意思是想让他跟着一道回金陵去，可他拒绝了。封臣和马芸带着孩子留下来了。没多久，封臣就接受了周海亮的邀请，加入了融通集团。后来因为他的能力，周海亮给了他百分之十的股份，让他当总经理。‘融通’在他的带领下业绩扶摇直上，持股最后达到百分之二十五。”

“那他与马芸的感情呢？”

“很好。要说这个封臣可真是个五好男人，不抽烟，不喝酒，不打牌，几乎从不参加公司的应酬。他除了上班，大多时间都在家里陪老婆、孩子。他最大的爱好就是看书。”

“像封臣这样的位置，长期处于商战的焦点，会不会树敌太多？”欧阳双杰轻声问道。

谢欣摇了摇头：“封臣是个儒商，识大体，知进退。封臣常常说一句话，‘做人留一线，日后好相见’。在商言商，他确实是一个成功的商人，但心不黑，不会做赶尽杀绝的事情。”

开门的是一个四十左右的女人，她看了一眼欧阳双杰和谢欣：“你们是警察吧？”

欧阳双杰点了点头，女人把他们请进了屋里：“请进吧，封先生在书房等着呢。”

她把欧阳双杰和谢欣带到了书房门口，轻轻敲门：“封先生，客人到了。”屋里传来一个男人的声音：“快请他们进来。”

欧阳双杰和谢欣进了书房，封臣从书桌旁走了过来，伸出手：“是欧阳队长吧，你好！”封臣的个头不高，戴着一副眼镜，人微微有些发胖，但不臃肿。

“封总，我们今天来的目的在电话里已经说了。”

“这么说现在这个案子由你们市局刑警队接手了？”

欧阳双杰说道：“是的。”

封臣的脸色有些异样：“是不是小芸出了什么事？”

“没有，至少目前我们还没有任何发现。”欧阳双杰回答道。

封臣摇了摇头：“如果不是小芸出事了，这个案子不可能由刑警队来查，而且还是由市局的刑警队长亲自出马。”

欧阳双杰没想到封臣的目光如此敏锐，于是欧阳双杰就把几宗失踪案的情况大致说了一遍。

封臣的脸色有些苍白，他咬着嘴唇，不愿意接受这个现实。

谢欣轻声说道：“封总，现在最主要的是设法找到你妻子，揪出那个凶手。或许廖小茹遇害只是个例！”

“封总，马芸失踪之前有什么异常吗？”

封臣摇了摇头：“没有。我记得她失踪的那天是上中班。早上我出门的时候她还和我道别，让我别忘了晚上去接她。可是下午五点多钟，我就接到医院打来的电话，问我她怎么没去上班。我赶紧打电话回来问沈姐，沈姐说她两点多钟就出门了。”

“封总，恕我冒昧，你和马芸有没有什么仇家？”

封臣苦笑道：“我和马芸都喜静不喜动，没有太多的朋友。再说了，我们一直都很低调的，很多年了，都没有和人闹过矛盾，甚至连争执都没有。”

“马芸自己不会开车吗？”

“她有驾照，可是有一次她开我的车竟然翻到沟里了。从那以后，她的心里就有了阴影，怎么都不愿意自己开车了。下夜班的时候几乎都是我去接她，除非我加班，那时我也会安排公司的司机跑一趟。白天她都不让我送，出了小区就有出租，她白天都是打出租去上班。”

“沈姐到你们家里有多长时间了？”

“有五年了，从我们搬到这儿她就来了，我们相处得很好，她很勤快，也很尊重我们。”

谢欣说道：“我去和沈姐单独聊聊。”

欧阳双杰和谢欣在封臣家没有待多久就离开了。

“和区局提供的笔录一样，看来这一趟我们是白跑了。”谢欣有些失望。

欧阳双杰淡淡地说道：“其实我们还是很有收获的。马芸失踪的那天上中班，下午四点到晚上十二点，她是两点多钟出门的。按照她的习惯，她该是打出租去上班的，虽然小区外面那个路段没有监控，可是到出租车公司应该还是可以查到些什么的。”

谢欣点了点头，欧阳双杰说道：“只是时间有些远了，排查起来难度就更大些，谢姐，这件事情就交给你了。”

谢欣应了下来：“林城就几家出租车公司，慢慢查总是会查出来的，放心吧，我会尽快找到那辆载走马芸的出租车。”

电话响了，是王小虎打来的。他告诉欧阳双杰，技术部门已经确认，在飞山街垃圾转运站发现的那袋骨头确实就是人骨，而且还不仅仅是一个人的，应该是两个人的骨头，但并不完整。

“现场还有其他的发现吗？”欧阳双杰问道。

“没有，距离垃圾转运站一百多米有路段监控，可是距离太远，根本就什么都看不到。”

欧阳双杰说道：“能够确定性别吗？”

“其中一具可以确定，是女性！”

“好吧，我现在就赶回局里，咱们碰个头。”

欧阳双杰刚回到局里，王小虎就来到了他的办公室。

“欧阳，你说受害者有没有可能就是我们正在寻找的失踪者？”王小虎坐下来就问道。

“现在还不好下结论，但我也有这样的怀疑。”

王小虎叹了口气：“如果这七个人都遇害了，那么这个凶手就太丧心病狂了！”

“一个人扛着这么大个袋子很引人注目，而且附近路段的监控应该能够看到，你们查过附近几条街巷的监控了吗？”

“查过了，没有发现。我想凶手应该是开着车去的。可惜我调看了离垃圾转运站最近的监控视频，距离还是太远，什么都看不到。”

“附近的住户……”

“已经问过了，没有人留意到。因为住户都在巷子里，街边左右都是卖建材的商店，那个时间段早就关门了。不过调看监控应该能够有所发现，我马上安排。”

欧阳双杰陷入了沉思，在发现廖小茹的人头后，他早就猜到或许还会有受害者，甚至七名失踪者很可能都遇害了。

在飞山街垃圾转运站发现了人的骸骨，根据技术部门的判断，死亡时间应该是在一个月之前。从骸骨来看至少可以确定其中一名死者为女性，另一具不能明确判断出死者的性别。

欧阳双杰揉了揉自己的太阳穴，走到办公室里的那面大白板前，写下了七个失踪女性的名字。廖小茹的名字下面标注了一条红线，这是已经能够确定死亡的意思。

从目前掌握的情况来看，这七个人之间并没有什么交集，七个人甚至彼此都不认识，那么凶手很可能是随机作案。可是凶手又怎么能够清楚地知道七个人的属相呢？另外，凶手为什么只是针对属蛇的女性下手？凶手还会不会继续作案？

专案组的成员有欧阳双杰、王小虎、刘希成、谢欣、邢娜、王冲和许霖。组长自然是欧阳双杰，副组长王小虎，专案组又分为三个小组，欧阳双杰和谢欣一组，王小虎和王冲一组，刘希成和邢娜一组。七个失踪案分别由三个小组负责调查，欧阳双杰这组负责廖小茹案与马芸案，王小虎那组负责彭佳慧、罗美娟和谭西敏案，而刘希成则负责赵莉案和林桦案。

欧阳双杰说：“大家都清楚，这个案子远比我们想象的要复杂得多。两个月的时间，七个失踪者。大家知道，廖小茹已经死了，又发现了两副骸骨，就算其中有一副可能是廖小茹的，那么另一副呢？应该就是剩下六个人中的一个。到目前为止，我们能够知道的至少已经死了两个！之前我们也分析了凶手作案的时间规律，他大概是半个月作案一次。所以我猜测四天后他还会作案，只是我们不知道下一个失踪者是谁。”

谢欣点头说道：“嗯，凶手的目标到现在看来应该是在林城属蛇的人当中随机抽出来的。他可能在林城的任何地方作案，让我们防不胜防。”

“防是没有用的，林城属蛇的女性太多了，我们总不能把她们都保护起来吧？我们要赶在凶手作案之前把他给揪出来。”

“对了，你让我查马芸家小区外的路段监控，我查过了。马芸失踪的那段时间没有一辆出租车在那儿载过客人，不过海华出租车公司的一个司机师傅说那个时候他曾经载客路过那儿，确实看到马芸在路边拦车，只是他车上的客人不愿意拼车，所以他就没有停车。”

欧阳双杰问道：“他认识马芸？”

谢欣点了点头：“他说马芸经常坐他的车，知道马芸是个医生。从最近的两处路段监控来看，那个时段一共有九辆出租车经过，我一一做了排查，都没在那儿停留，直接就开走了。马芸在路边拦车的事情倒是有三个司机可以证实。奇怪的是最后一辆出租车司机却说他当时没有见有人拦车。”

刘希成插话道：“也就是说，前面过去的八辆是载有客人的车，而最后一辆出租车是空车，对吗？”

谢欣点了点头：“确实如此。”

刘希成望向欧阳双杰：“前面经过的八辆出租车有三个司机能够证明马芸曾经在路边等过出租车，而最后一个出租车司机却说没有看到路边有人打车，那么马芸应该是在第三个看到她的司机开车经过之后，以及最后一辆车经过那里的这一段时间内失踪的？”

谢欣说最后一个见到马芸的出租车司机是在三点零几分，具体时间那司机自己也说不上来。如果从两个路段监控的记录来推断，估计应该是三点零七分，而最后那个司机经过的时间是三点十八分，这中间有十一分钟的间隔。

“最后一个出租车司机会不会记错了？”

欧阳双杰说道：“不可能，那是他们的职业敏感，除非他的车上坐了客人，他才会去忽略在路边打车的人，否则他一定会看得很仔细。另外几辆出租车之所以没有注意到马芸的存在，就是因为他们车上载了客人。”

刘希成也说道：“那个地方很难打车，离城区也不近，一般出租车司机都希望能够载着客人回来，所以他一定是看得很仔细。唯一可能出错的就只能是他对时间的记忆。因为那地方是在两个路段监控的中间位置，根据车子出现在两个监控画面的时间我们能够计算出车子经过受害人时的大致时间。”

“马芸不是凭空消失的，她应该是上了车，只是她上的不是出租车，而是私家车。这车也许是她熟悉的某个人开的，顺路经过就把她给拉上了，又或者是黑车。林城的黑车不少，那个时间段她打不到出租车而选择打黑车也是可能的。”欧阳双杰轻轻拍了下桌子，“我们要查的就是在这十一分钟里，到底有多少部私家车经过，筛选出其中最可疑的进行调查。”

王小虎说：“飞山街垃圾转运站附近的监控我们都查了一遍。从那晚十点到凌晨六点这段时间经过转运站的车辆大概有四十辆。王冲已经安排人逐一排查了，暂时还没有消息。”

碰头会结束，刘希成跟着欧阳双杰进了办公室：“欧阳，你说既然是碎尸案，那尸体跑哪儿去了？廖小茹的头，垃圾站里扔的骸骨，可是肉呢？”

“或许被扔到别的地方去了，我们一时半会儿还没有发现而已。”

刘希成摇了摇头：“现在我们只发现了廖小茹的尸体，另外六个人的尸体呢？”

“我已经向各辖区派出所打了招呼，一旦发现任何尸体残骸马上通知我们。”

刘希成说道：“就目前我们所掌握的情况来看，想要从失踪者的社会关系入手意义不大。凶手专挑属蛇的女性下手无外乎两种可能：其一，他曾经在属蛇的女性身上受到过什么创伤；其二，很可能是一种迷信或类宗教式的仪式。我们已知的线索无外乎就是马芸的失踪、廖小茹不寻常的租房，这些我们都可以顺着线索查下去。但要对刚才的两点进行排查就要复杂了，如果凶手是在属蛇的女性身上受到过伤害而实施报复，那么相对就要困难得多。如果凶手真是在进行某种迷信或类宗教的黑暗仪式，那么我们可以找一些和这方面有关的人问问。”

欧阳双杰点了点头。

半个月的时间确实很紧，对这一点肖远山的心里清楚，他又找到欧阳双杰。

“你说，凶手如果是随机挑选目标，怎么一挑一个准呢，而且为什么偏偏就锁定那两个年龄层呢？”

欧阳双杰说道：“就心理学而言，如果凶手真是被属蛇的女人伤害过，想要报复的话，他只会针对一个年龄层，也就是伤害过他的年龄层。又或者他会针对所有属蛇的人，而不会去细分年龄层！凶手的报复有明确的针对性，要么是所有属蛇的女人，要么是具体的一类属蛇的女人，他绝不会像这样挑出两个年龄层来作为目标。所以我认为可以排除因受到过伤害而报复这种可能性。”

肖远山相信欧阳双杰，而且欧阳双杰的分析也符合逻辑。

“假如这样一来，结论就显而易见了，凶手在进行某种迷信活动或者类似宗教的仪式！我们应该去找和这方面有关的人问问，听听他们的意见。”

肖远山站了起来：“你要见的是谁？”

“甲秀楼边‘易名堂’的王瞎子，他是我要见的第一个人。在那个行当里他算是比较有名气的。”

欧阳双杰是和谢欣一道去的，谢欣是他的搭档，和他配合过几起案子。

“警察同志，我可没有做什么违法的事啊！”王瞎子听说警察找他，他让徒弟请欧阳双杰和谢欣坐下后，有些惊恐地说道。王瞎子不是真瞎，只是他有眼疾，视力不太好，眼睛也有些畸形，在外人看来和瞎子无异。

“我们不是来找你麻烦的，是有个事情想请教你！”欧阳双杰的态度很和蔼。

“不知两位警官有何见教？”

欧阳双杰把案子大致说了一遍。

王瞎子听了以后皱起了眉头：“专挑属蛇的下手？这让我想起了我们这个行当里流传的一个传说。那个说法过于荒诞，当作故事听听，我师父当年就告诉我千万不要当真。”

王瞎子想了一下，慢慢说道：“那是在清朝的时候，西北大旱，饿死了许多贫苦百姓，甚至传出了吃人的传闻。当时有一个叫陈大观的江湖人士，他身患不治之症，于是决定散尽财产，到西北救济灾民。旱灾过后，又过了几十年，有人在塞外见到了陈大观，他的病竟然好了。有好事者追问他如何治好了绝症。在不停地追问之下，他才吐露了秘密，‘祭辰生者寿’。”

谢欣听不太明白最后一句话的意思，王瞎子向她解释说，意思是拿属龙的人来进行某种祭祀仪式，就可以治愈绝症，长生不死。

“荒诞，怎么可能有这样的事情？”谢欣不相信这样的说法。

王瞎子说道：“我也不信，但凡有点理智的人都不会信。”

欧阳双杰却说道：“你是想告诉我们，林城发生的这些案子很可能与这个故事有关系？”

王瞎子摇了摇头：“我可没说过。”

“为什么林城失踪者都是属蛇的而不是属龙的？另外，为什么一定是女人，而且还是二十一和三十三岁这两个年纪的女人？”

王瞎子想了想：“其实我也不太清楚，当时师父也没有说太多。而我们大家都把它当作一个故事听。至于说为什么是蛇不是龙，二位应该听说过吧，蛇在中国还有个别称——小龙！或许他真听信了什么传言才做出这样的事情，我想可能有人在幕后教唆他吧。”

在回去的路上谢欣问欧阳双杰：“你不会真相信王瞎子说的鬼话吧？”

欧阳双杰没有说话。听起来是有些匪夷所思，可是他们在办案的过程中遇到的匪夷所思的事情还少吗？

假如凶手真患了绝症，真想长生不死的话，说不定他在听到这个传说以后真的会动心。人心是最难揣测的。

殷承基是林城大学社会学院的老教授，也是黔州省著名的民俗专家。

招呼欧阳双杰和谢欣坐下以后，殷承基说道：“我和罗教授是多年的朋友了，早就听他说过有个得意弟子，今天总算见到了。”殷承基和欧阳双杰的老师罗洋是老朋友。

欧阳双杰笑了笑：“殷老，今天我们是带着任务来的。”接着，他先是把最近两个月林城发生的失踪案，以及发现廖小茹头颅与不明身份的骸骨的事情说了一遍，然后说了他去找王瞎子的事情。

殷承基听得很认真，他脸上的表情一直在不停地变化。

“殷老，我们就是想向你请教一下，有没有类似的像宗教一样的仪式与目前我们所碰到的案子的情况相似？”

殷承基摇了摇头：“这个我还真没有听说过。从你描述的情况来看，这件事情透着邪性。”

“那王瞎子的说法有可能吗？”

“他的说法没有什么根据，那仅仅是一个传说。这样吧，我再多查查资料，如果真有类似的记载我会及时和你们联系。”

欧阳双杰点了点头：“那就麻烦殷老了。”

回到局里，欧阳双杰有些沮丧，突然有一种无能为力的感觉。

电话响了，是邢娜打来的。她说廖小茹的案子有了发现，找到了那个出钱给廖小茹租房的人。

“出钱为廖小茹租房子的这个男人叫段永贵，二十八岁，未婚。是老东门坛子鱼酒楼的少东家。据他交代，他正与廖小茹处朋友，因为担心家人不同意，所以两人的恋情并没有公开。段永贵说廖小茹失踪前已经有了两个月的身孕，他也准备和家里人摊牌，却没想到会出这样的事情。”

欧阳双杰问道：“这个段永贵现在在什么地方？”

“在我们车上，大概二十分钟以后我们就能够回到局里。”

二十多分钟以后欧阳双杰见到了段永贵。他看上去是一个很朴实的男人，穿着得体。

欧阳双杰微微一笑：“你和廖小茹是男女朋友关系，知道这事情的人多吗？”

“小茹来自农村，而且她家里的情况也不好，所以我们暂时没有把我们的恋情公开。”

欧阳双杰微微点了下头：“许丽丽你认识吧？”

段永贵说他认识，是廖小茹的同事，也是同乡，廖小茹到夜总会工作也是许丽丽介绍的。只是他并不喜欢这个女孩儿，他说这女孩儿很势利。在他看来廖小茹就像一块白玉，他不希望廖小茹被许丽丽给带坏了，所以他才会提出让廖小茹从公司的宿舍搬出来。

“廖小茹和你在一起是因为感情还是因为你的家世？”欧阳双杰问得很直接。

段永贵说道：“当然是因为感情，她刚开始和我在一起的时候并不知道我家的情况。直到听说她怀孕了之后我才告诉她的。她怀了我的孩子，我自然就要考虑我们的未来。不曾想，她突然失踪了……”

“现在看来她并不是故意要离开你的，她是遇到了意外。”

段永贵有些激动地说道：“你们一定要抓住杀害小茹的凶手，以告慰小茹的在天之灵啊！”

欧阳双杰望着段永贵：“许丽丽也不知道你和廖小茹之间的恋情吗？”

段永贵皱起了眉头：“她？我就不清楚了，我倒是交代过小茹对谁都别说。”

送走了段永贵，王小虎跟着欧阳双杰去了他的办公室；邢娜没有去，她要去找段永贵的家人，核实一下段永贵说的那些情况。

“段永贵的事情你怎么看？”

欧阳双杰淡淡地说道：“段永贵说的应该是实话，我觉得段永贵应该没有说谎。”

欧阳双杰接到了谢欣的电话，她有些激动，说经过对马芸家街口的监控视频的分析，最后锁定了三个可疑目标。已经让交警部门调出了这三辆车的车主信息，接下来她准备接触一下这三个车主。

邢娜打来电话，汇报调查段永贵的情况。

“果真如段永贵说的那样，段家的人知道他与一个夜总会的服务员好了，都很生气，不同意两人交往。直到听段永贵说廖小茹怀了他的孩子，段家的人才松动了。”

谢欣那边也传来消息，三个车主她都查过了，其中两个车主说当时虽然他们经过那个路段，却没有在那儿上过人，而且他们的车上也都坐着人。另一个车主说那车早就被盗了，这一点派出所和交警部门都能够证实，而接过马芸的很可能就是这辆被盗车。这辆被盗车是黑色标致 307。

谢欣说道：“我已经请交警部门帮着找那辆被盗车了，不过我觉得就算找到车子估计也没有什么用。既然是被盗车，凶手随时都可以把它扔掉。”欧阳双杰“嗯”了一声。到目前为止，如果勉强说这两个案子还有什么线索的话，那就是被盗的标致 307 了。

欧阳双杰说道：“我是这样想的，有两种可能：第一种，这个凶手的工作特殊，能够让他接触到很多客户资料；第二种，他的客户资料是从他人的手里买来的。如果是第一种的话，那么我们的排查面就会很大，医疗、保险、金融等，甚至包括我们的户籍部门。老实说，打心眼儿里我确实不希望是前者。”

“凶手也许是从网上买到的资料。我马上安排人去查一下，看看两个月前有没有林城客户资料的交易记录，然后再逐一排查。”谢欣转身离开了欧阳双杰的办公室。

第二章 凶手画像

在欧阳双杰的办公室里，王冲汇报了他们对彭佳慧的调查结果，并没有实质性线索。

欧阳双杰听后点了点头。

王冲又说道："至于罗美娟，这个女人早就离异了，常常混迹于夜场。她住的小区我们去过，邻居几乎很少见到她，只有小区保安说，她白天一般都在睡觉，下午四五点钟都会在小区门口打车离开，经常夜里两三点钟才回来。"

王小虎说道："看来这是一个专门过夜生活的女人，平时经常有男人去找她吗？"

王冲摇了摇头："这就不清楚了。这样一个人，周围的人根本就不会太在意她，除非对她有什么想法的人。"

"你这话有意思，是不是你已经听说有什么人对她有想法啊？"

王冲笑了："还真有一个，也是那个小区的住户，就在隔壁一个单元，一个有妇之夫，是听小区保安说的，说这个男人因为与罗美娟搭讪弄得他的老婆和他大吵大闹了一场。不过据说他与罗美娟之间也没有什么，就是他是跑出租的，有时候下午在小区门口接班就会在小区门口等罗美娟，载着她离开。也不知道是哪个好事的人，竟然把这事情告诉了他老婆。"

"开出租的？"王小虎皱起了眉头。

王冲应了一声："嗯，不过两个多月前他就不跑了，到一家私人企业上班去了，也是当驾驶员。"

“罗美娟喜欢在哪个场子玩？”欧阳双杰突然问道。

王冲说罗美娟喜欢在三个场子混，都不是什么高档的场所，全是比较大众化的歌舞厅。

罗美娟离婚以后，孩子给了她的前夫，正是因为她答应把孩子给对方，对方就按照她提出的条件，每个月给她一笔生活费，所以罗美娟根本就不用去工作，反正她已经有一套房子住了，她的单身日子过得自然就很惬意。

王小虎问王冲，罗美娟有没有和哪个男人走得近，三十多岁的女人，身边不可能没有男人。

王冲说罗美娟身边确实有男人，而且还不少。罗美娟的私生活很乱，但要具体说哪个男人和她的关系最要好还真是说不上来。从掌握的情况来看，王冲把四个男人列为需要重点调查的对象。

欧阳双杰知道凶手明天很可能会再次行动，到现在为止，他还没想出应对的法子，明天如果再有人失踪的话该怎么办？整个林城市符合凶手目标条件的人那么多，警方不可能把这些人都保护起来，现在看来必须要摸清楚凶手的行动规律，可是这规律在哪儿呢？

欧阳双杰背着手，在办公室里走来走去，可是他的心里依旧是空荡荡的，脑子里也是一点想法都没有。最后欧阳双杰站到了那块大白板的面前，眼睛望着那七个失踪者的名字发呆。

这七个人除了都属蛇以外，可以说根本就没有任何的交集，凶手应该是在随机作案。可是再随机也应该有规律才对。欧阳双杰相信，一切看似偶然的结果应该都有一个必然的过程。他站到了林城市交通图前，拿起了铅笔，开始在地图上按顺序标注出七个失踪者失踪位置以及失踪时间。标注完了之后，他放下铅笔，望着地图发呆。

突然，他的眼睛一亮。凶手作案遍及林城的六个区，如果把最后一次的两个失踪者中的林桦暂时排除掉的话，那么凶手是以林城市中区为原点，在六个区呈顺时针方向轮流作案。假如真是这样，那么凶手下一个目标所在应该是小河区！

不过欧阳双杰的心里并没有太多的喜悦。虽然大致猜测出凶手作案的目标区域，可是小河区那么大，人口也不少，想要再具体细化就难了。怎么才能够阻止凶手呢？欧阳双杰才舒展开的眉头又攒到了一起。

王小虎进了欧阳双杰的办公室："我们对彭佳慧、罗美娟和谭西敏进行了细致的调查，根本就没有任何的发现。三个人的失踪都没有目击者，在她们失踪的那个时间段，所有认识她们的人都不知道那个时间到底发生了什么事。明天也许又会有人失踪，说不定还会遇害，欧阳，我心里郁闷啊！"

"和各派出所打声招呼，一旦辖区发生失踪案马上上报！"既然不能防患于未然，至少也要及时了解情况。

"欧阳，对于这个凶手，你能给他来个心理画像吗？"王小虎说道。

"从凶手作案的手段来看，我可以推断出凶手为男性，年纪大概在二十五到三十五岁之间，受过高等教育，身体有某种缺陷，又或者患有某种绝症。独居，善于与人沟通。他的居所应该在相对偏僻的地方，出入不容易引人注目，另外，他应该有一辆自己的车，SUV 又或者面包车。他是自由职业者，即便不是，他的工作时间也有一定的灵活性。"欧阳双杰没有继续往下说，而是皱紧了眉头，凝视着眼前的白板。

王小虎理解欧阳双杰的心情，说："欧阳，能不能和我说说，你是怎么给凶手画像的？"

"我是从受害者的情况来推断凶手是年轻男性的。选择青年女子作为犯罪对象，凶手的动机不管是谋财谋色或者其他，是男性的可能比较大。七个失踪者中，谭西敏和赵莉的个头儿都不小，特别是谭西敏，一米七的个儿，体重一百三十斤，凶手要想控制住受害者是需要有一定的力量的。而从我们掌握的受害者尸体被破坏的情况来看，凶手不但要有力量，心理素质还要过硬，不然做不出那样残忍的举动！"

王小虎听到这儿叫道："为什么你那么肯定凶手是单独作案，或许他另有同伴呢？还有你刚才提到，凶手应该很善于与人沟通，或许这些人都是被他骗走的呢？为什么现在你说要控制她们需要一定的体格？"

"在一般的情况下，那些犯罪分子杀人的目的和动机是什么？"

王小虎想也不想："谋财、谋权又或者为情和寻仇！"

"现在我们这个案子呢？并没有权或者钱的因素，而一连多个受害者，和她们都有仇恨的可能性也是很小的。所以，凶手的作案动机或者说犯罪心理一定是非常特殊的！他一定是一个有严重心理问题的人，所以我才推断他患有绝症，或者身有残疾。面对这样的情况，人难免会心理扭曲，进而做出报复社会的疯狂举动。当然，他究竟是出于什么样的心理才会做出那样疯狂的事情，现在还不好下结论，迷信某种邪教的可能也不是完全没有。”

王小虎轻哼一声：“假如是用那个传说里的方法治他自己的绝症的话，只能说他是一个变态的疯子。”

欧阳双杰点头说道：“你觉得谁会愿意做一个变态疯子的帮凶？所以他单独作案的可能性非常大。至于说凶手具备高等教育水平，那是从他作案的手段来说的，所有的失踪案都没有留下一点线索，说明凶手事先对受害者进行了细致的了解，熟悉她们的生活习惯和活动规律，绑架的过程也很干净利落，一点都没有拖泥带水。凶手有着敏锐的观察力、判断力，有着极强的策划能力与执行力！没有一定的知识结构和缜密的逻辑思维能力是不可能做到的。”

“说他独居，是因为他如果与家人或者其他人住在一起，会影响他作案。为了方便自己作案，就会选择一个不引人注目的地方。凶手的住处很偏僻，无论是从交通便利还是从处理尸体方便的角度看，他都需要有一辆车。SUV 或是面包车更适合他。他是自由职业者或者工作时间相对灵活，只有这样，他才有时间作案而不会引起别人的怀疑。”

王小虎说道：“既然这样，是不是可以通过这画像按图索骥？”

欧阳双杰说：“这似乎很难，虽然凶手在作案前曾经做过准备工作，可是凶手对目标的选择却是很随机的。凶手的手里一定有一个符合他作案目标的数据库，他是从里面随机抽取受害者，提前进行跟踪摸底，然后到时间再实施作案。”

“我在想，这中间应该有一个时间差。”欧阳双杰补充道。

“什么时间差？”

欧阳双杰说失踪者从失踪到遇害，这其中应该有两到三天的时间差，从已经掌握的情况来看，凶手很可能是在控制住受害者之后，才开始实施伤害。而不管凶手是为了报复，为了得到某种病态的心理满足，或者真的是进行某种迷信活动，他的犯罪活动一定会持续一个过程。

“你是说如果明天真的再有人失踪，只要我们能够在一两天内找到她，她就还有救，对吗？”

“至少我觉得应该是这样的。”

下午下班的时候，刘希成抓住了欧阳双杰："晚上一起吃个饭吧。"

欧阳双杰知道刘希成一定是有什么话想和自己说，他微笑着点了点头："好！"邢娜嘟着嘴："那我呢？"刘希成"嘿嘿"一笑："当然一起了！"

欧阳双杰说道："再叫上小虎和谢姐吧，这些天来，大家都辛苦了。"

一行人去了距离警察局不远的"满堂红"酒楼。

"欧阳，你还是没有想到办法吗？"邢娜轻声问道，大家的目光都望向了欧阳双杰。大家心里都明白邢娜问的是什么事情，明天就是凶手再次出手的日子了。

欧阳双杰摇了摇头："没有，一直到现在我都没能够找出凶手作案的规律。"

王小虎叹了口气："唉，现在的犯罪分子的智商都比以前的要高了许多，几个案子根本就没给我们留下什么线索。七个人失踪，没有目击者，没有任何的蛛丝马迹，七个失踪者之间也没有交集，甚至社会关系都没有重叠。"

刘希成点了下头："是啊，这说明凶手根本就是随机作案，选定目标后做细致的准备工作，在神不知鬼不觉的情况下把人给弄走。"

"凶手并不是随机作案！"

"啊？"大家再一次望向了他。

欧阳双杰却望着王小虎："小虎刚才说到了一点，七个失踪者间没有交集，甚至社会关系都没有重叠，你们觉得在一个城市里作案，能够做到这一点容易吗？凶手是故意这样做的，他很小心谨慎，生怕露出一点马脚。"

"看来凶手对受害者的身份背景是做过详细调查的，能够做到这一点也不是件容易的事情，他需要很大的信息量！"

刘希成插话道："凶手要掌握这么庞大的信息量，仅仅只是从网上购买一些客户信息是根本做不到的，他还必须对受害者的社会关系进行排查。调查一个人的社会关系不是一件简单的事情，就算是我们警方也不可能做到查无遗漏，他又是怎么做到的呢？"

谢欣说道："这么看来我们可以从这一点入手，凶手如此细致地排查，就不可能不留下一点痕迹。"

"他这样小心谨慎，没想到会弄巧成拙吧。"

王小虎问欧阳双杰："欧阳，要获得这么庞大的信息，凶手是不是有什么职业背景为依托？"

欧阳双杰摇了摇头："凶手应该是个自由职业者，又或者工作的环境相对的宽松。我们都知道，能利用职务之便给凶手提供信息支持的职业，工作时间都不会宽松，所以我相信凶手一定没有职业上的便利。"

"没有职业便利，凶手又是从哪儿获得的这些信息呢？"

"假设这个人是个电脑高手，他可以侵入一些特殊部门的网络系统调取受害者的相关资料呢？如果真是这样，他一定能够侵入受害者的电话或是电脑，这样一来对于受害者的社会关系的排查就事半功倍。"

"现在你对凶手的画像应该已经完整了吧？"王小虎问道。

欧阳双杰咬了咬嘴唇："其实我对凶手的画像与上次的差别不大，凶手为男性，二十五到三十五岁之间，独居，居住地较为偏僻，开一辆面包车，自由职业者，电脑高手，性格孤僻，有自闭倾向，身体有某种致命的缺陷或者患有绝症。他受过高等教育，有很强的策划与执行能力。表面上看他很温文尔雅，善于与人沟通，但他的脾气很差，一旦受到外界的刺激很容易歇斯底里。"

"欧阳，上次你不是说凶手开的是面包车或者SUV吗？"

欧阳双杰微笑着点了点头："上次我确实是这么说的，但后来我想了想，SUV太显眼，很容易被人们盯上。从凶手小心谨慎的作风来看，他开面包车的可能性要更大些。"

谢欣说道："这样的一个人，无论是情商还是智商都是很高的。"

欧阳双杰点了点头。

邢娜说道："这样的人活着一定很累，很痛苦。"

谢欣也说道："是啊，况且他还疾病缠身，如果再有什么痛的话，那根本就是生不如死。"

欧阳双杰神色一正："但无论如何都不是他无故残害他人、藐视他人生命的理由！"

刘希成"嗯"了一声："我倒是有一个想法。这人是个电脑高手，但他要得到受害者的资料仍旧要侵入一些要害部门的网络系统，例如我们的户籍系统，又或者是人保部门的社保系统。我们是不是可以让网警对一些相关部门的网络进行严密监控，只要他侵入，就能够锁定目标。我们也能够知道他浏览过的信息，同时我们就能够发现凶手的下一个目标是谁，凶手从锁定目标到彻底掌握目标的生活习惯、行动规律是需要一定的时间的，这样也便于我们对目标进行保护，对凶手实施抓捕！”

欧阳双杰说道：“嗯，小虎，网警的事情你去落实，让他们盯紧一点，几个重要的部门的网络安全一定要他们放在心上。”

王小虎点了下头：“一会儿我就去网监中队。”

天蒙蒙亮，欧阳双杰就起床了。这一夜他并没有睡好，脑子里面总会浮现凶手又开始行动、劫走一个女人、然后残忍地杀害她的画面。这让欧阳双杰吓出了一身的冷汗。

欧阳双杰走到阳台上，伸了伸懒腰。吃过早餐，欧阳双杰就离开了家，开着车往局里去。

在路上，王小虎给欧阳双杰打来电话。听声音王小虎好像有些激动：“欧阳，网监中队那边刚才给我打了电话，说就在前几天，市局的户籍信息系统遭到不明黑客的攻击，由于时间较短，他们没能够查到攻击者。但他们查出黑客的切入点是西湖区派出所。从黑客的浏览记录来看，黑客只是调看了西湖区派出所辖区内的户籍资料，并进行了部分拷贝！”

欧阳双杰问道：“他拷贝的是不是都是属蛇的、二十一岁和三十三岁年龄段的女性的户籍资料？”

“是的，我们大致可以确定，凶手今天可能针对的目标应该就在这些户籍人口之中。但他的这份资料里却有两百多个符合条件的女性，我们还是无法判定具体目标是哪一个。”

欧阳双杰想了想：“先过滤一遍，凡是与之前六个失踪者有交集的人都排除掉！”

挂断电话，欧阳双杰的心情稍微好了一些，看来这条路是走对了，通过网络的监管，至少能够发现凶手的目标所在。

欧阳双杰来到办公室，王小虎就跟了进来：“欧阳，我们经过初步筛选，最后还剩下二十七个符合条件的，其中有两个在国外，五个去了外省，那么在林城的还有二十个。”

欧阳双杰没有说话，接过了王小虎递过来的名单。他走到了办公室里那张林城市交通图前。他之前曾经在地图上标记了凶手作案的几个“安全区域”，他要看看这二十个准目标，有多少处于这个安全区域之内。

“有八个在‘安全区域’内，这个区域是凶手的舒适区，只有在这个区域里凶手作案才会有安全感。马上和相应的派出所联系，把这八个人暗中保护起来，另外，密切留意凶手的行踪，一旦他出现，立即逮捕！”

欧阳双杰看了看表，八点三十七分，希望此刻凶手还没有开始行动，更希望这一次他们的判断没有出现失误。

“接下来我们做什么？”王小虎问道。

欧阳双杰说道：“你让技术部门的人查查这八个人的通讯是否有被监听或者被侵入。”

王小虎苦着脸：“关于通信工具的问题我和技术部门的人探讨过，除非拿到他们本人的手机，否则很难确定他们的通信是否安全。而且我们的技术部门在这方面受到的限制很多，恐怕……”

“带上技术部门的人，和他们说明利害关系，一定要抢在凶手之前把下一个受害人给找到！”

“是！”王小虎离开了。

欧阳双杰的双眼紧紧地盯着地图，他重新标记出前七个案子的案发地点以及时间的顺序，又标出了八个准目标。

“他到底会选择谁呢？这些人虽然户籍在西湖区，可是工作的地方却在新华区，八个人都在新华区，那么凶手今天行动的地点就在新华区，但新华区那么大，他会朝哪一个下手？”

欧阳双杰把双手抱在胸口，皱着眉头苦思冥想。应该还有另一种可能，凶手会等这八个人下班以后再动手，彭佳慧就是在下班后出的事。欧阳双杰看了看手中的那份名单，名单上的信息还是太少了，就他手上掌握的信息，想要做出更多的判断是不可能的。

欧阳双杰给王小虎打了个电话，让王小虎尽可能地把这八个准目标的更多信息传给自己，他列出了一些要素，只有掌握更多的信息他才能够做出最正确的判断。

专案组的人员全都撒了出去，分别带了一组队员对那八个准目标进行暗中的保护。

欧阳双杰在等王小虎那边的消息，他想要通过更多的信息来锁定凶手的目标，他希望这一次能够一举将凶手缉拿归案。警方已经开始对这几起失踪案进行公开的调查，按说应该能够对凶手产生一定的震慑。可是凶手作案很规律，不一定会因为警方的介入而停止他的犯罪行为。而且凶手多半是因为某种迷信而导致犯罪，迷信都有着一定的程序和仪式，凶手是必须要遵循的，所以欧阳双杰相信凶手不会因此而罢手。

王小虎发来了几个目标的详细信息，欧阳双杰把这些信息都列在了白板上，肖远山也来到他的办公室和他一起望着白板陷入了思考。

欧阳双杰开口道："按照凶手以往的行动规律，他是以林城市中心大十字时代广场为圆心，顺时针跨大区依次选择目标。那么这一次他作案的目标应该是在小河区，可偏偏他这次把目光放在了西湖区。为什么？而且这些目标的工作所在地又都在新华区。相比之下，东风区人口没那么集中，过往的车辆也不多，应该说更适合凶手作案。而新华区在主城区，很繁华，大多都是商业地段。凶手作案的风险无形中就会大得多。"

肖远山说道："这么说，凶手的作风改变了？"

"不是凶手的作风改变了，而是这次凶手的目标应该是一个不起眼的小人物，不会有太多的人关注。另外，凶手很可能与目标有交集，他甚至根本就不用出现就能够把目标叫到某个地方去。"

欧阳双杰望着白板上那八个人的资料，他圈出了其中的三个。

"叶妮，盛世华庭的售楼小姐，二十一岁，家庭条件比较差，父亲早年因车祸丧生，母亲独自把她带大。她母亲给一家烟酒批发店打工，在那家店干了十几年。叶妮高中毕业后就没有再读书，因为长相还不错，就进了这家地产公司做销售。叶妮的家在西湖区，平时都是自己骑自行车上下班的。肖琳，西南数码城的手机销售人员，三十三岁，离异独居，没有孩子，随父母住在西湖区，不过她在新华区租了套小公寓。范绮红，月月红酒楼老板，三十三岁，丈夫在外地打工，长期分居，户籍虽在西湖区，但那是她夫家。她自己在新华区租了一套两居室，平日除了生意就喜欢进舞厅，私生活复杂。”

肖远山轻声问道：“你为什么单单把这三个人圈了出来？其他人呢？你是怎么排除掉的？”

欧阳双杰说道：“那五个，其中有两个上下班都有丈夫开车接送，单位也很正规，出入有门禁和摄像监控，凶手没有下手的机会。还有一个是派出所片警，在这个时候凶手不可能选择她做目标。另一个是公交司机，今天白班，要跑一整天，她家就在公交总站附近，收班走两步就到家。”

“那这个吴玉洁呢？”肖远山好奇地问道。

欧阳双杰笑了笑：“她是个跆拳道教练，黑带，得过西南地区大赛的冠军，身手挺厉害，普通大男人两三个都不是她的对手。凶手事先一定会对自己的目标进行系统的了解。”

经欧阳双杰这样一分析，目标的范围又缩小了许多，从八个人变成了三个人。

“这样也好，至少我们可以抽出大半人手来专门保护这三个人。”肖远山说道。

最终锁定了三个目标，叶妮、肖琳和范绮红。王小虎带一组人负责叶妮的安全，刘希成带一组人负责肖琳的安全，而范绮红的安全由欧阳双杰亲自带一组人负责。

欧阳双杰是最后赶到任务地点的，谢欣、许霖和队里的两个年轻刑警早就已经守在那儿了，两个年轻人一个姓罗，一个姓李。

“范绮红就在里面，为了不惊动凶手，我们并没有直接和她有过任何的接触。”谢欣说道。

许霖把一张纸片递给欧阳双杰：“这是王队刚才传来的信息，上面有范绮红今天手机的通话记录，看上去没有什么异常。她今天一共有九次通话，七个号码，其中两个号码是酒楼的供应商的，一个号码是她的闺密的。这三个号码是呼出，呼入的四个号码一个是她租房的房东打的，一个是她经常去的一家美容院打来的，还有一个是她丈夫打的，通话的时间最长，十分钟。最后一个号码应该是酒楼的一个常客，而且关系和她挺不错的。因为这个号码经常与她联系，王队说会让人尽快查明机主的身份。”

欧阳双杰看了一眼：“从通话记录来看倒没有什么异常。酒楼周边有没有发现什么可疑的人物出现？”

谢欣摇了摇头：“没有，一切都很正常。”

欧阳双杰没有再说什么，坐在车里，靠到了靠背上，舒展了一下身子，很久都没有动静。欧阳双杰看了看表，已经是中午十一点四十多了，酒楼的生意渐渐地好了起来。他决定和谢欣一起进酒楼，既能吃饭也能近距离观察。

范绮红亲自招呼他们到了座位上。范绮红总是一张热情的笑脸，说话也中听，声音也甜美，特别是那眼神，隐隐还有些勾魂的意味。

此刻在西南数码城的物业办公室里，刘希成和邢娜正从窗户往下看。这个角度正好可以看到肖琳的柜台，肖琳正接过送外卖小伙子递给她的盒饭。

刘希成这一组的难度最大，西南数码城是林城最大的数码城，而肖琳站的柜台并不是在靠近大门的地方，想要盯紧就只能把人撒到距离肖琳柜台不远的地方，伪装成顾客。

刘希成和邢娜是直接找到物业的，亮明了身份，征用了这间办公室。

“要想从这儿劫走一个人并不是件容易的事情。”刘希成皱着眉头说道。

“你是怀疑欧阳的判断吗？”

刘希成摇了摇头：“他的判断应该是正确的。如果我是凶手，我坚决不会选择在这样的地方下手。”

“凶手很善于与人沟通，他应该是先用什么办法把人骗到某处，再下手。”

刘希成“嗯”了一声：“所以我们没必要搞得那么紧张的，众目睽睽之下凶手肯定不会亲自露面，我们看好肖琳就是了。”

刘希成瞪大了眼睛望着窗外。邢娜也看到了，一个三十出头的男子走到了肖琳的面前，正在和肖琳说着什么。那男子看上去很文雅，但从体格上判断应该是个健硕的人，戴着一副黑框眼镜，外部特征倒很符合凶手的画像。

邢娜看了一眼刘希成，刘希成对着耳麦说道：“小刘，上前去假装顾客，听听他们都在说什么。小张，客人离开以后跟一段，看看到底是什么个情况？”

一个年轻人走到了肖琳的柜台前，假装看着柜台里的手机，他就是刘希成这组的年轻警察小刘。小张在不远的地方静静地观察正和肖琳说话的男子。

过了一会儿，那男子离开了，危机解除了。

小刘告诉刘希成，那人就是买手机的，付款之后就走了。男子与肖琳的对话都是围绕着手机的，并没有什么异常。又过了几分钟小张也回来了，他说男子出了数码城就打了一辆出租车离开了，并没有开车，应该不是他们要等的人。

欧阳双杰的电话打了过来："老刘，你那边的情况怎么样？"

刘希成说道："一切正常。"

挂了电话，刘希成对邢娜说道："看来欧阳那边也没有什么发现，这都快两点了，也不知道老王那边怎么样？"

邢娜说道："应该也没有什么发现，不然他应该早就叫起来了。"

"范绮红好像要出去！"

谢欣皱了下眉头："出去？现在快四点了，再有一会儿就是晚饭的饭点，该是酒楼最忙的时候，她现在出去做什么？"

许霖笑道："谢姐，范绮红是老板，用不着一直盯在这儿。"

欧阳双杰说道："谢姐说得没错，范绮红是个做事很认真的人。据我们掌握的情况，她几乎每天晚饭的时候都会待在酒楼里，她是一个交际手腕很厉害的女人，一个女人能够把酒楼的生意打理得这么火红，自然有她的过人之处。"

小罗拉开了车门，和小李上了一辆普通牌照的轿车，欧阳双杰也回到了自己的"POLO"车上，三辆车不起眼地跟上了范绮红的那辆耀眼的红色马自达。

过了一会儿，耳麦里传来小李的声音："谢姐，有一辆蓝色的标致一直尾随在你们后面，看样子好像是冲着范绮红来的。为了避免对你们起疑心，下个路口你们就转拐，我们继续跟上。"

谢欣应了一声，许霖正准备转头往后看，谢欣说道："别乱动，坐好。"她说着看了一眼后视镜，果然在他们的车子后面跟着一辆蓝色的标致。到了一个十字路口，范绮红的车子正在等红灯，谢欣就打了下方向盘，右转弯了。她会先赶到下一个街口去，做好替换跟踪的准备。可是令她费解的是那辆蓝色标致竟然也跟着右转了，而不是跟着范绮红的车走。这也让在后面的小李和小罗心里充满了疑惑。

"谢姐，标致车跟着你们去了。"小李对着耳麦说道。

谢欣"嗯"了一声："我看到了，你们跟紧范绮红。欧阳，要不让交警把它拦下来。"

欧阳双杰说道："让他跟着吧，或许他就是我们要等的正主，你们的车驶离主线。如果它还跟着，再让交警拦停它，如果它没再跟着，说明他是冲着范绮红去的。只是他太谨慎，怀疑上你们了。”

“好，那我就驶离主线看看。范绮红那边你们就多费心，如果能够甩掉他，我们再赶过来与你们会合。”

范绮红的车子开到了东山公园的大门口，在路边停了下来。

车子就停在“栖霞圣境”的大牌坊底下，她从车里下来，靠在车旁，从口袋里摸出一包女士烟，掏出一支点上。

小李和小罗的车在距离三十米开外也停了下来，欧阳双杰则开到了前方五十米处。

欧阳双杰也不知道范绮红在这儿到底想要做什么，说她等人，可是她的脸上根本就没有半分的着急。虽然距离几十米，但欧阳双杰能看清她脸上的神情。

欧阳双杰轻声对着耳麦说道：“谢姐，你们那边的情况怎么样？”

“那车还一直跟着我们，如果过了立交桥它还跟着，我们就让交警出面拦下它。”

欧阳双杰说道：“好的，你们注意安全。”

谢欣他们的车已经下了花果园的立交桥，那辆蓝色的标致也跟着下了桥。许霖早已经和交警联系了，就在下立交桥没两分钟，一辆警车出现在前方，谢欣他们的车过去后，两个交警就把蓝色标致给拦了下来，谢欣也顺势把车停靠在路边。

谢欣和许霖下了车，他们看到了从蓝色标致上下来的是一个二十七八岁的年轻人。

过了一会儿，一个交警走上前来向谢欣敬礼之后说道：“我们问过了，是有人花钱雇他跟着你们的，车是租赁公司的。”

谢欣亲自走到了那个年轻人的面前，沉着脸：“你到底是什么人？”

“我叫贺二东，以前是跑出租的，上个月就没干了，中午吃过饭，就去游戏室玩。有人给我两千块钱，让我租辆车等在月月红酒楼的门口，说是让我帮忙盯住他老婆，看看他老婆是不是要去私会，还说如果发现他老婆离开酒楼，就留意一下有没有别的车跟着，有的话只要能够搞清楚是什么人，他会再给我一笔报酬。我要知道那人没安好心，知道你们是警察，打死我也不敢这样跟踪你们！”

谢欣看了许霖一眼，许霖问贺二东之前在哪家出租车公司干，他如实回答了，许霖马上就调查清楚了，贺二东没有说谎。

“那人长什么样子？”谢欣问道。

贺二东摇了摇头：“我没看到他的样子，他就在我的身后说话，不过他不许我回头，说如果我回头了，那么这件事情就黄了。其实我也很好奇那人长什么样子，等他交代完，我拿了钱等了等再想偷看一眼时，他人已经不见了。”

谢欣让交警暂时把人和车扣了，他们并没有再在这件事情上纠缠，和许霖两人开着车就往欧阳双杰那边赶去。

谢欣把事情大致向欧阳双杰说了一下。

欧阳双杰听了心里也“咯噔”一下，莫不是蓝色标致就是那个凶手雇用的？不妙，看来这下应该已经打草惊蛇了。那个凶手根本就没有打算跟着范绮红，他既然约了范绮红，只要确定了范绮红身边没有警察跟着，就可以直接赴约，然后实施犯罪。所以他只要跟着那辆蓝色标致，就能够知道结果！

欧阳双杰相信凶手一定就是跟着那辆标致车的，标致车被警察截下来，那么凶手就知道警察已经盯住了范绮红，那样他一定会放弃范绮红，而选择其他的目标。

欧阳双杰下了车，望向范绮红那边，他相信范绮红要等的人一定是不会来了，他走向范绮红。

“范总！”欧阳双杰的脸上露出微笑。

范绮红微微一愣，她确定自己不认识欧阳双杰，但又觉得有些面熟。

欧阳双杰说道：“中午在月月红和范总见过。”

范绮红这才想了起来，笑道：“哦，原来是我的贵客。有事吗？”范绮红这样说显然有些敷衍，也有些不悦，就算欧阳双杰在月月红吃过饭，也不该这样冒昧地过来和自己搭讪。

欧阳双杰收起了笑容，一脸的严肃，他掏出了证件，递到范绮红的面前：“我是警察。”接着欧阳双杰把事情大致说了一遍，听得范绮红花容失色。她一把拉住欧阳双杰的胳膊：“警官，你一定要救我啊！”

正好这时候谢欣的车子赶到，谢欣和许霖下了车。

欧阳双杰说道：“范总，你放心，我们会派人保护你的，不过有一点你得老实告诉我，是谁约你出来的？”

“我确实不知道是谁，他只说是一个公司负责公关的，他约我到这儿来，说要和我谈谈。如果谈得好，以后他们公司的招待用餐都会在我的酒楼。这样的人我见得多了，他们的确能够给我的酒楼带来生意，带来利润。”

欧阳双杰陷入沉思，凶手一定会重新选择目标，那么他的目标又会换成谁呢？欧阳双杰先是让范绮红回酒楼去，又和小李、小罗交代了一下，叫他们先暗中保护范绮红的安全，自己和谢欣、许霖匆匆忙忙地回了队里。

“老师，你是说凶手或许会放弃我们已经锁定的这几个目标吗？”许霖问道。

欧阳双杰微微点了下头：“如果我猜得没错，在王队和刘队他们两处也有过相应的试探。当然，手段和方式不会一样，但有一点可以肯定，凶手应该已经发现了我们做的部署，他不会向这三人贸然出手。现在我们得重新对另外五个曾经被我们排除的目标进行分析，锁定凶手的行动目标。”

欧阳双杰找出了那份名单，把那五个人的情况大致地向谢欣和许霖说了一下，然后他说道：“如果我是凶手，我会把那个女警察列为第一目标。”

“啊？为什么？”许霖惊讶地问道。谢欣也有些不解：“他怎么可能主动去招惹警察？”

欧阳双杰微微一笑：“你们都会这么想，凶手自然也会。正因为那是个警察，所以我们就会自然而然地觉得凶手不敢轻易地对她下手。”

“那个黑带呢？”谢欣问道。

“相比之下，他要动那个黑带就要难得多。苏樱虽然是个警察，可是她只是个普通的片警，除了警察的光环外，她面对犯罪分子并没有任何的经验。而那个黑带有异于常人的身手，所以凶手如果要把她列为目标，反而会增加很大的难度。”

谢欣和许霖都不由得点了点头，欧阳双杰对谢欣说道：“现在是四点半，你马上和河滨路派出所所联系一下，看看苏樱现在在不在所里。”

谢欣给河滨路派出所打了个电话，简单地说了几句挂上了电话。

“苏樱下午是在所里的，大概三点五十分左右，她接到一个电话，说是辖区里一个孤寡老人需要什么帮助就去了。胡所长说一会儿就把苏樱的电话发给我。欧阳，现在我们赶过去吗？”

欧阳双杰皱起了眉头：“糟糕！从时间推断凶手应该是在发现了你们暗中保护范绮红之后马上就改变了行动计划，选择了苏樱作为下一个目标！”

谢欣的短信提示音传来，她看了一眼："胡所长把苏樱的电话号码发过来了，不过他说苏樱的电话已经打不通了，他已经让民警去找了。"

说话间，欧阳双杰他们三人下了楼，上了车。

车子往河滨路派出所飞驰，车上欧阳双杰亲自给胡所长打了电话，一方面详细询问了苏樱的情况，另一方面让胡所长查查苏樱接到的那个电话里说的孤寡老人的住处。胡所长说这倒是有记录，是翠微巷口那栋老楼的陈老头儿，可是他让民警去陈老头儿家问过，陈老头儿根本就没有打过这个电话，苏樱自然也不可能在那儿。

"欧阳队长，苏樱是不是出了什么事？"胡所长紧张地问道。

欧阳双杰说道："电话里三言两语我也和你说不清楚，这样吧，二十分钟后我们在翠微巷会合。"

见欧阳双杰挂了电话，谢欣说道："看来苏樱已经出事了。"

欧阳双杰"嗯"了一声："苏樱是在三点五十分接到那个电话的。从所里到翠微巷苏樱是步行，大概需要二十五分钟。也就是说，苏樱到翠微巷的时间是四点十五分，现在差五分钟到五点，四十分钟的时间，对于凶手来说已经足够了。"

谢欣愣了一下，她说道："这样看来，当时凶手应该就是跟着那部标致车的。从时间上来看，从立交桥那边到翠微巷，开车也就是二十多分钟。我们是三点四十几分截下标致车，凶手那时就决定了把目标改成苏樱，他三点五十几给苏樱打这个电话，他知道苏樱一定是步行去翠微巷，苏樱大致要二十五到三十分钟，而他从立交桥那儿开车去，如果开得快一些，还要不了二十分钟。"

欧阳双杰说道："从时间上看，确实是这样。"

"这么说，凶手其实早就已经计划好了，把苏樱当作一个应急的方案！"许霖说道。

胡宜春是河滨路派出所的所长，四十多岁，个头不高，却很胖。

欧阳双杰他们的车子停了下来，胡宜春忙迎上去："欧阳队长！"两人握了握手。

欧阳双杰问道："有什么发现吗？"

胡宜春望向小武，小武说道："按苏樱的出警记录上的记载，是有人打电话说陈巨伯掉了什么东西找不到了。陈巨伯的腿不方便，又是孤寡老人，常常有什么困难都会给小苏打电话。所以这一次小苏也不例外地赶去了，不过我问了陈巨伯，他本人没有打过这个电话，也没有让别人打这个电话，自然小苏也没有去他的家里。”

胡宜春咳了两声：“欧阳队长，小苏会不会已经……”

“暂时还不会，但若是两天内不能够找到她的话，那就难说了。”

谢欣和许霖并没有站在那儿听欧阳双杰和胡宜春说话，两人分头行动。大概几分钟以后两人回来，告诉欧阳双杰他们询问了翠微巷的一些商家，都说没有看到苏樱来过。

小武待谢欣和许霖汇报完，插话道：“欧阳队长，我觉得小苏应该不是在翠微巷这附近失踪的，而是在来翠微巷的路上，因为翠微巷认识她的人太多，在这儿下手很容易会被人看到。”

欧阳双杰点了点头，他也想到了这一点，与胡所和小武又谈了一会儿后他说道：“嗯，这样吧，胡所，我们分头调查，有什么消息及时通气。”

胡宜春和小武离开了。谢欣轻声说道：“我们要不要走一遍从河滨路派出所到翠微巷这一程，看看能不能找到什么线索？”

欧阳双杰摆了摆手：“这种事情让胡所他们去查吧，他手底下的那个小武挺机灵的，我想他一定能够做好这方面的调查。我们不能把事情放在这种琐碎的调查上了，而是应该抓紧时间，找到苏樱。”

他们开车回到了局里，欧阳双杰走到了林城市交通图前，用铅笔标出了两条从河滨路派出所到翠微巷的路线：“苏樱一定是走这两条路的其中一条，我问过小武，平时苏樱习惯走左边这条，因为这条路相对要近些，至少要节约五百米的行程。不过最近这条路上在施工，所以她更有可能是走右边那条路。或许我们能够看出苏樱去了哪儿。”他这话一说，谢欣和许霖都愣了一下。

欧阳双杰点了支烟，靠在墙上：“如果苏樱不是被凶手强行带走的，那么她又因为什么没有去翠微巷呢？”

谢欣说道：“一定是半道上发生了突发的事件。”

“那又会是什么样的突发事件呢？”

许霖苦笑道：“不会是扶老奶奶过马路，送走失的小孩儿回家吧？”

欧阳双杰指了指许霖，脸上露出微笑："正确！应该是这类的事情。苏樱是个热心的民警，又是个女同志，善良，乐于助人。这一点我们早就从胡所和她管片儿的居民那儿得到了证实。所以，路上把她绊住的一定是一些琐碎的小事。"

许霖说道："老师，就算你说的没错，可是对着地图又能够看出什么？"

欧阳双杰说道："苏樱穿着警服，无论凶手使用什么手段骗走她，都会落入别人的视线。毕竟一个穿着警服的警察，目标是很大的。而凶手又是一个谨慎的人，他更不会让太多的人看到苏樱被他劫走。所以我想他一定是开着车去的，然后用了某种手段把苏樱骗上了车，再逃之夭夭。"

"那简单啊，调取路段监控看一下不就结了？"

欧阳双杰摇了摇头："我们和凶手打交道不是一两回了。虽说现在有道路监控，但是你们再回头看看凶手的六次行凶有哪一次被监控记录到了？"

"我就纳闷儿了，凶手怎么就能够每次都躲开了监控探头？"许霖皱起了眉头。

欧阳双杰指着地图某处说道："从派出所出来，过完马路，穿过那条巷子就是一条小街。从这条小街就有一左一右两条路通往翠微巷，但我认为苏樱应该就是在这条小街上被凶手带走的。"

"为什么？"许霖问道。

欧阳双杰说："刚才我们就说过，从小街过去，左边一条路近五百米，但正在施工，不好走，就是晴天也有很多的泥泞。苏樱是个女孩儿，女孩儿大多喜爱洁净，再加上她只是去帮陈老头儿找东西，不是特别重要的事情，所以她并不是很赶时间。那么她就会选择右边那条路。右边那条路原本就很热闹，苏樱一个穿制服的女警也就更引人注目，所以凶手下手的地方应该就是在小街上，甚至就在还没有到小街的巷口！"

谢欣说道："其实最冷清的还是从派出所出来的这条马路。如果我是凶手，我或许会选择这儿，不过在派出所门口下手是需要胆量的。"

欧阳双杰点上支烟，闭上了眼睛。

半分钟后，他睁开了眼睛："如果凶手的车就停在派出所对面的街上，而车子又正对着巷子口，这条小巷子人流很少，甚至有时候很长时间都没有人经过。当苏樱进入巷子，凶手在巷子里把苏樱哄上了车，是不是就神不知鬼不觉了？"

谢欣和许霖面面相觑。

谢欣说她马上去调看监控，看看是不是在那个时段真有一辆车停在派出所对面。

欧阳双杰打电话给胡所长，让他也在派出所附近找人询问一下，有没有目击者看到过他所推测的那辆车。

大概二十分钟之后，谢欣和胡所长两边都有了消息，只是他们的结果却不一样。

谢欣说："从路段的监控看，那个时间并没有什么车子停在派出所对面的巷子口。而胡所长那边却找到一个目击者，说确实在那个时候看到一辆银灰色的长安面包车。只是目击者没有记住车牌，不过他清楚地记得当时驾驶室里并没有人。目击者是老胡所里的一名警察。

欧阳双杰相信胡所的人应该没有看错，但为什么谢欣去查了道路监控却没有发现呢？虽然这个问题让欧阳双杰的心里充满了疑惑，但让他感觉到一丝兴奋。如果能够解开凶手为什么能够避开监控的这个谜团，那么整个案子就能够有一个推进了。

此刻已经是六点多钟了，王小虎和刘希成打来了电话，说他们那边没有发现任何异常，问欧阳双杰是不是继续盯下去。欧阳双杰告诉他们不用了，让他们吃点东西，然后撤回来。他让王小虎和刘希成回队里一趟，有些事情他要和两人沟通。

谢欣和许霖去吃饭了，欧阳双杰仍旧在办公室里。肖远山已经知道了苏樱的事情，他来到了欧阳双杰的办公室。

"我把这件事情向老冯做了汇报，老冯很生气，现在凶手竟然向警察下手了，欧阳，这个案子得抓紧啊！苏樱的事情到底是怎么一回事？"

欧阳双杰把情况大致说了一下。当听到道路监控与目击者所描述的事实竟然有出入的时候，肖远山瞪大了眼睛："怎么会这样？"

"应该是有人对道路监控做了手脚。"

"一定要把这个人给挖出来。"

欧阳双杰说道："我已经和网络安全中心那边沟通过，他们负责去调查。但邱彬告诉我，让我别抱太大的希望。从手法来看，应该是通过远程接入，使道路监控画面处于一个节点。也就是说，如果凶手是三点五十分到四点之间在那个路段作案，那么道路监控是停留在三点四十九分这个节点上。所以我们调出监控，看到的可以说是静止的画面。”

“也就是说，对手是一个很厉害的黑客？”

欧阳双杰点了点头：“嗯，他具备这个能力。邱彬说想要抓到这个人很难，不仅需要大量的时间，而且要和这个家伙拼技术。这个家伙的技术并不在邱彬之下，如果邱彬都搞不定的话，那么……”

“怪不得，几起案子都没有留下一点线索，道路监控根本就形同虚设。”肖远山愤愤地说道。他抬头望向欧阳双杰，“欧阳，苏樱一定不能有事，必须在凶手下毒手之前找到她，把她救出来。”

欧阳双杰没有说话，他还没有这样的信心。

几个人聚在欧阳双杰的办公室里。王小虎和刘希成也都听说了苏樱的事情，正因为苏樱出事了，他们才被撤了回来。

“目前，我们可以从这几个方面入手调查：首先通过各派出所查查二十五到三十五岁这个年龄段独居的男性，无论是本地住户还是外来的租房户，这人有面包车，居住处有网络，有电脑，居住地相对偏僻。有这几个限制条件，排查的工作量应该不会太大。许霖，你和邱彬看看能不能查到二十五到三十五岁这个年龄段在省内、国内或国外获得过大奖的电脑编程高手，又或者在 IT 领域有名的人，凡是符合画像特征的，都记录下来。”

许霖应了一声。

“谢姐，你就从长安面包车入手，这也是个工作量很大的活儿。”欧阳双杰对谢欣说道。

“刘队，从我们的推测来看，前面的七个失踪者有可能已经遇害了。可是到目前为止，除了廖小茹的人头和发现的那袋人骨之外，其他的骸骨都没有找到。七个人，不可能只有那一包骸骨，其他骸骨凶手又是怎么处置的？所以我们必须找到这些骸骨。这件事情就拜托你了，相比之下，寻找其余骸骨的难度是最大的。”

肖远山听着欧阳双杰的布置，微微点了点头，这个时候也只能这样了。他问欧阳双杰：“那你呢？”

欧阳双杰说道：“我准备还是从迷信与宗教仪式这方面着手，我始终觉得凶手之所以这么丧心病狂一定是受到了什么挑唆。一个正常人，就算他存在着心理问题，也不应该干出这么疯狂的事情来。即使是报复社会，但手段这么残忍，在整个作案过程还这么冷静，对于这样的犯罪分子，我们不能局限于传统的认知，要敢于突破常规。”

夜里三点多钟，许霖那边就有了消息。

“老师，我和邱主任还真查出了一点眉目。林城的计算机高手但凡有点名气的，我们都进行了仔细排查，到目前为止，我们列出了最有嫌疑的三个人。”

“到我办公室来吧！”

五分钟后，许霖从网络安全中心回到队里，进了欧阳双杰的办公室。许霖把资料递给欧阳双杰，欧阳双杰拿起来看着。

许霖在一旁解释道：“这三个人当中，我和邱主任觉得这个顾小可的嫌疑最大。”

顾小可，男，二十九岁，原本是华诚科技的程序设计员，主要负责计算机编程。两年前，顾小可突然提出辞职。后来有人说，他是因为患了绝症，至于是什么绝症没有人知道。离职以后，顾小可就从众人的视野里消失了，再没有任何的消息。顾小可二十二岁那年曾获得黔州省计算机编程大赛的金奖，二十四岁那年代表黔州省参加全国计算机程序员职业技能大赛，获得第一名。

“我们和顾小可的家人取得联系，知道顾小可还在林城。现住在花溪，租的是私人建的一个独栋别墅。”许霖轻声说道。

欧阳双杰微微点了点头：“车呢？他开的是什么车？”

许霖说道：“他有两辆车，一辆奥迪 A6，一辆银灰色的长安面包车。对了，我们还查到，我们市局的天眼系统的设计他也有参与。”

欧阳双杰皱起了眉头：“我们的天眼系统是一年前做的，而他两年前就辞职了，再说那套系统也并不是由华诚科技做的啊！”

“他名声在外，虽然这两年隐居起来，但还是会有人辗转找到他，请他帮着做一些复杂的编程，偏偏承接天眼系统的那家公司就找到了他。这套天眼系统的主体设计就是他的手笔。邱主任说，如果他想神不知鬼不觉地侵入天眼系统，根本就不是一件难事。”

“其实在你的心里已经认定了这个顾小可就是凶手，对吧？”

许霖愣了一下，不过他还是点了点头："我和邱主任都是这么想的。"

欧阳双杰把这个顾小可的资料放下，一边拿起另一份，一边说道："你不觉得这个结果得来的太容易了吗？"

"什么意思？"

欧阳双杰淡淡地说道："我的意思很简单，我怀疑是有人故意把目标引向了顾小可。这个案子从一开始到现在，我们的对手的表现都是一流的。一流的手段，一流的智商，怎么可能这么轻易就让我们给找到了？"

许霖想想确实也是这个理，他说道："那还要不要把他找来问话？"

"问，当然要问，既然有嫌疑，那就搞清楚，不过这件事情让王队去吧。"

第二份资料的主人叫孔亮，男，三十一岁，职业黑客，曾因为盗取银行信息而被判入狱三年，缓刑两年，后来因为表现得好，所以并没有执行。他深居简出，平常靠接一些编程的私活儿维生，和顾小可一样，未婚。

孔亮住在东风镇的一处民宅，是个独立院落，平日里白天睡大觉，晚上工作，也不与人沟通。不过资料上说他并没有什么交通工具，至少没有提到他有一辆长安车。

"孔亮的资料里没有提到他有交通工具，你们查过他有没有驾驶执照？"欧阳双杰问道。

许霖点了点头："查过，有驾照。不过据说在他的住处没发现有车子在那儿停过。"

第三份资料的主人叫韩建设，男，三十三岁，瀛海科技公司的总经理。瀛海科技是一家小公司，加上韩建设也就六七个人，而韩建设自己就是公司的总工程师，技术也是最好的。

"韩建设不是本地人，是从华南来的，他在全国计算机从业人员职业技能大赛中，获得编程类的一等奖。他这个人的性格有些孤僻，平日公司没有业务的时候他大多都窝在自己的家里，不过他不是独居，家里有妻子，有儿子。当然，他有两辆车，最常用的是一辆宝马 X5，另一辆车是尼桑轿车。至于长安车，他的公司里有一辆，只不过那车一般是公司的职员在用。"

三份资料都看过了，欧阳双杰把资料放下，没有说话，点了支烟。

许霖问道："老师，你觉得哪一个的嫌疑最大？"

欧阳双杰抬头望向他：“你觉得呢？”

许霖不好意思地抠了抠头：“之前我觉得顾小可的嫌疑是最大的，可是经老师那么一说，顾小可确实不像。剩下的两个，我觉得那个孔亮的嫌疑最大，他原本就是个黑客，还有案底呢。”

“为什么不是韩建设？”欧阳双杰问道。

许霖说：“韩建设是公司老总，而且他不是独居，有家人啊！”

欧阳双杰说道：“你查过没有，孔亮和韩建设两人是不是也像顾小可一样，有隐疾？”

许霖摇了摇头，他说太晚了，要查也是天亮以后的事情。

欧阳双杰说道：“嗯，仔细查查，特别是孔亮与韩建设在外面是否购有房产，或者有出租房。我建议你把调查的重点放在韩建设的身上。”

天亮了，欧阳双杰伸了个懒腰。电话响了，是谢欣打来的。

“欧阳，排查量太大了，整个林城市银灰色的面包车一共两千多辆，一个个查不知道要查到什么时候。”

欧阳双杰说道：“你和许霖联系一下，他手上有三个人，查这三个人就是了。”欧阳双杰挂断电话，要去找王瞎子。他想到了几个问题，想要再问问王瞎子。

在楼道里，他遇到肖远山，说明了情况。肖远山说道：“今天我正好没事，要不我陪你一道吧！”

欧阳双杰笑着点了点头。

王瞎子没想到市局的局长竟然也亲自来了，他有些惊恐：“肖局长，欧阳队长，快请坐！”

坐下后，欧阳双杰接过王瞎子递过来的茶，喝了一口：“王瞎子，上次我听你说过那个传说之后也问了一些专家，可是他们对于这个传说好像并没有什么印象，不会是你杜撰的吧？”

王瞎子一惊：“怎么会呢？欧阳队长，能不能告诉我你问的都是些什么人啊？”

欧阳双杰也不隐瞒，说了那几个专家的名字。王瞎子苦笑着说：“欧阳队长，恕我直言，你问的那些人都是学院派。而我们都是口口相传，从不告诉外人，他们又怎么可能知道呢？”

肖远山说道："这传说你确定没有对其他人说过？"

"没有，就连我的几个徒弟我也没有说过。"

"那么在林城还有什么人知道这个传说？"欧阳双杰问道。

"林城在我们这一行出了名的也有几个，不过真正知道这个传说的，西门桥的贾大眼算一个，红边门的刘老三算一个，应该就没有别的人了。"

"那你怎么不早说？"

王瞎子一脸的委屈："上次你也没问啊？"

欧阳双杰和肖远山自然就坐不住了，先是赶到了红边门。

刘老三没有徒弟，也不像王瞎子那样装模作样地开了个店，而是在街边摆了个小摊儿。

刘老三是瞎子，真瞎。但瞎子的眼睛看不见，耳朵却很好用，有人说这是上苍对他们的另一种补偿，其实不然，那是生存的本能，没了眼睛，他就必须更依靠自己的耳朵。

"两位，是测字还是问卦？"刘老三听出了来的是两个人。

欧阳双杰在凳子上坐下，微笑着说道："测字吧。"

说罢，刘老三说道："我的眼睛看不见，先生就说吧，要测的是什么字。"

欧阳双杰说道："我们就测一个'天'字吧！"

"'天'啊？"刘老三翻着一对白眼球，"天者，减一为大，减二为人，二位一定是摊上什么大事了，在寻什么人吧？"

欧阳双杰和肖远山对望了一眼，竟然让他给说中了。肖远山笑了笑："那你猜猜我们是什么人？还是依着那个'天'字！"

刘老三淡淡地说道："二位应该是官家的人吧，官家大过天。"

这下肖远山脸上没有了笑容，欧阳双杰苦笑着摇了摇头。这些江湖术士的把戏确实不易揭穿，不然也就不会有人相信了。

刘老三说道："二位来一定不是算命的，有什么话就直说吧。"

欧阳双杰这才把来找刘老三的事情说了一遍。

刘老三听完皱起了眉头："我确实听过这个传说，但我死去的师父说过，这种事情是逆天违道的，且不说是不是真的能够长生，就说那手段，根本就与人道相悖。这个传说我没有告诉任何人。一来我不信，二来我也不希望它误导了世人。”

“对了，你熟悉西门桥的贾大眼吗？”欧阳双杰问道。

刘老三冷笑一声：“你们若是去找贾大眼说不定还真是找对人了，那是个唯利是图的人，只要给钱，他是什么都敢说，什么主意都敢出的。”

“看来你对贾大眼很不满啊！”肖远山笑着说道。

“干我们这行，也得有自己的职业道德，与人为善，劝人向善，为人解难消灾，可是不能导人为恶，不能为了达到解难消灾的目的伤害无辜。做人做事，得讲良心不是吗？”

“饭可以乱吃，可话不能乱讲啊。”贾大眼的眼睛并不大。相反，比普通人的还要小许多，一张大脸配着那一双小小的三角眼，让人觉得很滑稽。贾大眼这绰号的来历并不复杂，是说他的眼里只有钱，整个人都掉到钱眼儿里去了。贾大眼面对肖远山和欧阳双杰，表示了自己的无辜，脸上一副委屈的表情。

肖远山淡淡地问道：“这么说你还是知道这个传说的？”

“传说嘛，有人传就有人听。我个人认为说它是传说并不十分贴切，无风不起浪，空穴不来风。”

欧阳双杰微笑着说道：“这么看来你是相信有这么一回事了？”

“这个传说在我们这个行当里流传很广，只是这手段太残忍了！”

“你仔细想想，你有没有把这个传说告诉过什么人？”

“没有，绝对没有！真要把这事情和谁说，也得人家信啊。若是他照着做，我不就成了教唆犯了吗？”

欧阳双杰看了看他店里的两个伙计：“他们呢？”

贾大眼说他连自己的两个徒弟都没有说过。

欧阳双杰突然就转了话题：“贾大眼，听说你很喜欢喝酒？”

贾大眼不好意思地笑了笑：“我没别的爱好，就好整两口，有酒瘾却没有量。你们也知道，常常有人请我去看看风水，指指阴宅什么的，偶尔也给人卜卦算命。请我吃喝的不少，大家都知道我有这嗜好。”

欧阳双杰说道：“贾大眼，听说你经常喝醉？而且酒品也不好？”

贾大眼摇了摇头：“我贾大眼虽然酒量不好，酒品可是好着呢。喝得多了，自己找个地方就躺下了，不会发酒疯的。”

“喝醉以后你有没有可能把这事情说出去？”欧阳双杰又绕了回来，原来欧阳双杰和贾大眼谈论喝酒的事情就是为了这个问题。

“这个……”看来他也不能确定，不过最后他还是说，“应该不会吧？我喝醉酒以后话不多。”

欧阳双杰笑着站了起来：“那今天我们就聊到这儿。你若是想起什么，给我打电话。”欧阳双杰把自己的名片递给了贾大眼，贾大眼小心地把名片收好，欧阳双杰和肖远山站起来和贾大眼告辞后便离开了。

上了车，肖远山苦笑着摇了下头：“这个贾大眼，根本就是个人精，他的话，能有一半是真的就不错了。”

“欧阳，那你觉得会是谁把这事情说出去的呢？”肖远山问道。

欧阳双杰说道：“不好说，或许他们三个人都曾经把这件事情说出去过，只是现在出了事情，谁都不敢担这个责任吧。在他们的身上我们还得下功夫。”

欧阳双杰回到局里已经是十一点多钟了，谢欣、许霖、王小虎和刘希成他们竟然都没有给自己来过电话，看来他们的调查也不顺利，从苏樱失踪到现在已经近二十个小时了，若不能及时把她解救出来，苏樱很可能就危险了。

欧阳双杰坐在沙发上，抱着茶杯发愣。他把已经掌握的线索又重新梳理了一遍。最后，他的心思还是放到了自己对凶手的心理画像上去。他坚信自己对凶手的描述并没有问题，而想来想去凶手应该就在许霖列出的那三个嫌疑人当中！

欧阳双杰给王小虎去了电话，王小虎正在回来的路上。他告诉欧阳双杰他把顾小可带回来了。顾小可很不老实，一问三不知。王小虎觉得顾小可很可疑，就把他带回来让欧阳双杰好好问问。

“你就这样把人家带回来了？”欧阳双杰苦笑了一下。

王小虎说：“苏樱还等着我们救命呢，我可管不了那么多。对了，许霖那边我也是让他把人给带回来，到时候你可别怪那小子，是我的意思。”

才挂了王小虎的电话，许霖的电话就打了进来，许霖告诉欧阳双杰，他们去韩建设家，韩建设的家人说，他已经两天没有回家了，打电话也没有人接。

欧阳双杰问道：“找到孔亮了吗？”

“找到了，我们现在就把他带回来，老师，韩建设这边……”

许霖还没说完，欧阳双杰便说道：“回来再说吧，我让你查韩建设有没有什么隐疾，有结果了吗？”

许霖说韩建设应该没有什么隐疾吧，至少他的家人并不知道有这么一回事。

欧阳双杰挂了电话，大概过了两分钟，他打个电话给刘希成：“老刘，不管用什么方法，一定要把韩建设给挖出来。”

刘希成应了一声：“明白，我马上去办。”

欧阳双杰此刻心急如焚，在他看来，最有嫌疑的人就是韩建设，而韩建设又正好在这个时候失踪了，这肯定不是巧合。如果韩建设真是凶手，他很可能已经躲了起来。

肖远山在自己的办公室没坐多久便接到了欧阳双杰的电话，他匆匆忙忙地赶到了欧阳双杰的办公室：“这个韩建设很可能就是凶手，不然他一定不会躲起来。要不申请对他的通缉？”

欧阳双杰苦笑道：“我们现在没有一点证据能够证明韩建设就是这几起失踪案或者谋杀案的凶手。没有任何的证据，你就敢申请通缉令？”

肖远山不说话了，坐在沙发上一个劲地抽烟。

“不管怎么样，先把韩建设找到再说吧。”欧阳双杰叹了口气。

许霖和王小虎不一会儿就到欧阳双杰的办公室了，他们同样听说了韩建设的事情。

“这么说来凶手是韩建设？那我还费力气地把顾小可带回来做什么？”

欧阳双杰瞪了他一眼：“既然你们把人带回来了，那就好好问明白吧，问清楚也没有什么坏处。王冲呢？”

王小虎说王冲在楼下，应该是在车上。

“我让他陪我出去一趟，对顾小可和孔亮的询问就交给你了。许霖，你也跟我一块去。”

肖远山问道：“你们去哪儿？”

欧阳双杰说道：“和希成会合，逮韩建设。”

上了车，欧阳双杰对许霖说道：“韩建设的情况你了解了多少？”

许霖说道：“公司的事情就先不说了，说他的家人吧。他老婆是个小学教师，有个正在读初中的儿子。不过据他的老婆和儿子说，韩建设是一个家庭观念淡薄的人，无论是对妻子还是对儿子都不关心。当然，经济上倒是没有对不起他们。”

“也就是说，他根本就没有什么时间陪自己的家人？甚至还有夜不归宿的现象吧？”

许霖点了点头。

欧阳双杰说道：“韩建设很有可能在外面租房，或者置办房产。”

许霖说：“我已经让人着手开始调查了，应该很快就有回应。不过我觉得就算真有这么回事，他一定也做得十分隐蔽，不会让人发现的。”

“扩大范围，看看韩建设有没有走得近的亲人和朋友，调查他们是不是有闲置的房产。”

许霖马上打电话安排了。

谢欣打电话告诉欧阳双杰，交警队那边查过了，顾小可、孔亮和韩建设的名下都有一辆这样的银色面包车，只是孔亮的车子扔在租赁公司，韩建设的车多半是公司的员工在开，大多时间都停在离公司不远的停车场里。至于顾小可，他的车就摆在他家的院子里，技术部门的人已经去了，看看能不能从他的车上发现点什么。

王冲开着车，听欧阳双杰挂了电话，才说道：“欧阳队长，如果他们其中之一是凶手，那么会不会也同样有一辆银色的面包车并不是挂在他们名下？既然可以以别人的名义买房或租房，也能用别人的名义买一辆面包车。”欧阳双杰点了点头：“有这样的可能。”随后又陷入沉思中。

韩建设的公司在宝山南路，“星光大厦”二十七楼。公司不大，就五六个人。公司员工还在正常上班，他们并不知道韩建设失踪的事情。公司的副总林辉告诉刘希成，韩建设已经好几天没有来公司了。

那辆长安车还在公司，车一直都是公司的业务员在开，并没有指定的驾驶员，公司人就那么几个，大都有驾照。

“你们韩总平日会用那辆车吗？”刘希成问道。

林辉摇了摇头：“在我的记忆中韩总从来没有用过那车，韩总自己有车，且不说档次了，安全性能都比面包车强太多，他自然不可能用面包车了。”

“你自己有车吗？”邢娜插了一句。

林辉点了下头：“我有车，奔腾 B30，所以平日我也不用面包车的，都是那几个小伙子在用。”

“你觉得你们韩总是个什么样的人？”刘希成点上支烟，轻声问道。

林辉皱起了眉头：“韩总是一个很有事业心的人，别看我们公司不大，可是一年的产值差不多有五千多万，净利润也近四百万，可以说这都是韩总的功劳。公司的事情，无论大小，韩总都会亲自过问，工作态度严谨。他对待员工很友善。只要你是真心为公司做事，尽了你最大的能力，公司就不会亏待你。”

刘希成微微笑了笑：“我能不能理解为你们韩总在工作上很强势，什么事情都要干预？”

林辉的脸色一变：“刘警官，你说笑了，我可没有这个意思。”

邢娜问道：“你们公司一年产值五千万，净利润怎么才四百万呢？你们是 IT 产业，应该说不存在多少成本的问题，更多是脑力的付出。”

林辉说道：“其实我们这一行的隐性成本也挺大的。譬如说一套系统，前期的研发是一个很漫长的过程，需要投入的设备、人力、技术都挺大的，有时候我们为了节约研发的时间，可能会向一些同行购买软件包加以运用或者搞二次研发。”

刘希成继续问道：“林总，你们韩总有没有什么仇人？”

“仇人？商场上的竞争原本就是带着血腥味的，一个从商多年的人，要说没有仇人是不可能的。警官，您什么意思啊？是不是我们韩总发生了什么意外？”

刘希成忙说道：“我只是随口问问，你不必紧张。”

林辉说道：“这个公司离不开韩总，韩总要出事了，公司也就完了。”

刘希成和邢娜又和几个员工分别谈话了之后就离开了韩建设的公司。

刘希成的电话响了，是欧阳双杰打来的。

“老刘，你那边查得怎么样了？”欧阳双杰问道。

刘希成把刚才的经过都告诉了欧阳双杰。

“嗯，小虎那边把韩建设的重要社会关系发了一份给我，我已经进行了标注，我转发给你。你，我，小虎，我们分成三个组，对韩建设的一些重要社会关系进行走访，重点就是这些人是不是有闲置房产和银灰色面包车。”

"看来你是认定了这个韩建设就是凶手了？"

欧阳双杰淡淡地说："我确实是这么想的，只是暂时我还拿不出证据来。"

欧佩玉是韩建设高中时的同学，也是同桌，同时还是韩建设在少年时期的爱恋对象。他们的重逢是两年前的事情。两年前，离了婚的欧佩玉从沪市回到林城，在市西商业街开了一个服装店。

"我们查过，韩建设失踪前的最后一个电话是打给你的。他都和你说了些什么？"欧阳双杰轻声问道。

欧佩玉的脸微微一红："他说过几天就是我的生日了，会给我准备一份生日礼物，我问他是什么，他说暂时保密，到时候会给我一个惊喜。"

"那他有没有说他会去哪里？"欧阳双杰又问道。

欧佩玉摇了摇头："没有，我们的关系没有人知道，他是有家室的人，我也不想破坏他的家庭，其实我们很少见面的。有时候一周，甚至两周才见一次面，他大多数时间都是在家里陪着老婆孩子。不过……"

"不过什么？"许霖问。

"不过他是个很闷的人，就算陪着你也没有太多的话，他总给人一种心事重重的感觉。刚开始我并不了解，还以为他是不是病了，又或是有什么解不开的心结，我甚至还以为他是因为我们的关系而有什么心理压力。我试着劝解他，他还是什么都不和我说，为此我也生过他的气。他总是那句话，没什么。后来我也就习惯了，或许这些年来他所承受的生活造成了他这样的性格吧。"

欧阳双杰皱起了眉头："你和他重逢已经整整两年的时间，见面的次数虽说不是很多，却也不少，你有没有发现他有什么重大疾病？"

"啊？"欧佩玉愣了一下，接着摇头，"应该没有吧，至少我没有发现。但也难说，他是一个有什么事情都藏在心底的人。"

欧阳双杰掏出一张纸："你看看这上面的时间，你们有在这个时间里见过面吗？"

那纸上是欧阳双杰写下的包括苏樱在内几个女人失踪的时间。

欧佩玉看了半天说道："应该没有吧，没有！"

她先是不太确定，后来语气却很肯定。欧阳双杰微微一笑："为什么那么肯定？”

“这两个月我们一共就见了三次，有一次是上个月我那个刚来的时候，第二次是那个刚完的第三天，最后一次是上周二。”

离开欧佩玉的家，许霖说道：“看来这个韩建设还真有问题。我觉得他并不是真正的性格孤僻，他的心里一定藏着什么秘密，而且他藏得很辛苦，否则是不会轻易让别人看出来的。他的身体可能有什么隐疾，而且还是很要命的疾病。”

王冲这回也同意了许霖的观点：“到目前为止，我们已经调查了韩建设比较亲密的三个社会关系，可是没有找到一点线索。队长，再有两个小时苏樱失踪就整整二十四个小时了。”

欧阳双杰叹了口气，他又何尝不知道？就在这个时候，王小虎打来了电话：“欧阳，你马上赶到太慈桥小园里来一趟，就在小园里药用植物园对面的那栋小洋楼。”

“找到韩建设了？”欧阳双杰精神一振。

王小虎“嗯”了一声：“我已经调动了特警队，也向肖局汇报了，韩建设的手里有人质，就是那个苏樱，情况紧急！”

挂了电话，欧阳双杰让王冲掉转车头向着太慈桥小园里赶去。

十几分钟后，他们来到了太慈桥小园里，那儿已经停满了警车。肖远山正在朝着小洋楼里喊话。

王小虎小跑着来到了欧阳双杰面前。欧阳双杰问道：“到底是怎么一回事？”

王小虎喘息着：“你可算来了。一时半会儿也说不清楚，韩建设说要见你。肖局做了他半天的工作，他就是不上道，看来只有你去会会他了。”

欧阳双杰微微点了点头，他的心里很郁闷，自己和韩建设并没有什么交集，韩建设怎么就指名道姓地要和自己谈呢？想到这儿，他的心里一惊，在来的路上，他的那种预感就更加强烈了。

他拿过肖远山手上的扬声器：“韩建设，我是欧阳双杰！”

小洋楼的二楼窗户，先是出现了一个穿着制服的女警察的身影，是被绑架的苏樱，接着另一个身影就出现在苏樱的身后，不过他躲得很好，整个人都藏在苏樱的后面。

“你就是欧阳双杰？”那声音虽然不小，却带着颤抖。

欧阳双杰说道："我过来，你把她放了！"

"你一个人上来！"韩建设有些歇斯底里，他抵在苏樱脖子上的那把刀在阳光下闪闪发光。

"你冷静一点。我一个人上去。"

欧阳双杰刚说完，肖远山在他旁边轻声说道："欧阳，我无办法安排狙击手，这把枪你带上！"他悄悄地把自己的枪插到了欧阳双杰后腰际的皮带上。欧阳双杰没有说话，只是望着小洋楼上，缓缓地掏出了自己的枪，放在了车子的引擎盖上。然后欧阳双杰便举着双手，缓缓地向着小洋楼走去。

欧阳双杰进了小洋楼，他看到小洋楼的每个角落都有监控，全方位无死角，心想：怪不得老肖他们都窝在外面不敢乱动，这个韩建设还真是个角色。

欧阳双杰上了楼，到了韩建设在的那个房间，只见房间里堆了一堆监视器，而韩建设抓住苏樱就缩在墙角。

"我来了。"欧阳双杰见苏樱没有受什么伤害，放心了不少。苏樱虽然是个女警，可是她很镇定。

"把你背后的那支枪拿出来。"韩建设说道。

欧阳双杰笑了笑，把那支枪放在桌子上："你可以放了她了吧？我给你做人质，我是刑警队长，比她的分量要重得多。"

韩建设的一双眼睛通红，他叫道："你少废话，别以为我不知道你打的什么主意。告诉你，我在这屋子里安装了炸药，只要我一按按钮，我们就一起完蛋。"

欧阳双杰的心里"咯噔——"一下。

这时他看到苏樱向自己眨了下眼睛，是证实韩建设说得没有错。

"韩建设，你这是何苦呢？"

"你闭嘴，叫你来不是让你教训我的。"

欧阳双杰正色地说道："我还是那句话，想要和我谈什么都行，把她放了。不然我们之间没得商量，你自己看着办吧。"

"你凭什么和我谈条件？"韩建设问道。

欧阳双杰轻声说道："欧佩玉怀孕了。"

韩建设瞪大了眼睛："你说什么？"

欧阳双杰说道："我已经让人去把她接来了，大概再有两分钟就到了。"

韩建设的脸色变得很难看，半天他才说道："你骗人！不可能的！"

"不相信没关系，一会儿你就能够看到她了。对了，我们还让人去接你的老婆、孩子过来，估计也快到了。"

韩建设气愤地说道："你到底什么意思？"

"让你的亲人来看看你的表演，让他们知道自己所爱所敬的人到底是一个什么样的人！"

肖远山确实是让人去接韩建设的妻子和儿子了；去接欧佩玉的是王冲，是欧阳双杰让他去的，不过欧阳双杰撒了个谎，他骗韩建设说欧佩玉怀孕了。

欧阳双杰之所以这么说，是因为他知道韩建设既然连炸弹都装上了，说明他已经万念俱灰，在这样消极的情绪下，他很可能什么事都做得出来。为了自己和苏樱的安全考虑，他得让韩建设的心里有牵挂。只有这样，他才不会一心求死。

之前他判断韩建设应该是患了绝症才会相信那个传说，他做这么多事就是想挽救自己的生命，他不想死。如果不是事情败露，他是不会走到这一步的。欧阳双杰想要用韩建设心底的那份亲情和爱情来唤起他对生命的留恋。只有这样，他才不会引爆炸弹。

韩建设的双眼紧紧地盯着欧阳双杰。

"韩建设，放了苏樱，然后我们好好谈谈，行吗？"

韩建设没有说话，他又押着苏樱走到了窗前，望了一眼窗外，缩了回来。等他再次望向欧阳双杰的时候，欧阳双杰明显发觉他已经有些犹豫了。于是欧阳双杰又趁热打铁地说道："只要你放了苏樱，我给你做人质，到时候你可以向他们提任何的要求。"

"好，我答应你放了她。"

韩建设放开了苏樱，只是他的手里多了一个小遥控器："叫她马上走，别耍花样，不然我就摁下去，到时候她就只能给我们陪葬了。"

苏樱跑到了欧阳双杰的面前，欧阳双杰沉声说道："赶紧走吧。"苏樱愣了愣，不过还是听从欧阳双杰的话跑下楼去了。

欧阳双杰的脸上露出微笑："现在我们可以好好谈谈了，能告诉我为什么非得指名见我吗？"

"都是你，是你坏了我的好事。原本再有三次我的病就能好了，我还能够好好地活下去，但你却让我的梦破灭了！”韩建设恨恨地说。

欧阳双杰的心里明镜似的，看来果然是被自己猜中了，这个韩建设真的有绝症，他这么做一定是听信了那个所谓的传说。

欧阳双杰叹了口气：“就为了你自己能够活下去，你就要杀那么多人？你不觉得你这样做太自私，太残忍了吗？”

“你也不是圣人，这个世界上根本就没有圣人。我是为了自己杀了人，但这个世道，为了满足自己的欲望杀人的人多了，只是方式不同。”

欧阳双杰冷冷地说道：“触犯国家法律的人都会受到制裁，任何事都不能成为你杀人的理由。”

“换位思考，韩建设，如果受害者是你的亲人、你的爱人，你会是怎样的感受？况且你就真的相信用那样的方式能救得了你的命吗？”欧阳双杰继续说道，“你那样做还是人吗？”

韩建设的脸上露出了痛苦的表情：“住嘴！”

韩建设的情绪有些激动。欧阳双杰话锋一转：“你的家人到现在为止都还不知道你的病情吧？”

韩建设摇了摇头。

欧阳双杰叹息道：“你爱他们，你怕他们为你担心，你不想他们因你而难过，但你有没有想过，被你杀害的那些人，她们也有亲人，也有爱人。她们的死，对她们的亲人而言，难道不是一出惨剧吗？你是一个有知识、有文化的人，却相信所谓的传说而做出这样的荒唐事，你不觉得滑稽可笑吗？不，是可悲、可怜。”

韩建设一把抓起欧阳双杰放在桌子上的枪，打开了保险，枪口对着欧阳双杰：“别说了！你不要再说了！”

这时楼下传来一个男孩儿的声音：“爸！”

韩建设的身子微微抖了一下，他没有回应自己儿子的呼喊。再接着是他妻子的喊声，带着哭腔：“老韩你可千万别干傻事啊！”

欧阳双杰的一双眼睛紧紧地盯着韩建设，面对黑洞洞的枪口，他可不愿意再刺激韩建设，希望楼下韩建设亲人的呼唤能够唤起他的良知。

韩建设长长地出了口气：“能答应我一件事吗？”

“什么事？”

韩建设说道："给我老婆带句话，让她好好拉扯孩子。另外，请她关照一下佩玉，佩玉很可怜。"

"你完全可以亲自和他们说的。"欧阳双杰说道。

韩建设苦笑着摇了摇头："来不及了，已经没有机会了。"说罢韩建设突然举起枪对准了自己的头。欧阳双杰叫道："韩建设，不要冲动！"

韩建设说道："我已经活不了多久了，与其让你们抓住，我不如自己结束自己的生命。原本我确实想拉你当垫背的，因为我真的恨你，但现在我改变主意了，我放过你，不过你也别高兴得太早，你并没有赢！"

"砰——"韩建设开枪了，他的血溅在了欧阳双杰的身上。欧阳双杰清楚地看到他的脸上带着诡异的笑容。他手里的遥控器掉到了地上，欧阳双杰忙上前把遥控器捡了起来。他走到窗前，对肖远山做了一个手势；肖远山忙带着警察冲了进来。

欧阳双杰把情况和肖远山说了一遍，这时王小虎也走了过来："一楼的三个房间里，每个房间都各有六个液化气瓶子，是经过改装的。只要摁下遥控器，这十八个液化气瓶就会同时爆炸，到时候别说是这座小洋楼，我们外面的人全部会搭上！"

在这栋小洋楼的地下室里有七个大水缸，缸里装的都是骸骨，应该就是那些死者的。在缸里还找到了没有完全腐烂的头颅，七个缸是按顺序排列的，只是原本该是装着廖小茹的尸骨的缸是空的，而旁边的一个缸里头颅在，骸骨却没有了。

"欧阳，你是不是也觉得奇怪？"王小虎轻声问道。

欧阳双杰看了他一眼："说说你的想法。"

王小虎说道："照这情形看来，韩建设根本就没有想过要处理这些尸骨，至少暂时没有这样的想法，他是想先把这些尸骨存放在地下室里的。可是廖小茹的头颅和那袋骸骨又怎么会突然出现的呢？"

欧阳双杰点了点头，王小虎说得没错。

"我想廖小茹的头颅和那袋骸骨很可能不是韩建设自己弄出去的，而是另有其人。"王小虎一脸的疑惑，欧阳双杰没有回答。

"算了，不管这个人是谁，他也算是帮了我们大忙。若不是廖小茹的头颅和那袋骸骨出现，我们还不知道这些失踪案会是这么恶劣的连环杀人案。"

欧阳双杰一脸的平静：“你是怎么查到这儿的？”

“我查到了韩建设有一个好友叫傅作君，这个傅作君早在两年前就出国了，只是他的房子一直空着。傅作君的家也算是偏僻的。韩建设肯定知道傅作君出国的事情。于是我们就来了，没想到一来就看到了外面停着的。那辆面包车，正准备冲进去，韩建设就在窗口对我们喊话了，说是我们敢要乱来的话，他就杀了苏樱。另外，他好像早就知道我们会查到他的头上。”

欧阳双杰沉默了。按说案子算是破了，凶手也自杀了，但欧阳双杰觉得这个案子并没有完，这让他的心里很忐忑。他的脑子里又出现了韩建设临死时说的那句话：“不过你也别高兴得太早，你并没有赢！”

“这句话到底是什么意思？到底是谁把廖小茹的头颅和那袋骸骨给弄出去的呢？”

王小虎耸了耸肩膀：“你不会还想继续查下去吧？”

欧阳双杰确实是这么想的，既然还有疑点他是不会轻易放过的。

“或许是韩建设自己干的。他害怕了，想着把这些尸骨处理掉。欧阳，凶手都已经死了，继续查下去还有意义吗？”说罢他就离开了。

第三章 刚刚开始

接下来的两天，林城的媒体都大篇幅报道着同一条新闻：林城警方破获特大连环杀人案。一时间欧阳双杰的名字在林城再次响起来。不过这两天欧阳双杰却很低调，整天躲在自己的办公室里。他的内心还在纠结着，他还是相信这个案子并没有结束。可是两天过去了，林城风平浪静，似乎随着韩建设的死，一切都结束了一般。

一个月过去了，欧阳双杰所担心的事情一直都没有再发生。

这天是王小虎的生日。大家在凯越酒楼吃完饭后，几个年轻人便嚷嚷着去KTV。正在这个时候，欧阳双杰的电话响了，是白倩打来的："欧阳，在干吗呢？"

"在外面吃饭，怎么了？"

白倩说道："有件事情想请你帮忙。"

欧阳双杰问道："什么事啊？"

"我一个朋友的小孩儿不见了，就在他们家的小区里突然就不见了。在小区的监控视频里也没有任何发现。警察来做了记录，要了孩子的照片，说会帮着找。"

欧阳双杰说道："现在是这样的，小孩儿失踪是必须出警的，不必等二十四小时。"

"这件事情有些蹊跷。半个月前，我们给老师庆祝生日的那天，在我们单位附近的那个菜场里有一个卖鱼的商贩，他的小孩儿也是眨眼的工夫就在市场里失踪了。两个孩子都是女孩儿，而且年纪都是九岁，属蛇，还记得你那起变态连环杀人案吗？"

欧阳双杰不禁打了一个寒战，虽说这段时间他也一直在关注着失踪案，可是没有把目光放在儿童的身上。

“欧阳，按说就是人贩子拐卖幼童，九岁的孩子应该不会再成为他们的对象了。联想到前一段时间的新闻，我就在想，会不会和那个案子有关系，所以给你打这个电话，希望你能够查查，救救我朋友的孩子！”

挂了白倩的电话，欧阳双杰的脸色很不好看。欧阳双杰把王小虎拉到了一边，然后把白倩在电话里说的事情一五一十地对王小虎说了。王小虎听后也惊呆了，说道：“有这种事？会不会只是巧合？”

“我也希望这只是个巧合，但白倩说的并不是没有道理，而且从一开始我就觉得那个案子并没有结束。”

“喂，你们在这儿嘀咕什么呢？”谢欣笑着走过来。

王小虎耷拉着脑袋：“不玩了，准备开工吧！”

大家都愣住了。欧阳双杰把刚才接到白倩电话的事情又说了一遍，然后正色地说道：“这种事情宁可信其有，不可信其无。邢娜，你和许霖马上与打拐办那边联系一下，看看最近走失的儿童里有多少属蛇的。另外，失踪的时间大致是什么时候，尽可能弄准确些。”

邢娜点了点头便和许霖先离开了。欧阳双杰对王小虎说道：“你和白倩联系，去找到那个菜场的鱼贩子，仔细询问一下他家孩子失踪时的情形。我去见见白倩的那个朋友。”

王小虎是和王冲一起去的。谢欣照旧跟着欧阳双杰。

他们赶到金龙小区的时候白倩已经等在那儿了。白倩的那个朋友姓邓，叫邓启发，是一家安防公司的老板，他的妻子叫庄敏，已经哭成了个泪人。

在白倩相互介绍后，欧阳双杰直接进入了主题：“邓先生，你们最后见到孩子是什么时候？”

邓启发说道：“下午放学是我去学校接她回来的，到家以后没多久，庄敏打电话来，说是晚上我们出去吃饭。当时我正在看一份策划案。丹丹说她先到楼下去玩一会儿，我也就没在意。因为平时丹丹也经常在小区里和她的小伙伴们玩耍，只要不离开小区，她应该是不会有什么事的。大约过了一个小时，我接到庄敏的电话，让我和丹丹下去。我就告诉她丹丹在下面。等我到楼下，庄敏已经慌了神，她告诉我没有找到丹丹，打丹丹的电话已经关机了。丹丹很乖的，她一个人不会乱跑。”

白倩拉住庄敏：“我这同学是刑警队长，他一定能够帮你们把丹丹找回来的。”

“欧阳警官，我就这么一个女儿，她若是有什么三长两短，我可怎么活啊！”

欧阳双杰轻声说道：“我们会尽力的，你们再联系一下丹丹的同学和朋友，再向亲戚打听一下，看看丹丹有没有到他们那儿去。我和同事这就去找，有什么消息会第一时间给你们打电话。”

白倩留下来安慰庄敏，欧阳双杰和谢欣就下了楼。

谢欣的情绪也很低落，进了电梯她轻声说道：“欧阳，不会真与上次的案子有关吧？我真不敢想象，九岁的孩子，他们怎么下得去手？”

欧阳双杰的手机响起了短信提示音，欧阳双杰拿起来看了一眼，一张脸霎时变得苍白。谢欣疑惑地伸过头去，只见欧阳双杰的手机上短信息来源是未知，内容是：Ready？ Go！

“什么意思？”

欧阳双杰说道：“很多游戏开始的时候都会听到这句话，它的意思是‘游戏开始了’。”

韩建设的话又在欧阳双杰的耳边响起。此刻他明白了，那个案子不但不是结束，只是一个开始。从某种意义上来说，他并不是真正的凶手，他只是真凶手里的一枚棋子，而躲在他的身后暗中操控这一切的人才是欧阳双杰最大的敌人。

欧阳双杰和谢欣直接就回了局里。在路上他就给冯开林和肖远山打了电话，只说马上回局，事情紧急，务必要和两位局长当面汇报。

冯开林和肖远山几乎是同时到办公室，他们的心里都很不安。

欧阳双杰坐下来直接说道：“两位领导，那个案子并没有结束。”

“哪个案子？”

“失踪的女人那个案子！”欧阳双杰说道。

肖远山说道：“怎么可能？凶手不是已经自杀了吗？那个韩建设不是死在你的面前了吗？”

欧阳双杰把两桩九岁女童失踪的事情说了一遍，最后他拿出手机，把那条短信给冯开林和肖远山看。

冯开林和肖远山都惊呆了："欧阳，你是怎么想的？这到底又是怎么一回事呢？"

欧阳双杰还没说话，肖远山就先开口道："依我看，对方是冲着欧阳来的。"

"其实在韩建设死的时候我就有一种预感，总觉得有什么是我们忽略了的，只是我一时也没有想明白。虽然我们抓住了凶手，可是有几个疑点我们却没有搞清楚：韩建设为什么要那么做？对韩建设进行了尸检，他并没有之前我们所推断的什么绝症，难道他仅仅是想长生不死吗？到底是谁告诉他那个传说的？我曾经怀疑把廖小茹的头颅和骸骨弄出去的人并不是韩建设。最后，他明明知道事情已经暴露，却没有逃，而是采取与我们对抗的方式，甚至想要与我们同归于尽，是他自己的本意还是受了别人的威逼或蛊惑？"

冯开林和肖远山都点了点头。

"我怀疑韩建设只是一枚棋子，那个在幕后控制他做出这一切的人才是元凶，他能够利用韩建设，也一样可以利用其他的人，而我们根本就找不到他。我们疲于应对他手里的棋子，毕竟我们不能对失踪孩童的事情无动于衷。我担心就算最后我们找到这枚棋子，很可能又会像韩建设一样。这样我们一次次地与他的棋子对抗，却连他到底是谁都不知道。"

"有了韩建设的经验，他的这枚新棋子应该不难抓到吧？"

欧阳双杰摇了摇头："不一定，假如真是这样的话，他就不会这样猖狂地给我发这条信息了。如果我没猜错，这一次他的棋子应该也和韩建设一样，有着某个领域的特长，也占据着一定的职业便利，但绝对比韩建设更难找到。"

正说着，谢欣的电话响了，她接听了电话，说了几句就挂上了。

她望着欧阳双杰："在全市范围查过了，到目前为止，符合这个条件的儿童失踪案就白倩说的那两起。"

欧阳双杰点了点头，冯开林望向肖远山："老肖，看来这个案子马虎不得，你就盯紧一点，他们需要什么帮助你就出面协调一下。不过我个人觉得这个案子先不要对外声张，毕竟上个案子已经结了，若是再把它和上一个案子联系到一起，我怕会在社会上引起恐慌。"

欧阳双杰说道："这个问题我也考虑过了，我们不成立专案组，我想让小虎带着几个得力的人，与打拐办那边组成一个联合工作组，以打拐的名义对这个案子暗中进行调查，我这边重新对韩建设案进行深挖，希望能够尽快抓到那只幕后黑手。”

肖远山看了看表，十点一刻，说道：“马上开会，我们还是好好研究部署一下，明确一下具体的分工。希望我们能够走在凶手之前，解救出那个叫丹丹的女孩儿。”

这个紧急会议一直开到夜里两点钟，大家的神情都很严肃，心情也很沉重，他们知道接下来的一段时间又要投入紧张的战斗中去了。

开完会，王小虎跟着欧阳双杰去了他的办公室。

王小虎说道：“那个把廖小茹头颅和那些骸骨弄出去的人会不会就是这个‘黑手’？”欧阳双杰微微点了点头。

“可他为什么要那么做呢？没有道理啊？”

“他是在给我们提示。如果不是他的提示，我们不会去寻找那个传说，也不可能真相信有人会因为相信传说而做出这样逆天的事情。不过他的提示也就只有一次，你也可以把它看作他在宣示游戏规则。”

“我们去打拐办那边，你有什么好的建议吗？”王小虎轻声问道。

“经过了韩建设的案子，我怕你们的思路会被模式化。这个案子与韩建设的案子相似，却又有根本性的不同。这次凶手一定不是与韩建设一样的背景，他肯定不会是个电脑高手，他选择小孩儿为目标，很可能是幕后黑手的暗示。可是有一点我想应该不会错，这个凶手应该有便利地获得目标信息的手段与身份，凶手同样是一个具备一定知识层次，高智商的人。”

“有知识，智商又那么高，为什么还会被别人控制呢？”王小虎说道。

“因为一个人无论知识有多渊博，智商有多高，都会有弱点。当他的弱点被无限放大的时候，那就会成为他的死穴。还记得在韩建设案结案之后我们一起吃饭时我说过什么吗？”

王小虎仔细回忆了一下：“你说‘韩建设案’其实并没有真正具备结案的基础，你说如果韩建设真有什么绝症，那么他所做的一切都好解释，偏偏韩建设是个身体完全正常的人。那他为什么会为了一个不明真假的传说做出这样的事呢？作案的动机不明确。”

“动机！我想这应该是突破口。我一定要想办法把韩建设作案的动机挖出来，只有这样，我才能够知道那只‘黑手’到底是用了什么手段来控制这些棋子的。”

“你说这个对手会不会又是一个心理学的高人啊？”王小虎问道。

欧阳双杰苦笑着说：“现在还不能轻易下结论，我必须得把韩建设的案子重新梳理一下。”

早上八点半钟，邢娜和许霖就来到了欧阳双杰的办公室。

“昨晚我把韩建设的案子重新梳理了一遍，我发现有几个细节被我疏漏了。”欧阳双杰一面说一面拿起笔在白板上写着。

“首先，因为这个韩建设是一个相对孤僻的人，所以我们在调查他的社会关系的时候，除了他的家人、同事，还有他少得可怜的几个朋友之外，就没有再把范围扩大。”

许霖说道：“我昨晚看过卷宗，王队他们的调查还是很仔细的，扩大范围，指的是什么？”

“我记得之前我对韩建设做心理画像的时候提出过，韩建设是个迷信的人。他的这一特质，决定了他一定有某些不同寻常的社会关系。就像宗教信众相互之间会有交集一样，迷信的人或许也有一个圈子。所以要从这一点做文章，看看韩建设的社会关系里，有没有同样迷信的人。”

许霖和邢娜都点了点头。

邢娜说道：“这应该可以成为我们调查的一个方向。”

“第二个遗漏，在韩建设作案的那栋洋楼的地下室里我们发现了七个大缸，韩建设是按着受害者的死亡顺序存放尸骨，其他的尸骨都好好地放在那儿，偏偏居中的廖小茹的头颅和部分骸骨被取了出来，扔到了外面被我们发现。我认为这不是韩建设所为，而是另有其人。”

邢娜说道：“你不会想说是那个幕后黑手做的吧？他为什么要这么做？”

欧阳双杰说道：“规则。既然他把这当成和我之间玩的一场游戏，他就必须告诉我游戏的规则。在没有发现那些尸骨之前，我们并没有真正意识到这是一起恶意的谋杀案，直到廖小茹的人头出现。”

邢娜这才恍然大悟地点了点头：“你是说他这么做并不是出于好意，而是让你知道游戏规则，给你压力，是在告诉你如果不能马上破案的话，就会一直有无辜的人遇害。”

欧阳双杰说道：“现在他已经出了招，光是抓到他遥控的棋子不行，我们得把他给揪出来，棋子丢了一枚，还会出现下一枚。不把下棋的人拿下，指不定还会有多少无辜的生命白白牺牲。不过刚才的第二点还说明了一个问题，他对韩建设的行为了如指掌，知道韩建设的目标，知道韩建设用来作案的场所，更清楚韩建设的行动规律。他把廖小茹的人头和那袋骸骨弄出来一定是瞅准了韩建设不在的空当儿。韩建设是个聪明人，做这样的事情自然不会随意告诉任何人，韩建设甚至不知道是他在暗中作梗，这一点从韩建设临死前和我说的话中不难看出来。”

“这个人应该一直在暗中注意他的一举一动！”邢娜说道。

欧阳双杰“嗯”了一声：“是的，这说明这个人的时间很自由，而且具备很强的跟踪技巧。”

邢娜说道：“欧阳，这个人会不会是你曾经的某个仇家？”

欧阳双杰耸了耸肩膀：“应该不是。如果是和我有仇，他不会用这样的方式复仇，这样的复仇对于我而言并没有真正的损害，他无法从中体会到复仇的愉悦与快感，这不符合他的个性！”

“他是什么个性？”

欧阳双杰说道：“狂妄，自大，骄纵。如果他是为了复仇，就绝对不会假手于人，那样他会觉得没有成就感。他之所以用这样的方式，就是拉开了架势要和我打一场擂台，玩一场对抗性游戏。他想证明，无论是智商、知识还是别的方面，都强于我。”

“就为了证明自己的强大，不惜草菅人命，这人一定有毛病。”邢娜说道。

欧阳双杰只是无奈地笑笑：“下面我说说第三点！”两人都不说话了，欧阳双杰在白板上写下：知彼。

“这个人对我很了解，我说的了解是两方面的，第一，他很了解我这个人，应该是在我的身上下了一番功夫的。第二，他很了解我的工作能力，他把我当作一个假想敌，一个可以和他打擂台的对手。”

许霖说道：“他那么了解你，会不会是你身边的某个人？”

“不一定，我的信息其实他很容易掌握，再说了，你决心了解一个人，手段多了去了。我可以肯定的是，他一定仔细分析过我曾经办过的许多案子，而采用傀儡作案则是他精心设计出来的。让傀儡挡在前面，我们必然疲于应对，他就更加的安全。”

邢娜问道：“嗯，还有第四点吗？”

欧阳双杰说道：“棋子的选择。例如韩建设是个计算机高手，他可以利用自己在这方面的能力来获取目标的信息，筛选目标。同时韩建设还利用了自己的技术，使我们的监控形同虚设。他还有一定的经济实力，可以为作案提供保障。最重要的是他还懂得虚虚实实，在锁定韩建设之前，我们查到的三个条件相符的嫌疑人中，其实最不像凶手的反而是韩建设。”

许霖想了想：“也就是说，他所选出来的棋子不会是随机的，是经过精挑细选的？”

“那是自然。这也是为什么两个案子之间的间隔时间差不多有一个月之久。在近一个月的时间里，他一定在选择要控制的对象，他会对他的目标进行全面综合的评定。为什么现在他才正式通知我，游戏开始了呢？那是因为上一轮游戏，我们姑且把‘韩建设案’称为上一轮游戏吧，在他看来只是个热身，让我摸清楚游戏的规则。而他心里认为，这个案子才是我们之间的对抗性游戏真正的开始。”

“欧阳，这一次我们不能输，一定要在最短的时间内把他给抓住。不能让他得逞，伤害更多无辜者！”邢娜的脸上露出坚毅的神色。

欧阳双杰点了点头，目光望向了远方。

三民路菜场不是很大，却很热闹，它在市区里，四通八达，附近好几条街的人都是在这个菜场里买菜。

王小虎和谢欣来到了菜场，他们要找那个丢失孩子的鱼贩询问下情况。不过那个鱼贩并没有来摆摊儿，旁边一个卖鱼的小伙子说道：“老陈的孩子丢了，陈嫂整天哭着嚷着要找孩子，现在一家人忙着去找小儿，哪还有心思摆摊儿啊？”

王小虎问道：“老陈家孩子丢失的时候你也在这儿摆摊儿吧？”

小伙子点了下头：“其实我们也提供不了什么有用的信息，陈艳失踪的时候我们都在忙，谁也没看到她是怎么不见的。也就短短的十几分钟，刚开始还以为她是去上厕所去了，又或者和其他的小朋友玩去了，可等了两个多小时都没见她回来。陈嫂才慌了，支老陈到处去找找。老陈找了一个多小时没找到，问了经常和她一起玩的那些孩子，也都说没见到她，老陈才报警的。”

听小伙子这么说，王小虎问道：“也就是说失踪了三个多小时以后才报警，对吧？”

“差不多吧。”小伙子仔细地回忆了一下回答道。

谢欣走了过来，她也找旁边的几个摊贩询问了。

谢过了小伙子，王小虎和谢欣把菜场又逛了一遍才离开。

上了车，王小虎说道：“这个菜场四通八达，而且整个菜场都没有监控，人流量大，很多时候都人挤人的，谁又会去留意一个小孩儿呢？”

谢欣说道：“一个九岁大的孩子，按说已经有了判别能力，真要有人想要强行把她带走，她一定会有所反抗，那样就会闹出动静，但是没有。说明当时孩子或许是被下了什么迷药，又或者被诱骗走的。”

王小虎“嗯”了一声：“陈艳和邓丹丹并不在同一所学校，一个在师大附小，一个在七小，嫌犯是怎么知道她们都属蛇的？”

谢欣想了想：“莫非这个嫌犯也是个黑客？”

合群路二百六十二号，谢欣上前敲了敲门，门开了，是个六十多岁的老妇人。老妇人的脸上带着悲戚，眼里隐隐还有泪光，不过在打开门的瞬间，她还是充满了警惕：“你们找谁？”

“老人家，我们是警察，打拐办的，您是陈艳什么人啊？”谢欣很亲切地上前一步，向老人说道。

老妇人听了有些激动：“是不是找到艳子了？”

谢欣忙说道：“暂时还没有，不过我们一定会尽力的。我们今天来是想再多了解些情况。”

老人的神情一下子就失落了许多，一脸的失望，不过她还是侧开了身子：“进来吧！”

“陈师傅不在家吗？”坐下之后，王小虎轻声问道。

老人摇了摇头：“他和小红出去找孩子去了。”

“那您是？”谢欣轻声问道。

老妇人回答道："艳子是我亲孙女。"

谢欣说道："人海茫茫，他们又上哪儿找去。"

"不管怎么样，他们要不把我的宝贝孙女找回来，我就死给他们看！"说着，老妇人又哭了起来。王小虎无奈地向谢欣望了一眼，两人只能告辞了。

刑警队的小会议室里，肖远山望向欧阳双杰："说说吧，都有什么想法？想必大家都知道这个案子可能造成的严重危害了。"

谢欣先开口了："那我就先说说吧。我和王队去见了两个失踪孩童的家人，又到孩子走失的地方现场察看了一遍，没有任何的发现。第一个失踪的孩子叫陈艳，失踪的地点是三民路的菜场，没有监控，失踪的时候正是高峰期，菜场里人很多，商贩们，也包括孩子的父母，都忙着做生意，没有人看到孩子是怎么失踪的。第二个失踪的孩子叫邓丹丹，失踪的地点是金龙小区。我们调取了小区的监控录像，丹丹从楼上下来，到花园里的时候与她父亲所描述的时间是相符的，但之后丹丹就跑向了花园方向，那是监控的盲区。估计丹丹就是在那儿被人带走的。两个孩子失踪的时间相隔七天，都属蛇，大概的情况就是这样。"

接着王冲说道："今天我到了两个孩子的学校去了解了情况，不过并没有什么收获。"

许霖也和邢娜一样，他们俩今天大多时候都在和欧阳双杰分析韩建设案，设法找出两个案子之间有用的联系，可是一无所获。

肖远山把目光投向了欧阳双杰。

欧阳双杰咳了两声："我个人觉得，目前我们首先要弄清楚的问题是，凶手是以一种什么样的标准来寻找目标受害者的。在'韩建设案'中，正是这一点让我们迅速地锁定了目标。其次，我希望能够获得更多的信息，从而对凶手进行画像，这一点还要依靠在座的各位再努把力。"

肖远山说道："你准备从哪些方面入手？"

欧阳双杰想了想："第一，我同样要先找到他寻找棋子的标准；第二，找出他控制棋子的手法；第三，这个人对棋子的一举一动了如指掌，我想在我们锁定棋子的时候，我一定能够想出一个办法把他给引出来。"

肖远山在心里暗暗叹了口气："大家都知道这次案子的特殊性，这也是为什么我们没有成立专案组的原因。我也清楚，这个案子可能会是我们碰到最棘手的案子，是块硬骨头，不好啃。多的话我就不说了，你们放手去干，需要局里给予什么样的帮助，只管提！”

半个小时会议就结束了。肖远山跟着欧阳双杰去了他的办公室。

“中午的时候‘一监’的老秦给我打过电话，他原本是想直接打给你的，可是你的手机关机。”

欧阳双杰“哦”了一声，跑到了办公桌前拿起手机：“没电了。他找我做什么？怎么不打我办公室电话？”

肖远山说：“有人想要见你。”

欧阳双杰只是迟疑了一会儿便说道：“罗素？”

肖远山点了点头：“是的，不过他没说找你做什么。我听他说你偶尔会去看罗素，他还好吧？”

欧阳双杰抓起了外套：“我去一趟，看看他找我有什么事。”

肖远山说道：“去吧，代我向他问好。”

欧阳双杰笑了笑，便下了楼，上了车，往林城市第一监狱赶去。

罗素看上去还是蛮精神的，与入狱前相比，差别只是他剃了光头，还穿了号服。看到欧阳双杰，他的脸上露出了微笑：“来了？”

“嗯，你找我？”

罗素说道：“其实也没有什么，只是想恭喜你，又破了一个大案。”欧阳双杰愣了一下，不过他马上就想到了罗素说的大案一定是韩建设的那个案子。

欧阳双杰苦笑着摇了摇头：“没什么好恭喜的。”

“怎么，那个案子还有麻烦？”

欧阳双杰没有回答，问道：“你找我不光是想要恭喜我吧？”

罗素咳了两声：“还有件事情想请你帮忙。”

“说吧，只要我能够办到。”

罗素笑了笑：“给我弄一套心理学的教材，最好再弄些参考书什么的。五年的时间，我总不能浪费了。”欧阳双杰一口就答应下来了。之前他就劝过罗素，还年轻，以后的道路还很长，虽说做错了事受到了惩罚，但也不能自暴自弃，趁着服刑期间，好好学点什么，给自己充充电也是好的。

见欧阳双杰答应下来，罗素谢过后重新问道：“是不是那个案子还有尾巴？”

欧阳双杰咬了下嘴唇，按说他是不该和罗素谈及正在侦办的案情，但最后他还是把案子说了一遍，因为他觉得罗素或许能够帮到他。

罗素听了之后说道：“看来一个人太有名气也不是什么好事，就像那些武侠小说里，人人都想挑战那些绝世高手，因为能够一战成名，他们希望在这样的挑战过程中和结果里寻求满足。这个人应该是把你给分析透彻了，他甚至了解你的办案手法，思维模式，他在你身上下了不少的功夫。”欧阳双杰并不否认，他自己也是这么认为的。

罗素望着欧阳双杰：“你是怎么想的？”

“到目前为止我还有没太具体的想法。”欧阳双杰说道。

罗素微微一笑：“我想你一定是想从这个人选择棋子的规律上入手吧？至少到目前为止，只有这条线是你摸得着的。”

欧阳双杰笑了。

罗素说道：“要研究你，仅仅是靠着那些报纸、杂志是办不到的，特别是要对你办案的手法了如指掌的话，那就必须充分研究你过去办过的案例，那些案例并不是公开的……”

欧阳双杰瞪大了眼睛：“你是说在警察系统内部……”

“你别误会，我的意思并不是说你们内部有内鬼，而是这个人应该有某种能力拿到你曾经办过的一些案例，至于他是怎么拿到的就不好说了，假如是换到从前的我，我也有这样的能耐。我想从这个方面入手，比你现去研究他选择棋子的规律要来得快得多吧？到目前为止，他只选择了两枚棋子，对于你而言，从两枚棋子中找到共性的可能性或许不会很大，毕竟参照体太少。要多等几个参照体，那么付出的代价就会很大，不知道还要有多少无辜者因此丧生，你熬不起。”

欧阳双杰的脸上露出了笑容：“每次和你谈话，我都有一种茅塞顿开的感觉。”

罗素淡淡地说道：“我身在局外，没有压力，思维就不容易受到局限。你去忙你的，记得下次给我把东西带来。”

从“一监”出来，欧阳双杰激动的心情慢慢平复了下来，罗素说得没有错，要想了解自己是一个什么样的人，了解自己的生活和家庭这些都不算是什么难事，可是想要了解自己办案的手法，从中分析出有用的东西，那就必须对自己办过的案子深入地研究。自己办的案子，特别是一些经典的案例，并不是那么容易就能够弄到的。

这个幕后的黑手到底是通过什么样的途径搞到手的呢？从这一点入手查应该并不难。他先给肖远山打了个电话，让肖远山帮忙查一下最近半年来有没有人查阅过市局档案室自己所办理过的案子的卷宗，接着他又给省厅刑侦局的张局也打了同样的电话。

王小虎和谢欣又一次来到了金龙小区。他们并没有去打扰邓启发和庄敏夫妇，估计这两口子也不会在家的，一定也如陈艳的父母一般，满世界找孩子去了。

“邓丹丹就是走到这儿之后进入了监控盲区，花园有四条小路，其中有两条是出小区的路，那两条路一直到大街上都是没有监控的，而在另外的两条路上我们并没有看到邓丹丹，说明她应该是从花园这儿被直接带出小区的。”

谢欣说完，王小虎皱起了眉头：“那两条小路一条是通往影壁巷，一条是通往青山街，两个出口处都没有监控，最近的监控也在两百米外，根本就看不到这儿的情况。我让小李调出附近的监控录像，都没有邓丹丹的踪迹，说明凶手一定是用了交通工具。”

“无论是影壁巷还是青山街，几乎时刻都是车来车往，谁也不会注意到邓丹丹到底是被什么人给带走的。我问过街边的商户，没有目击者。”谢欣还是做了大量的工作。

“邓丹丹和陈艳都是九岁的孩子了，想要拐走她们并不容易，但凶手也并没有用暴力，否则一定会有什么动静，你说有没有这样的可能——那个带走她们的人或许是她们认识的？”王小虎提出了一个大胆的假设。

谢欣问道：“陈艳与邓丹丹分属于不同的家庭，两个人又不是在同一所学校，那么你说的这个人到底又是什么人呢？我可是问过，陈家与邓家根本就扯不上一点关系。”

两人先是走到了影壁巷，在小区出口外面站住了。

王小虎四下里看了看，确实是车来车往，而附近的商铺对小区出口的视线也并不好，没有目击者就很正常了。他无奈地叹了口气。谢欣说道：“走吧，我们往青山街那边去看看。”

青山街的情况与影壁巷的差不多，不过在小区出口不远处停了两三辆摩托，见两人出来就有人上前来问道：“二位，要打摩的吗？”原来青山街这边经常有黑摩的的司机在这儿拉客。

王小虎掏出证件：“警察！”

那黑摩的司机忙说：“对不起，我不知道你们是警察。”说着就跑掉了。

欧阳双杰回到局里，肖远山的电话就打到了他的办公室：“你让我查的事情我查了，最近你那些案卷没有人调阅过。对了，你查这个干什么？”

欧阳双杰说道：“那个幕后黑手对我很了解，甚至连我的办案手法也了如指掌，要做到这一点不容易，除非他深入研究过我曾经办过的那些案子。”

肖远山“哦”了一声，想要了解欧阳双杰曾经办过的案子，只能是几个地方，一个是警察系统内部，市局或是省厅，另一个是检察院或法院。虽然很多案子都有媒体播报新闻，可是新闻只讲述一个结果，具体的侦破过程是不可能知道的。

“省厅那边你问过了吗？”肖远山轻声问道。

欧阳双杰说他已经和省厅刑侦局的张局长联系过了，请他帮忙查一查。如果还是不行，就只能再找人去查一下其他的部门了。

挂了电话，欧阳双杰自己沏了杯茶，站到了白板前，重新审视韩建设的案子。

他在白板上写下了案A、案B。在它们的下面画了一条横线，然后左边的一栏写着：共同点与不共点。

第一，凶手可能受到某种蛊惑；第二，凶手选择的目标都是属蛇的女性，不同的是他们所选择的年龄段是不一样的，韩建设选择的是成年女性，而未知的凶手选择的是女童；第三，两个案子的凶手作案都是有周期性的，只是“韩建设案”的作案周期是半个月，而这个案子的周期却是一周，那是不是也意味着被绑架的幼童很可能已经遇害了？

欧阳双杰想到这儿心里不由得又有些乱了。如果是这样的话，对方给自己的时间还真的不多，第二个失踪的女孩儿邓丹丹从失踪到现在已经就要到二十四小时了，假如按一周的作案周期来看，如果今天还不能找到邓丹丹，那女孩儿很有可能已经遇害了。

欧阳双杰忍不住狠狠地拍打桌子。

“干吗发那么大的火？”邢娜走了进来。

“这个凶手的作案周期比韩建设的缩短了一半，韩建设是每隔半个月作案一次，而现在这个凶手则是一周作案一次。假如被凶手抓住的人也难逃一死的话，那么刘艳、邓丹丹恐怕已经被害了，而几天以后，又将出现第三个受害者！”

邢娜愣住了，看着欧阳双杰有些不知所措。

欧阳双杰说罢望着邢娜：“让你们查的事情查得怎么样？”

邢娜说道：“我和许霖去了陈艳和邓丹丹的学校，包括她们课外学习的艺术学校、兴趣班进行了了解，还是没能够找到同时与两个孩子都有交集的地方，她们根本就像是两条平行线。”

欧阳双杰说道：“我想尽快查到凶手的信息来源，他是怎么掌握陈艳和邓丹丹的个人信息的。我坚信这个人一定不会再和韩建设一样，他的信息来源不会很隐蔽。”

邢娜说道：“渠道应该很多。我们不是分析过吗？学校，社区，医院，保险机构，等等！而能够看到这些资料的人就更多了，你为什么偏偏要查她们的周边呢？”

欧阳双杰说道：“这就是逆向思维。因为有了韩建设案子的思维局限，那个幕后黑手会算定我们一定认为眼前的这个凶手同样能够通过特殊的渠道获得受害者的信息资料，这么样一来我们就会自然而然地忽略掉一点——凶手是与受害者有过真实接触的人。”

邢娜皱起了眉头，她在想欧阳双杰说的话。

省厅刑侦局的张局长给他打来了电话，和肖远山那边一样，张局长那边也没有发现有谁去调过自己那些案子的资料。欧阳双杰在电话里谢谢了张局长，看来明天得到检察院和法院去一趟了。

王小虎来到欧阳双杰办公室。

“今天我和谢欣又把两个孩子失踪的现场走了一遍，我觉得凶手很可能和两个孩子是认识的，而且孩子应该很信任他。”

欧阳双杰望着王小虎，等他继续往下说。

“我只是觉得九岁的孩子并不是那么容易带走的，特别是陈艳就在父母的眼皮底下失踪的，在那样的环境里，凶手就算想使什么手段也不可能轻易得逞。”

欧阳双杰点了点头：“嗯，其实我也是这么想的。下午我就让邢娜和许霖去调查过，可惜他们没能够查到两个失踪的孩子之间有没有交集。”

第四章 算命先生

第二天，欧阳双杰回到自己的办公室；邢娜和许霖来打了声招呼，他们又要继续去对陈艳和邓丹丹的社会关系进行调查，估计今天他们都不会回局里。

两人走后，欧阳双杰也没有再继续待在办公室，开着车就出去了。他准备再次找王瞎子询问。

见到欧阳双杰，王瞎子很诧异："欧阳警官，你怎么来了？我还以为那个案子破了，你就不会再来了呢！"

欧阳双杰淡淡地一笑："不欢迎我来？"

"你这说的什么话，你是贵人，到里屋坐。"两人在里屋坐下后，王瞎子的一个徒弟沏了茶，悄然退下。

欧阳双杰说道："你不是能掐会算吗？那你算算我到底是为什么来了？"

王瞎子咳了两声，然后轻声问道："不会是又出现类似的案子了吧？"

这下轮到欧阳双杰吃惊了，他扭头望向王瞎子："你还真会算啊？"

"我是猜的，你也知道，吃我们这碗饭，最重要的是要学会察言观色，揣摩别人的心理。"

"哦？说来听听，你是怎么猜的。"欧阳双杰放下了杯子。

王瞎子这才缓缓说道："首先，你几次到我这儿来的目的性都很强，询问的都是那个传说。对于我本人乃至我的生意什么的，你都是不关心的。那个案子结束以后你再也没有到我这儿来过。时隔了一个多月，你突然又出现，而且面容憔悴，神情隐隐带着焦虑，说明你又遇到了大案。按说手里有大案你就更不该往我这儿跑了。我就在想了，会不会还是上次的事没有了结。”

欧阳双杰没想到王瞎子分析得还真是头头是道，不过细想这也不算什么，就如王瞎子说的一样，算命这东西，除了一些所谓的“专业”知识外，更重要的就是察言观色，和自己的“微表情”分析有异曲同工之妙。

见欧阳双杰不说话，王瞎子叹了口气：“看来真让我说中了。”

“确实让你说中了，这次的案子和上次的有所不同，这次失踪的是女童，九岁的女童，也是属蛇的，到目前已经失踪了两个了。而两个失踪者之间的间隔只有七天，十五天和七天有什么讲究吗？”

王瞎子苦笑了一下：“这个我说不出个所以然来，在那个传说中并没有提及多长时间为一个周期。”

欧阳双杰说道：“那这两个案子又怎么解释？”

“如果这个凶手是受了什么人蛊惑，一旦他对这个人完全信任，那么这个人说什么他都会觉得有道理的。就像电视里说的心理暗示，就算对他们没用，也不会产生什么副作用。”

欧阳双杰陷入了沉思，王瞎子说的这段话让他隐约像是抓住了什么。

王瞎子见欧阳双杰在发呆，也不再说什么，自己端起茶杯喝起茶来。一个徒弟悄悄进来，张口想说话，被他瞪了一眼，徒弟乖乖地退了下去，估计是来了生意。

欧阳双杰从沉思中回过神来，脸上露出了笑容，他站了起来：“谢谢，耽误你的生意了。”

王瞎子忙说道：“你太客气了，我也希望警方能够早日抓住这个凶手，毕竟这样的恶行有违天道。”

欧阳双杰和他握了握手：“王先生，这件案子目前还处于保密阶段，所以……”

欧阳双杰的话还没有说完，王瞎子便说道：“我明白，一定守口如瓶，不敢胡乱嚼舌。”

欧阳双杰微笑着点了点头：“那我就告辞了。”

离开“易名堂”，欧阳双杰有些兴奋，这一趟没有白来，至少他又找到了一个侦破的方向，他给王小虎打了个电话让他赶紧回局里一趟。

王小虎不到半个小时就赶回了局里，一口气跑上了楼，进了欧阳双杰的办公室。

欧阳双杰把去见王瞎子的事情说了一遍。王小虎听完没有什么感觉，望着欧阳双杰一脸的迷茫。欧阳双杰说道：“你就没从王瞎子的话里品出点什么吗？”

王小虎摇了摇头。

欧阳双杰说道：“凶手会做出这样荒唐的事情，会不会是受那个传说的蛊惑？我们都知道，被邪教洗脑的人往往会做出疯狂的举动，而迷信就是邪教信徒的一大共同点。无论是之前的韩建设还是现在的这个凶手，他们疯狂的恶行背后，会不会就有一个人给他们洗脑呢？他们的作案周期是不是由幕后黑手所操控呢？”

“你是说，这个幕后黑手应该和王瞎子一样，是个神棍？”

欧阳双杰笑了，这小子终于开了窍了，能够想明白这一点。

王小虎皱起了眉头：“就算你说的有些道理，可是之前你不是说这个幕后黑手还对你很了解，甚至包括你曾经办过的一些案子，人家可是把你分析得透彻了，一个神棍能够做得到吗？”

欧阳双杰淡淡地说道：“韩建设是个网络黑客，可是他的反侦查手段你又觉得差了吗？还有之前我们办的案子，拿罗素而言，一个搞文字工作的大记者，说他是个犯罪的‘天才’也不为过。有的人因为天赋智商，所以并不局限于只能够在某个领域有所长，甚至可以触类旁通，延伸到其他领域。”

经欧阳双杰这么一说，王小虎沉默了。

“永远都不要被表象所迷惑，市井之徒看着不起眼，可是大隐隐于市，越是在社会的最底层，就越是藏龙卧虎！”

王小虎轻轻点了点头：“既然这样，我们应该说是有了调查的方向。王瞎子说知道这个传说的人并不太多，除了他，还有红边门的刘老三，西门桥的贾大眼，目标或许就是他们其中之一。”

“没那么简单，王瞎子是提过刘老三和贾大眼，可这也只是他知道的可能听过这个传说的人，但他不知道的呢？”

王小虎头都大了：“照你这么说，又得大海捞针了？”

以他们现在的人力，要认真地排查一遍至少得半个多月，从时间上而言是根本做不到的，市里限期十天破案，他们耽搁不起。必须要找一条捷径，可这捷径又在哪儿呢？

“这个幕后黑手的年纪应该在三十岁到四十岁之间，男性，是一个江湖术士，小有名气。独居，脾气很怪，反复无常，但钟爱竞技类电子游戏。他给我发的短信用的是英文，那是在很多竞技类游戏里经常能够听到的，这说明他对竞技类的电子游戏有所钟爱。至于年龄，一个喜欢电子游戏的人，年纪再大应该也就是与我们同龄。能够让韩建设这样的人对他的话深信不疑，从而做出那种丧心病狂的惨案来，一个小年轻能够做到吗？年纪太轻他也不能在命理术数方面博得名气。”

“那独居、脾气古怪和反复无常呢？你是怎么判断出来的？”王小虎很认真。

“独居是为了行动方便，一个喜欢把自己藏在幕后的人，无疑也是小心谨慎的。他躲在黑暗的角落，看着自己的作品，那种感觉对他来说比亲自跳到前台赤膊上阵要爽得多。至于说脾气古怪，是因为他的阴暗心理。杀人可以说是这世上最有违人道的事情，是必遭天谴的。有着这样的心理压力，他的脾气自然就不可能好。”

王小虎一直认真听着。

“虽说他的脾气古怪，在业内也小有名气。可是他为人却很低调，特别是生活方面很清贫，过的甚至可能是苦行僧似的日子。他刻意将自己边缘化，他希望自己不会常常被别人记起。他希望人们在遇到事的时候能够想得到他，而没有事的时候会自动过滤他的存在，为什么呢？”

王小虎认真地想了想：“因为他不想自己太显眼，希望自己在人群里根本就不会被注意。只有这样，他才能够真正享受那种幕后对弈的快感。”

“但这并不是说他真是一个贫困潦倒的人。相反，他有钱，只是装得很清贫，韩建设这样的人都能够成为他的客户，他能穷吗？”

王小虎又点了点头。

“他对客户很挑剔，他对金钱的欲望与同行相比要小得多。因为他的成就感不是金钱，而是他那种变态心理带来的另类满足。他在选择客户的同时，也是在挑选适合自己的棋子。他的棋子应该都是在他的客户中发掘的！他不是什么业务都接，这一点使得他在同行的眼里被淡化，甚至同行不用心去想可能也不会记得有这么一号人。”

王小虎的眼睛一亮，有这些特征，这个人就好找多了，不是大海捞针了。

“接下来我们再来说说这个人的教育背景吧，这个人并没有接受过系统的高等教育，但他应该是一个很刻苦的人，他至少自学过许多学科，比如应用心理学、逻辑学、刑侦学等。另外，他应该对中外一些经典的谋杀案例有所涉猎。当然，对于我办过的案子，他也有过系统的研究。”

王小虎说道：“他是怎么拿到你以往的那些案例的呢？”

“他当然有他的路子了。”

“可是无论是市局还是省厅都说没有人调阅过那些案子的卷宗，除非这其中有人说了谎。”

“这一点暂时也别忙着下结论。因为我又仔细地想了想，他能够摸清我的办案思路也不一定要把我以往的案子全都研究一番。这人有触类旁通的能力，他要研究我的办案套路其实他自己手里就有最成功的案例，而且那个案例的每一步他都清清楚楚。”

王小虎恍然大悟：“韩建设的案子！韩建设是他和我们的第一次交锋，但那次交锋是他占了上风。虽然我们破了案，找到了韩建设，可是韩建设却自杀了，其实我们根本就是输了。他了解韩建设作案的每一个细节，甚至还主动给我们提供线索，说明他的游戏规则。通过韩建设案的全过程，他已经摸清了我们警方是怎么办案的。”

“对，罗素给我的提示并没有错，只是他也忽略了一点，那个幕后黑手并不真是把我曾经办的案子系统地研究了一遍，而只是针对韩建设的案子进行研究。他很善于总结，懂得随机应变，他在挖掘自身长处的同时也在寻找我们的短板！这样一来，他就能够事事都占据主动，争取到先机了。”

“好吧，我们分头行动，我负责两城区，你负责其他几个区域。”王小虎站起身的同时给谢欣他们打电话，欧阳双杰也给邢娜去电话，让她和许霖先把手里的事情放放，然后开始对两城区的这些江湖术士进行排查。欧阳双杰在电话里把大致的情况和邢娜说了一遍；他也给自己划定了一个区域，这一次他准备亲自上阵了。

欧阳双杰并没有着急上手，而是又去找王瞎子。王瞎子没想到欧阳双杰没走多久又回来了。他放下了手里的生意，亲自招呼欧阳双杰进了里屋。

“欧阳警官，快请坐。欧阳警官去而复返，一定又有什么重要的事情吧？”王瞎子笑着说道。

欧阳双杰说道：“又让你算准了，我这趟来是想打听一个人。”

王瞎子好奇地问道："哦？要打听谁？"

欧阳双杰说他也不知道到底是谁，他把自己对那个幕后黑手的心理画像大致向王瞎子描述了一下。王瞎子皱起了眉头："这个我还真不好说。要知道我们这一行几乎都是自扫门前雪，我们很少打听别人的事情。"

欧阳双杰没有说话，静静地品着茶。

"就我所知，我们这一行在林城不说多，一百来号人是少不了的。"

欧阳双杰当然知道王瞎子说的是实话，这些他都是亲眼见到过的。

"刚才我说的是练摊儿的，另外就是像我这样开门脸儿坐馆的。我所知就有几个是外来户，他们先是租了简易的破屋练摊儿，有点名气了，收入也上去了，他们就租一套房子开始在家里接顾客，他们的客户多是相互介绍去的。"

"在你认识的同行里面就没有符合这一特征的吗？"

王瞎子仔细地想了想："有点能耐，可是很低调，挑客人的，我还真想到两个。一个住在上垄村，我们叫他'蒿头'。虽然有点本事，可是不懂得自我推销，他住的是一间破旧的民房，那是他自家的房子。在小河那一片儿，他很出名，不过他有着自己的规矩，每周只接十个客人，周一到周五一天两个。"

欧阳双杰在本子上记下了那人的情况。

"他和你说的差不多，脾气古怪，人的性格也反复无常。不过我想他应该不会是你想要找的人。他和贾大眼一样有个坏毛病，就是贪杯。每天上午他就接两个客人，中午之后到第二天起来之前几乎都是醉的。不过他的日子过得也算是滋润，一个人吃饱全家不饿。"

欧阳双杰说道："他年纪应该不小了吧？"

"该有四十一二了吧。"

欧阳双杰说四十多了竟然没有结婚，那人是不是有什么问题。

王瞎子苦笑道："这倒不是，干我们这行也有自己的忌讳。一般来说，我们是因为命中有弊缺才会靠这行来讨生计。所谓的弊缺是五弊三缺。五弊，不外乎是鳏、寡、孤、独、残，三缺则是缺钱、缺命、缺权。"

欧阳双杰听了王瞎子的话，沉思了一会儿，继续问道："这个'蒿头'是个酒鬼？"

王瞎子"嗯"了一声："这是不会错的。"

“那他知道不知道那个传说？”

“那个传说流传了这么多年，知道的人应该不会少，不过大多数人都是在以讹传讹。”

“那他有朋友吗？或者说酒友。”

王瞎子说道：“其实我和他并不熟，能够知道这些还是因为他贪杯在业内是出了名的。”

“那还有一个呢？”欧阳双杰问道。

王瞎子叹了口气：“另外一个说起来和我还有些渊源呢。他叫田子仲，按辈分算，他还算我师叔，不过他的年纪不大，三十四五的样子吧。是我师公的收山弟子。只是师父死了以后，他就和我分道扬镳了。他性子野，一直都想要压我一头，想证明师父当时把‘易名堂’交到我的手上是一件多么错误的事情。”

“他想和你打擂台，应该不会是一个低调的人吧？”

王瞎子苦笑：“他后来就像是销声匿迹了一样，可我知道他就在林城，也在干着老本行，只是他很低调，低调到连我们都差点忘记他了。”

“你说他性子野，心大，这样的人也不该低调的吧？”

王瞎子耸了耸肩膀：“这个我就不清楚了。反正对于这个人我就是这样的感觉。”

“也就是从你们分道扬镳之后，你们就没有再走动？”欧阳双杰问道。

“其实我对他倒是向来很尊重的，是他自己太小心眼儿，他离开的时候曾经撂下话，要‘老死不相往来’。都是同门，何必把关系搞得这么僵呢？”

欧阳双杰决定还是会会“蒿头”和田子仲二人。

从王瞎子说的情况来看，这个田子仲是王瞎子的师叔，王瞎子师父死后应该是由他这个师弟接手师门的，可最后王瞎子的师父却传给了自己的徒弟。

按说这样一个心胸狭窄的人是该做出点什么动静来的，可是就像是销声匿迹了一般，不过王瞎子倒很关注他的，竟然还弄到了他的地址。看来王瞎子一直都还惦记他的这个师叔，恐怕他是在提防着田子仲的报复。

青云路 221 号，这是一座私人起的楼房，一楼是门面，二楼和三楼是住房。

欧阳双杰走进去，里面坐着一个二十来岁的女子，正在玩手机，感觉有人来了头也没抬，只是问道：“要什么？”

欧阳双杰回答道：“给我来包软遵义。”

“三十六！”烟很快就被扔到了柜台上。欧阳双杰掏出一张五十面值的钞票递了过去，女子这才放下手机，接过钱，仔细地看了看，便去找钱。欧阳双杰拿起烟、拆开包装，点上一支：“打听一下，有个叫田子仲的是住在这儿吗？”

女子望着欧阳双杰：“你是来找他的？有预约吗？”

欧阳双杰愣了一下，女子说道：“一看就知道你没有预约。说吧，找他做什么？是算命还是看风水啊？”

欧阳双杰咳了两声：“打听点事。”

“那就是卜卦，不管你找他做什么，都得预约。这样吧，你找到我这儿也算是我们有缘，我给你插个队，挤个号，你就意思意思得了。不然别说今天，就是这个星期你都不一定能够轮得上。”

“不知道你所说的意思意思是多少？”欧阳双杰随口问道。

女子竖起了两根手指头：“二百，不贵吧？”

欧阳双杰摇了摇头：“不贵，可是我不能给你这钱。因为我不是来找他算命、卜卦、看风水的。”欧阳双杰掏出了证件，“你只要告诉我他住在哪儿就行了。”

女子没想到欧阳双杰是警察，她倒吸了口气：“警察就了不起啊！”不过嘴硬归嘴硬，她还是告诉了欧阳双杰，田子仲就住在一楼的后院。

她引着欧阳双杰到了后院。这栋小楼后面有个院子，而院子后面还有几间平房，田子仲就住在那平房里。欧阳双杰仔细观察了一下，田子仲出入很方便，不用经过前院，他可以从后院的院门离开。

“田先生，有人找！”女子在平房外站住了，吆喝了一声。

平房的门开了，一个清瘦的男子走了出来，男子看上去大概三十七八的样子，比王瞎子说的显老了些，整个人看上去病恹恹的，时不时还咳上两声，一双眼睛也黯淡无光。

他看了看欧阳双杰，欧阳双杰的脸上露出微笑：“你是田子仲？”

那人点了点头。女子正想告诉田子仲眼前的这人是警察，田子仲却挥了挥手：“谢谢你了，小钰，你去忙你的吧。”女子“哦”了一声，就离开了。

田子仲又咳了两声：“我这里很简陋，如果欧阳警官不介意的话就请屋里坐吧。”

“你认识我？”一面说一面跟着田子仲进了屋，在椅子上坐下。田子仲给他倒了杯水。

“一个多月前，欧阳警官破获的连环杀人案被媒体炒得沸沸扬扬，那几天林城的电视也好，报纸也好都没少见到欧阳警官。”

欧阳双杰苦笑了一下，当时他就很不愿意接受媒体的采访，可是局里非得让他当成任务来完成。

“欧阳警官，来找我有什么事吗？”田子仲从口袋里掏出烟来。

“田先生还经常看新闻吗？”

田子仲叹了口气：“我这个人平时也没有什么爱好，特别是晚上，守着电视，它放什么，我就看什么。”

欧阳双杰看到了墙角摆着的一台旧彩电，微微一笑：“其实田先生的年纪并不大，为什么非得过这样苦行僧一般的生活呢？”

“我倒不觉得，我就喜欢这样的悠闲生活。欧阳警官既然找到我，就应该知道我也算是修道之人，修道的人自然就不愿意多掺杂世俗，而更注重自身的修养，勤能修身，俭以养性。”田子仲说完微微一笑。

“田先生，听你一直在咳嗽，是不是生病了？”

欧阳双杰一直不进正题，田子仲也不着急：“偶感风寒，倒也没有什么大碍。”

“一个月前的那个案子想必你也从媒体上看到了，有什么感想吗？”欧阳双杰开始了他的试探。

田子仲笑了：“欧阳警官这是在考我吗？怀疑我与这个案子有关系？我想应该是王瞎子指引你来的吧。这么多年过去了，他一直都对我存着戒心。”

“我对你和王瞎子之间的师门恩怨并没有什么兴趣，我所关注的是我手里的案子。我来找你并不是怀疑你，而是希望你能够为警方提供些线索。”

“哦？那个案子不是已经破了吗？立功的立功了，受奖的受奖了，媒体也大肆宣传，怎么还在查呢？是不是又遇到同样的案子了？”

欧阳双杰点了点头：“我们怀疑幕后有一只黑手在操控着这一切，所以我们需要你的帮助。”

“这样看来这个案子还真没那么简单，不过我也不知道自己是不是能够帮到你们。王瞎子一定给你们说过那个传说，你能不能把王瞎子当时是怎么说的大致说给我听听。依我看来，这个案子的关键还是在那个传说上，想要破案也必须在那上面做文章。”田子仲淡淡地说道。

欧阳双杰把王瞎子说的仔细复述一遍。

田子仲听了以后咳了两声：“看来他并没有把这个故事完整地告诉你，换作是我也不会把这个故事传下去。”

“他所告诉我的故事里是不是欠缺什么？”

田子仲点了点头：“故事的大概确实如他所说，只是在他的故事里少了一本书——陈大观留下的一本书。那本书里记载了所谓的‘长生诀’，也就是具体如何进行那种邪恶的祭祀。这本书叫什么名字无从考证，是不是好事者杜撰的就不知道了。古往今来，不知道有多少人为了长生不死而癫狂，所以这样的邪恶传说或许真有人会相信。”

“田先生也相信有长生不死一说？”

田子仲摆了摆手：“我自然是不信的。真正长生不死的是精神，而不是我们的肉身。”

“你说的这本书，你知道它在哪里吗？”欧阳双杰问道。

“我不知道。如果我的师兄还活着，他可能知道的比我要多些。能告诉我又发生了什么样的案子吗？是不是与之前那个案子一模一样？”

“一样，也不一样……”欧阳双杰把案子大概说了一下。

田子仲皱起了眉头：“之前凶手作案的周期是半个月，现在变成了一周，他们的作案周期应该也是被那个人控制的，为什么要改变周期呢？在我看来并不是有什么讲究，不过是不想给你们警方留太多的时间罢了。经过第一个案子的较量，对手不得不正视你们；假如还是十五天的作案周期的话，他没有太大的胜算。”

欧阳双杰说道：“你怎么会这么想？”

“这是一个很浅显的道理，只要把自己放在对方的位置就不难想到了。我敢打赌，如果你能够在短时间内再把他的这枚棋子给挖出来，下一次作案的周期会更短，三天或是五天。”

“你说的这些让我有一种错觉——你就是那个凶手。”

田子仲说道：“我只是换位思考而已。假如我真的是凶手，我会跟你说这些吗？”

“田先生，就你所知，你觉得你认识的人中有谁可能是我要找的人呢？”

田子仲说道：“你也知道，我和这个社会已经脱节了。外面的人我认识的没有几个，而能够记着我的除了我那宝贝师侄估计也再没有什么人了，恕我不能给你什么帮助。”

欧阳双杰离开了田子仲的住处，开着车便去找那个“蒿头”。

不过一路上他都在回想着田子仲说的话，他总是觉得这个田子仲不简单，而且这个人给人一种不真实的感觉。他说他自己向往的是淡泊、恬静的生活，大隐于世，凡事都不关心，可是他却对于“韩建设案”知道得那么多。还有关于那个幕后黑手为什么缩短棋子作案的周期，他的分析头头是道，并不让人觉得牵强。

欧阳双杰有些迷惘了，不管怎么说，他所见到的田子仲与王瞎子口中的田子仲判若两人，是王瞎子弄错了还是田子仲本身掩饰得太好了？

欧阳双杰想不明白，田子仲就像是一个谜，让他捉摸不清。在他看来，如果田子仲真有问题，那么田子仲应该把自己给包裹起来的，藏起自己的锋芒。可偏偏田子仲不是这样的，他不但说，还说得很直接。难道这是他故意露出的破绽？又或者自己受了王瞎子的影响，有了先入为主的思想，对田子仲有什么成见吗？

欧阳双杰苦笑着摇了摇头，看来得好好琢磨琢磨。

“蒿头”住在小河区的上垄村，说是村，其实是城中村。那儿的农民已经没有了土地，因为城市的开发与改造，他们的土地都已经被征收了。当然，他们都拿到了一笔巨额的补偿，他们的身份也一下子从农民变成了城市居民，过上了相比很多城里人还要富足的生活。

欧阳双杰在附近居民的指引下找到了“蒿头”的家。“蒿头”的本名叫蒿顺成，因为从小头生得大，大家都叫他“大头”，后来也不知道怎么传的，又变成了“蒿头”。

“蒿头”做事很低调，他高调的是喝酒。正因为做事低调，所以他没有王瞎子和贾大眼他们有名气。但从王瞎子的话中可以听得出来，他对这个“蒿头”还是很认可的。王瞎子对他的评价是有点本事，但不懂得推销自己，另外就是嗜酒如命。

蒿顺成家的院门是开着的，在院子里的长椅子上坐了两个人，还有几个挨着院门站着的，大约五六个人，有男有女。见欧阳双杰进来，他们都好奇地看着他，其中一个五十来岁的妇人说道："大兄弟，明天再来吧，今天你怕是排不上的。"

欧阳双杰微微一笑："大嫂，你们都是来找他算命的？"

"难道你不是吗？"搭话的是一个四十来岁的男人。

欧阳双杰摇了摇头："我不是，我是警察！"他的话让院里的几人不知所措，两个稍微年轻一点的人竟然就溜了。

"你们别害怕，我只是来找'蒿头'了解些情况。今天恐怕他不会有什么时间了，你们明天再来吧。"欧阳双杰的话说完，那些人便离开了。

那些人走了以后，欧阳双杰走到了房门前，一个三十多岁的女人从里面出来，脸上是满意的笑容，她并不知道刚才外面发生的事情，只是见院里只剩下欧阳双杰一个人，有些错愕，但马上就说道："到你了，去吧，大师很准的。"

欧阳双杰冲她点了点头，然后抬腿进了屋。拐到左厢房，便看到了蒿顺成。蒿顺成看上去蓬头垢面，穿着一件老旧的中山装，像是很长时间没有洗过，屋里还隐隐有一股酒气。屋子里的窗帘是拉上的，只有昏黄的灯光照着，这让蒿顺成看起来又充满了几分诡异。

蒿顺成望向欧阳双杰，眼神还带着几分迷离，像是昨夜的酒还没有醒。欧阳双杰心里暗笑，这样一只又脏又臭的醉猫怎么就成了大师了。

"坐！"蒿顺成突然冒出一句。

欧阳双杰在他对面的椅子上坐了下来。蒿顺成端起了桌子上的杯子，喝了一口，欧阳双杰猜想那杯子里应该是酒。

"你是算命还是看风水？"蒿顺成很随意地问道。

"你不妨算算看，我是来做什么的？"

蒿顺成的脸上有些不悦，他放下杯子："你是来捣乱的？"

欧阳双杰叹了口气："我还以为你能算出来呢，看来你这个大师徒有虚名。"

蒿顺成竟然笑了起来："好吧，那我就算算你到底是什么来头。"接着蒿顺成便盯着欧阳双杰的脸：“如果我没猜错，你是吃官家饭的，对吧？不过最近你一定是碰到什么大麻烦了，这个大麻烦还和我扯上了什么关系。”

欧阳双杰的心里一凛：这小子是猜的还是算的？

“你认识我？”欧阳双杰轻声问道。

蒿顺成摇了摇头：“我认识的人不多，还没认识的酒的品种多。”

“我是警察！今天来是有些事情想要请教。”

蒿顺成咳了两声：“就算你是警察，你也该守我的规矩，问什么都行，但必须给钱！”

欧阳双杰笑道：“配合调查可是每个公民都应该尽的义务，怎么还要收钱？”

“那我就什么都不知道。”

欧阳双杰从口袋里掏出两百块钱：“够了吧？”

蒿顺成笑着接过了钱：“说吧，你想问什么？”

“我想知道一个传说！”欧阳双杰说道。

蒿顺成愣了一下：“传说？什么传说？”

“关于‘长生诀’的传说。”

蒿顺成的脸色微微一变：“关于‘长生诀’的传说？”

“一个多月前林城发生的那宗连环杀人案你应该有所耳闻，你就没有联想到什么吗？”

蒿顺成皱起了眉头：“那个案子不是已经破了吗？”

“可是又有类似的案子发生了，而新的案子同样与那个传说有关。”

“你是怀疑有人在幕后主导这两个案子？”

“是的。”

蒿顺成叹了口气：“你怀疑我就是这个幕后者？”

欧阳双杰没有说话，只是冷眼看着蒿顺成。蒿顺成说道：“我确实知道那个传说，但知道这个传说的人并不是少数。我一直不相信那个所谓的‘长生诀’。真正的长生不死也不一定就快乐。生老病死，这是天道使然。”

蒿顺成的情绪有些激动起来。欧阳双杰能够感觉出他的愤怒，那种愤怒是因为自己对他的怀疑。

蒿顺成把那两百块钱放到了欧阳双杰的面前：“对不起，看来我们之间没有什么好说的，这钱还是还给你吧。”

欧阳双杰重新换上了笑脸：“好像从头到尾我都没有说什么，一直是你在说。我有说过怀疑你就是幕后的主导者吗？我来找你是希望你能够帮助我们找到破案的线索，所以请你别多想。”

接着欧阳双杰把目前的案子也说了一下，他还向蒿顺成说了两个案子的异同。

“我很想知道，两个案子受害者目标的选择以及作案时间的间隔是不是有什么讲究？”欧阳双杰问道。

蒿顺成想了想：“我个人觉得应该没有什么讲究，凶手很可能是受了那个人的引导，那个人教他怎么选择受害者，给了他一个界定，又告诉他该什么时间间隔进行作案。”

蒿顺成的这个说法与王瞎子的一样。欧阳双杰又问道：“那你觉得这个幕后主导者为什么要这么做？”

蒿顺成摇了摇头。“这个我就不知道了，或许他疯了吧。”他突然抬起头来望着欧阳双杰，“为什么偏偏是属蛇呢？”

“蛇是小龙，或许是为了不让我们联想到那个传说，所以他变通了一下。”

蒿顺成说道：“不对，假如真是这样的话他大可换成其他的生肖，又或者在第二轮的失踪案中就换生肖。”

“那你觉得是为什么？”

“或许他对属蛇的人很憎恨吧。迷信的人都会有一些怪癖，比如有的人会忌讳相冲的属相。”

欧阳双杰听明白了：“你是说，这个幕后的主导者有可能是因为属相相冲，所以才会针对属蛇的人，那么这个主导者应该是属猪的？”

“这个还真不好说。这只是我个人的一点想法，希望能够对你有所帮助。”

欧阳双杰微笑着说道：“谢谢！”他把那二百元又推了过去。

“我最后还想问一个问题。假如你站在那个幕后主导的位置，你会怎么选择你想要支配的那个凶手？”

蒿顺成收起钱，很随意地说道：“我们都有笃信自己的一帮人，这些人对于我们说的话几乎到了迷信的程度，要支配他们根本就不是什么难事，所以这个幕后主导者支配的一定是他的信徒。这类人不一定都是些落后愚昧的人，也有很多企业精英什么的。迷信这玩意儿并不会随着一个人知识的增长而减弱。这种思想是长期养成的，根深蒂固的。”

欧阳双杰起身和蒿顺成道别，临离开的时候他问道：“你很喜欢喝酒，我听说贾大眼也喜欢，你们应该是酒友吧？”

“我是真酒鬼，他是伪酒鬼。你觉得我们能够喝到一块去吗？”

他这话让欧阳双杰一愣，回去的路上，他一直在想蒿顺成说贾大眼是伪酒鬼的事情，自己原本就是无意地一问，可是蒿顺成的话里似乎有话呢！他到底想说什么呢？莫非他对那个贾大眼有成见？

欧阳双杰见了田子仲和蒿顺成，但从他们那儿他也没能够得到太多有用的线索。倒是蒿顺成的“属相相冲”的说法让他的脑子里多了一个概念。

欧阳双杰接到王小虎的电话。

“坏消息！”王小虎一开口就说了三个字。

欧阳双杰已经有了心理准备：“是不是发现了陈艳的下落。”

王小虎“嗯”了一声：“找到陈艳的尸体了，只不过这一次和我们之前预测的不一样，她的尸体是完整的，不过……”

“不过什么！”

“不过失血很多，整个尸体像是经过了脱水处理，十分恐怖。”王小虎叹了口气。

“尸体是在哪里被发现的？”

王小虎说道：“林城市肉类联合加工厂的冷库里。”

欧阳双杰倒吸了一口凉气：“有什么发现吗？”

“没有。”王小虎回答得十分简洁。

欧阳双杰说道：“尸体无缘无故就出现在冷库里，难道你们就一点线索都查不出来吗？”

“凶手根本就没有留下一点痕迹，肉联厂这儿根本就没有什么监控。”

欧阳双杰很快就赶回局里；二十分钟过后，王小虎和王冲就来了。

“从尸体的冷冻情况来看，应该是今天夜里三点多钟被送到冷库去的，是肉联厂的四号库，那个库是个备用库，一般都不会用，但保持着工作的常态。因为是备用库，又在肉联厂的最角落里，所以很容易就被人们遗忘了，就连保安巡逻也不会多留意。”

“既然是这样，又是怎么发现的呢？”

王冲说道：“是白天有工人走捷径，想翻围墙穿过大学城工地回家，无意中发现四号库的门开着。他以为是有人租用了备用库，好奇想要看看，这一看就发现了陈艳的尸体。尸体就放在距四号库的大门不到一米的位置，平卧位。”

王小虎说道：“我们仔细盘问过厂门口的保安，他们都说晚上没有车进出过厂区，那尸体应该是翻墙弄进来的。我让王冲他们检查了一下围墙。因为厂里总有工人喜欢翻墙走捷径，所以无法从那堵墙上看出什么名堂。”

欧阳双杰说道：“围墙有多高？”

“一米八左右。”

欧阳双杰闭上了眼睛，他在想，凶手先要把尸体弄过围墙，有两个办法，一个是抛进去，另一个则是搭了梯子爬上去，把尸体扔进去，然后凶手再爬过去，这个过程中，凶手可能留下什么痕迹？

“墙外有没有什么发现？”

王冲回答道：“没有梯子，倒是有一辆破板车。估计凶手是踩在板车上把尸体先抛进去，然后人才翻过来。另外凶手离开的时候应该也是从围墙翻过去的。”

“不过有一点我觉得值得我们注意。”王冲说道。

“哪一点？”

“墙过翻肉联厂后面那墙是大学城的工地，目前是根本不可能通车子的。车子只能开到工地南边的那块坝子里停下，从坝子里到围墙这边大概有两公里的路程，而且路面不平整，晚上工地那一块是没有灯光的，一般人是不会从那儿经过的。”

欧阳双杰问道：“昨晚是否有车进入工地？保安有没有发现什么异常？”

“他们拍着胸脯保证昨晚那个时候根本就没有车子进入工地，而且工地内部的防盗工作做得也很好，整个晚上都有人巡逻的。负责巡逻的几个保安说根本就没看到什么可疑的人。”

“这么说来凶手并不是从大学城工地这边翻墙进入的？”

王小虎说道：“现在还不能下这样的结论，只能说工地与肉联厂保安之中一定有一方说了谎，又或者凶手是神不知鬼不觉地从其中一处进入肉联厂四号库。”

欧阳双杰说道：“那你觉得哪一种可能性要大一些？”

“我倒是觉得这些保安或许根本就没有尽职尽责，之所以都说得这么肯定，多半是怕担什么责任。所以我更倾向于凶手是神不知鬼不觉地把尸体弄进冷库的，甚至有可能是正大光明地从肉联厂大门进出的。”

欧阳双杰说道：“肉联厂的冷库那边没有监控说得过去，可是大门应该有摄像头吧，这可是有要求的。”

王冲苦着脸说道：“是有，不过坏了。”

王小虎说道：“不过夜里三四点钟若是有人进去的话是很显眼的。那个凶手如果是走路的话，扛着一具尸体，从大门大摇大摆地进入，保安肯定会发现。如果是开着车的，那就更引人注目了！”

欧阳双杰想了想说道：“尸体是夜里三点左右被放进冷库去的，可是并不能说明那人就一定是夜里三点左右才进冷库。如果他是在白天进入的，然后他等到夜里三点把尸体放进去，这样就会误导我们，以为他是大半夜进入的冷库。而他离开的时候同样可以选择在今天早上上班之后，当车辆多起来的时候！”

王冲和王小虎都点了点头。

“王冲，你再好好查查，看看肉联厂的保安有没有印象，昨晚厂区里面是不是有什么车辆过夜。”

“好的，我马上就去查。”

王小虎说道：“我也得去和陈艳的亲人打交道。找到了陈艳的尸体，接下来可还有一堆的麻烦事。”

王小虎和王冲离开了。欧阳双杰关上了门，坐到了沙发上，他的脸色很难看，今天警方发现了陈艳的尸体，那么邓丹丹呢？会不会也遇害了？

邓丹丹失踪到现在虽然没满四十八小时，可是按天算已经是第三天了，但现在自己仍旧是一筹莫展。

这一次受害者的遭遇发生了变化，她们的尸体还是完整的，只是大量失血，具体的死因还有待进一步的法医鉴定。那这两位死者与之前的几位受害者有没有关联呢？作案手段到底发生了什么变化？这又意味着什么？

欧阳双杰又翻出王瞎子的电话。

电话接通后王瞎子说道："是不是有什么新发现了？"

欧阳双杰把情况说了一遍，王瞎子听了也是一愣："啊？不分尸了？欧阳警官，关于那种祭祀仪式，本来就只是个虚无的传说，究竟是何种形式，谁知道呢？或者根本就不存在这回事。这样，你再问问其他的人。我也帮你问问。"

欧阳双杰知道王瞎子这回真是抓瞎了，他苦笑道："我等你电话。"欧阳双杰又给田子仲打电话。田子仲的反应和王瞎子的无异，都觉得有些不可思议。

"我们仔细询问过肉联厂的保安，他们说平时晚上停在厂里过夜的车不少。因为附近的一些居民找不到停车位，就把车开进厂里停放，厂里并没有正式的停车场，不存在对外停车的业务，他们只需要打点好值班的保安就行了。据我们的调查，每晚至少有十几辆车会停在厂区里，保安让他们统一停在一号库与二号库之间的那块空地上，从保安室正好可以看得清清楚楚。"

王冲递给欧阳双杰几张照片，欧阳双杰看了看："那块空地距离四号库有多远？"

"大概八百多米吧，要转两个弯，经过一个储物仓库和一个已经废弃的屠宰车间。"

欧阳双杰点了点头："从照片上看，通往四号库的那条路线，根本就是个视角盲区。如果凶手把车停在了里面，而人根本没有离开，等到半夜保安放松了警惕，甚至已经入睡以后，他可以从容行动，把陈艳的尸体弄进四号库，再回到自己的车上，天一亮跟着那些车子离开，根本就不会被察觉。"

"这种可能性很大。保安只管每辆车收十元的停车费，其他的事情他们根本就不管。凶手真要藏在里面的话，他们是不会发现的。"

欧阳双杰若有所思地说道："凶手对于肉联厂的情况很熟悉。凶手知道只要给了保安钱，就可以把车停到厂里面去，还知道夜里保安一般是不会巡逻的。更重要的，他还知道四号库是备用库房，平时虽然没有什么库存，却也是运行着的。什么样的人才会对肉联厂的情况这么熟悉呢？"

"要么这人曾经是肉联厂的职工，要么就是附近的居民，再不然他在行动之前曾花时间对肉联厂进行细致的了解。"

欧阳双杰说道："嗯，这样一来你又有了调查的方向，这三种情况都有可能，所以一定要查仔细了。”王冲应了一声就离开了。

欧阳双杰拿起电话，问许霖和邢娜那边查到了什么。邢娜说两城区靠给人算命、看风水为生的人他们大都查了一遍，有几个嫌疑的，他们正在进行进一步的调查。

欧阳双杰说道：“明天一大早开会，老肖想听听案情的进展。”

欧阳双杰叫上王小虎再去见见田子仲和王瞎子。

田子仲在屋里，正用一个小炭炉烧着水，准备沏茶。欧阳双杰和王小虎进来，他只是点了下头：“坐吧，茶马上就好了。”

桌子上有三只杯子，一只是田子仲自己的，另两只像是专门给欧阳双杰和王小虎准备的。王小虎拿起面前的杯子笑道：“田先生像是知道我们要来，水烧好了，杯子也准备好了。”

欧阳双杰笑道：“田先生今天好兴致啊。既然知道我们要来，我们想要问什么你应该也知道吧？”

田子仲淡淡地说道：“欧阳警官想问的应该是你在电话里提到的，凶手突然改变了作案的手段，分尸变成了保留全尸，死者大量失血，对吧？”欧阳双杰点了点头。

“就那个传说而言，具体如何用人祭祀，如何举行那样的邪恶仪式，传说里并提到。所以，如果真的有人迷信那个传说，那他的行为应该也是盲目的。换句话说，具体怎么做，他也不知道，所以他的害人手法也是不固定的。”

欧阳双杰和王小虎心里一惊，田子仲说得很有道理，幕后黑手也可能根据棋子的不同性格、不同条件，教唆他做出不同的疯狂举动。想到这里，两人都十分害怕，都担心凶手还会做出什么匪夷所思的疯狂恶行。

“我们怎么才能够揪出这个幕后黑手呢？”

田子仲淡淡地说道：“我觉得两位警官从一开始就进了一个误区。你们把那个最终目标着眼于我们这个群体上面，而你们所说的幕后黑手很可能和我们这一行根本风马牛不相及，他只是利用了一些传说罢了。”

“这一点我倒是不觉得，你想想，凶手为什么会对幕后黑手言听计从呢？拿韩建设来说吧，他是个很精明的人，综合素质非常高，有知识，有文化，他怎么可能做出这么疯狂的事来？所以我肯定，那个人一定是一个算命先生！并且相信他的人还不少！”

田子仲苦笑了一下：“看来是我考虑得不周。”

“对于凶手改变了作案的手段，你还有别的想法吗？”

田子仲摇了摇头：“我的想法都已经说出来了，我想我已经爱莫能助了。”

在田子仲那儿喝了一会儿茶，欧阳双杰和王小虎就离开了。

第五章 又是棋子

晚上八点多钟，欧阳双杰吃过饭，就接到了肖远山的电话。

“欧阳，到局里来一趟，冯局的办公室。”

欧阳双杰驱车赶往局里，一定是冯开林想要听自己汇报案情的进展。

“欧阳，我给你介绍一下。”见欧阳双杰进来，冯开林一边微笑着说道，一边手指着站在他身边的一个三十岁左右的男子。

“这位是川蜀省都城市刑警队的副队长，宋子宽。”冯开林介绍道。欧阳双杰很客气地和宋子宽打招呼，握了握手。

冯开林继续说道：“小宋是省厅介绍过来的。省厅那边查到林城的这两起案子与两年前川蜀省都城市的几起案子很相似，所以就联系了都城警方。都城那边也很重视，马上找到了之前的几个案子的卷宗，对比之后，认为应该是同一伙罪犯所为；他们让小宋带上资料过来，协助我们调查。”

欧阳双杰微微点了下头：“冯局，你刚才说的是都城市那边认定这是团伙作案吗？”

宋子宽说道：“我们确实认为是团伙作案。两年前在都城市有几起这样的案子，最后我们虽然把那几个凶手都锁定了，可是他们全部畏罪自杀了！我们认为这是一个有组织的团伙作案。”

欧阳双杰拿着那摞卷宗认真地看了起来。

大概花了四十多分钟他才看完。

肖远山问道：“怎么样？”

“嗯，很相似，都城市这四个案子，针对的是不同的人体器官，只是同一案子的受害人属相相同，都是属蛇的。看来元凶应该是同一个人，不过……”

冯开林皱了下眉头：“不过什么？”

“从都城的四起案子来看，都是针对成年人，甚至不局限于女性，其中一起案子里的六名受害者都是男性。除了属相相同外，四个案子里受害者的双眼、心脏、肝脾和双肾分别被挖取！更像是盗取人体器官的案子。”

宋子宽说：“我们在最初的时候也是以人体器官的盗取作为侦破的方向，可是后来抓到的杀手却不承认，都说他们仅仅是挖取了受害人的器官，并没有拿去贩卖。”

欧阳双杰点了点头，没有说话。

“有没有这样的可能，这些案子的本质是盗取人体器官，只是对方很狡猾，披上一层神秘的外衣。”

欧阳双杰说道：“从我们发现的陈艳的尸体来看，她的器官都是完整的，而且如果是盗取人体器官的话，选择成年人似乎更合理，毕竟幼童还没有发育成熟，而需要器官移植的病人还是成年人居多。”

宋子宽意味深长地笑了笑：“万一这正是他们的精明之处呢。他们故意玩个障眼法，误导我们也是有可能的。”

“照你这么说，你也觉得应该是盗取人体器官？”

“至少我是这么认为的。之前我也听肖局说你们在侦办这些案子的时候所做的假设。如果说第二个连环失踪案和第一个一样，我觉得你们的假设应该没有错，可是第二个连环失踪案凶手的作案手法有了变化，那就说明之前你们的假设是有问题的。还有一个办法能够检验你们的假设，欧阳队长，如果之前你们无法确定这只黑手是谁，那么现在应该可以缩小范围。这个人曾经也在都城用同样的手法干过，两年前这个家伙一定在都城。有了这个制约性的条件，想要锁定那个幕后黑手应该不是什么大问题吧？”

欧阳双杰笑道：“这或许真是一个突破口，可是到目前为止，除了案子有些相似外，我们还没有找到林城和都城两边发生的一系列案子的内在联系。”

宋子宽也没再说什么，和众人寒暄后就离开了冯开林的办公室。办公室里就只剩下了冯开林、肖远山和欧阳双杰三个人。

冯开林说：“好了，现在没外人了，欧阳，你先把案情和我说说吧。”

欧阳双杰这才把这两天的进展大致说了一遍。

“这么说，你这儿也没有多少进展。欧阳，再拖下去的话，第三个受害者就要出现了。”冯开林的脸上有些不悦。

肖远山咳了两声：“急也没有用，刚才你可也听到了，第二个凶手的作案手法突然发生了变化，第二个凶手的背景与第一个凶手的背景也大不相同。”

“今天邓丹丹的家人找到局里来了，还有陈艳的家人也是花了很多的精力才劝走的吧？幕后黑手要查，可是最要紧的是先把凶手抓住，防止再有受害者，然后利用幕后黑手启动棋子的空当儿，把他揪出来，这才是首要的任务。”

欧阳双杰应了一声：“不过我们对于凶手已经有了一个大致的调查方向，凶手这次并不是像韩建设一样，从某个载体来寻找目标。这些目标的信息他是事先都掌握了的，他甚至有可能与受害者是认识的。”

“这么说要找到凶手应该不是什么难事？”

欧阳双杰说还需要些时间。

“赶快吧，不能有第三个受害者。”冯开林语重心长地说。

从局里回到家已经快十一点了，欧阳双杰坐在阳台上，他把思路拉到了那个凶手的身上。那个凶手应该是认识两个失踪的孩子的，可是两个孩子之间并没有什么交集，凶手是怎么认识她们的？

或许自己之前想的那些渠道太正式，其实凶手不用知道得太详细，只要知道孩子的姓名、属相和住址就够了，这些信息就算是在商场做个问卷调查也能够收集到。

可是非正式的渠道太多，自己该从哪里入手呢？看来还得去见见陈艳和邓丹丹的家人，再好好问问。

第二天，王小虎陪着欧阳双杰到了陈艳家，他摁了下门铃，开门的是陈艳的母亲阎红。看得出阎红还处于悲伤之中，眼圈有些黑，眼睛因为哭泣而通红。

“你们来干什么？”阎红是认识王小虎的，她没有给王小虎好脸色。

欧阳双杰说道：“我是市局刑警队的欧阳双杰，关于陈艳的案子，我想和你们好好谈谈。”

“还有什么好谈的？人都死了，说什么都没有用了。”

这时一个老妇人的声音传来：“是谁来了？”

“妈，是警察！”

“让他们进来！”

阎红这才转身进了屋。

老妇人坐在沙发上，手里捧着陈艳的一张照片看得入神。欧阳双杰轻声说道：“老人家，我是市局刑警队的欧阳双杰，这位是我同事，我们来……”

他还没有说完，老妇人便斜了他一眼：“坐吧。”欧阳双杰和王小虎这才坐了下来。老妇人对阎红说：“给客人倒茶。”

阎红把茶端了上来，挨着老妇人坐下。

“我们今天来就是想了解一些情况，争取早日抓住凶手。”

“欧阳警官，我听小伟说还有个孩子也失踪了？和艳子一般大，对吗？”

欧阳双杰“嗯”了一声。

“人还没找到吗？”老妇人关切地问道。

欧阳双杰点了点头。

老妇人叹息道：“希望她别和我们家艳子一样。”接着老妇人抬眼望向欧阳双杰，“你们就是为了找那孩子而来的吧？”

“我们想知道陈艳平时都有些什么兴趣和爱好。作为家长，你们经常会带她去什么地方？还有你们有没有在某些地方留下过孩子的一些基本信息，如去商场买东西、网上购物什么的。”

阎红想了想，说道：“我和陈伟平时因为要做买卖，都很忙，几乎都没有多少时间陪孩子，不过每周我都会抽出时间带她出去玩。”

“那一般你都带她到哪去玩呢？”欧阳双杰问道。

“有时候去游乐场，有时候去看一场电影，不固定。这些地方一般来说都不需要孩子的什么信息的，另外去商场买东西也不需要吧？至于网上购物，我们一家人都不会上网，从来就没有在网上买过东西。”

阎红这么一说，欧阳双杰就知道想要从阎红这儿得到点有用的信息是不可能的了。不过欧阳双杰还是又详细地询问了一些关于陈艳的事情，包括孩子的兴趣爱好、生活习惯等，再就是与孩子要好的朋友。

离开陈艳家的时候，老妇人亲自把他们送到了门口。

老妇人拉住欧阳双杰的胳膊："欧阳警官，我知道你应该是能够做主的人，你们一定要抓住凶手，希望你们能够找到那个可怜的孩子，别让她再遭了毒手。我们知道，失去孩子的那种痛苦。别再让这样的悲剧再发生了。"

欧阳双杰用力地点了点头："嗯，我们一定会尽力的。"

因为邓丹丹失踪，邓启发和庄敏哪还有心思上班。王小虎提前给他们打了电话，两人就在家里等着。这两天夫妇俩像疯了一样，开着车把整个林城逛了好几遍，他们心里存着一个希望。

把欧阳双杰和王小虎请进屋里，庄敏礼貌地上了茶。

"欧阳，孩子的事情有下落了吗？"欧阳双杰和王小虎才坐下，邓启发就问道。

欧阳双杰摇了摇头，失望就写在了邓启发和庄敏的脸上。

庄敏说道："我好害怕，我怕丹丹会和那个叫陈艳的女孩儿一样。"

王小虎说道："你们也别瞎想了。我们大家一起努力，想办法找到孩子。"

"你们来是不是有什么事？"

欧阳双杰说道："我来就是想再多了解一些关于邓丹丹的事情，越详细越好。"

接着欧阳双杰把问阎红的那些又问了这夫妇一遍。

邓启发说道："一般来说周五晚上我们都会带孩子到奶奶家或是外婆家吃饭，陪陪老人，让她养成敬老的习惯。然后周六上午教她打理一下自己的房间和个人的卫生。下午就带她去少年宫，她每周都会去学钢琴，大多时候都是我俩陪着。周六的晚上我们就在外面的餐厅吃饭，偶尔也吃西餐，让孩子有社会参与的意识。"

欧阳双杰说道："你们想想，平时你们在哪些情况下会把孩子的个人信息泄露出去？例如孩子的生日、家庭住址。"

"这就多了，去少年宫报名学钢琴。我们经常带着她去商场，在童装店也留下过这类的信息；还有影楼，每年我们都会给孩子照周年照。"

欧阳双杰的眼睛一亮，他问邓启发，在哪个影楼给孩子照的周年照。邓启发说道：“天苑影楼。”欧阳双杰凑到了王小虎的耳朵边轻声说着什么。王小虎就到一旁打了个电话；通完电话，王小虎有些激动地冲欧阳双杰点了点头。

欧阳双杰对邓启发和庄敏说道：“谢谢你们的配合，我们会加大调查的力度，一旦有什么消息我们会及时通知你们。”

邓启发说道：“你们是不是已经有什么发现了？”

他留意到了欧阳双杰和王小虎刚才的举止。

欧阳双杰说道：“暂时还不好说。相信我们，我们一定会认真调查的。等我们的消息吧！”

邓启发见欧阳双杰不愿意说，他也不好勉强，点了点头，站起身来和庄敏一道把欧阳双杰他们送到了门口。

上了车，王小虎说道：“我问了，陈艳也有周年照，同样是在天苑影楼照的。我这就带人去查一下这个天苑影楼！”

欧阳双杰说道：“千万别打草惊蛇。我们必须假设邓丹丹还活着。万一惊动了凶手，很可能会狗急跳墙，对邓丹丹下手。”

邢娜和许霖来到了欧阳双杰的办公室。

“欧阳，按你的要求，我们对两城区从事算命、卜卦以及看风水的人进行了细致排查，比较符合你说的那几点要求的差不多有六个人，这是他们的详细资料。”邢娜把一摞资料交到了欧阳双杰的手上，欧阳双杰拿起来仔细地看了一遍。

这几个人都有着共同的特点，对客人相对挑剔，收取的酬金很高，但过的日子却很清贫，有点苦修的意味。另外，邢娜和许霖通过接触，发现这几个人都属于知识结构相对复杂的，特别是其中有两个人，还有大学学历。

邢娜问道：“接下来要我们做点什么？”

欧阳双杰说道：“你们先回去休息一下，我再看看吧。”邢娜和许霖离开了，欧阳双杰又重新查看这几人的资料。

大概过了半个多小时，桌子上的手机响了，王小虎的声音传来。

“欧阳，我和王冲在天苑影楼，初步锁定了两个嫌疑人，一个是摄影师郭鹏，另一个是负责后期 PS 及选片的技术员何永辉。”王小虎的声音里透着兴奋。他说他准备把两个人都带回来。

欧阳双杰说："你先把人带回来。"

挂了电话，欧阳双杰长长地出了口气。他突然想到韩建设的死，韩建设是开枪自杀的，他的死也可以说是为了保护那个幕后黑手；想到这儿，欧阳双杰拿起手机准备给王小虎打过去，可王小虎的电话已经打了过来。看到手机上王小虎的名字，欧阳双杰皱起了眉头。

王小虎用一种很沮丧的语气告诉他，摄影师郭鹏跳楼自杀了，天苑影楼在五楼，郭鹏趁着王小虎他们没留意从窗户跳了下去，当场摔死了。

"都怨我，是我大意了。"

欧阳双杰轻叹一声："我也是才想到韩建设的死，正准备给你打电话让你小心一点。你了解一下，郭鹏最近和哪些人有接触。特别要留意的是有没有去算过命。把他的社会背景摸一下，还有他的健康状况以及近一周的行踪。"

王小虎应了一声。

欧阳双杰又说："如果这个郭鹏就是凶手，那么邓丹丹的下落也只能落在他的身上了。一定要设法找到邓丹丹，活要见人，死要见尸。"

说罢，欧阳双杰挂上了电话，然后也离开了办公室。

走廊里，邢娜正好从自己的办公室出来："你要去哪儿？"

欧阳双杰说道："去一趟'易名堂'。"他准备去见见王瞎子，和王瞎子好好聊聊。

邢娜说道："我和你一起去吧。"

欧阳双杰点了下头。

在车上，他把王小虎那边的情况大致和邢娜说了一遍。

邢娜听了说道："这么说来那个郭鹏还真有可能就是我们要抓的凶手。如果真是这样，女孩儿失踪的案子就算是破了。那个幕后黑手也会消停几天，重新物色新的棋子？"

欧阳双杰说道："嗯，只要一天不把这个幕后黑手给挖出来，我们就一天得不到安宁。"

段媛媛是天苑影楼的老板，三十岁出头，她穿了一条月白色的短袖旗袍，粉色的高跟鞋，头发盘着，用一根发簪子插着，带着几分古典美。

段媛媛在得知郭鹏跳楼自杀后立即赶回了影楼。“我真没想到郭鹏会是这样的人。”当她听王小虎说郭鹏很可能是一宗绑架杀人案的凶犯之后，很感慨地说了一句。

“他是什么时候到影楼工作的？”王小虎问道。

段媛媛想了想：“两年前吧，其实在我的印象里郭鹏是一个很不错的小伙子，有责任心，也有爱心。一直以来他对人都很好，无论是对影楼的同事还是对那些客户都是一团和气。”

“这么说来郭鹏和大家相处得不错？”

段媛媛说道：“影楼的人都叫他‘鹏哥’。因为他是技师，所以收入也比其他的人高些，平时总喜欢请大家吃饭。”

王冲望向王小虎，眼里带着几分疑惑。

王小虎知道王冲的意思，根据上一个案子的经验，凶手应该是一个相对孤僻的人，这个郭鹏根本就不是一个孤僻的人。

“郭鹏平时工作忙吗？”

段媛媛想了想：“我们影楼有好几个摄影师，一般他们有什么事情只要说一声就行了，时间很宽松。”

“最近半个月郭鹏请过几次假？”

段媛媛说道：“他们根本就不用向我请假。三个摄影师，相互打个招呼就行了。我把另外两个摄影师叫来问问。”

另外两个摄影师说，这半个月来郭鹏并没有请过什么假，他们还拿出了派工单，单子上显示郭鹏一直都在工作。

只是细心的王小虎发现，在陈艳与邓丹丹失踪的那个时间点上，派工单上显示郭鹏并没有工作。

王小虎和王冲又找影楼的其他人问了一些情况才离开，他们要到郭鹏的家里去。郭鹏不是林城本地人，老家是黔东平寨。他一个人住，租的是省府路“天佑公寓”的一套两居室。屋子打扫得很干净，装修高档。

“这儿一个月的租金大概要多少钱？”

“两千八一个月，另外需要缴两万块钱的押金。”

大概半个小时后，王小虎和王冲就把整个屋子给搜查了一遍，可惜没有找到一点线索。

物管员忍不住问道：“二位警官，郭先生是不是出什么事了？”

王小虎看了他一眼：“你和业主很熟吗？”

物管员笑了笑：“他租这房子是我经手的，所以算是有点交情。他这个人很好相处的，什么时候都是一脸笑容。”

“那你了解他这个人吗？平时是不是经常有人来找他？”

物管员摇了摇头：“这个我就不太清楚了。不过平时见到他的时候他都是一个人的，他好像经常出差，有时候好几天都见不着一面。”

王冲问物管员：“他是什么时候住进来的？”

“一年半前吧。”

王小虎又问：“你说他经常出差，是一直都这样还是最近才这样的？”

“这两三个月才出现这样的情况的，以前他的出入时间都很正常。”物管员想想后很慎重地回答道。

“谢谢你！”

两人离开了公寓，就开车回局里。

“郭鹏是不是还有别的住处啊？”

王小虎“嗯”了一声：“不排除这样的可能性。我们现在得多花点时间和精力，找到郭鹏其他的落脚点。假如他还有其他的住处，或许邓丹丹就被关在那儿。”

欧阳双杰的车子停在了“易名堂”的门口。

“我又来打扰了。”欧阳双杰微笑着说道。

“请进吧。我准备了上好的茶叶，咱们边喝边聊。”王瞎子笑道，“欧阳队长，想问什么就问吧。跟我不用绕弯子。”

欧阳双杰微微一笑：“王瞎子，你的客户对你一般都会深信不疑吧？”

“这种事情一般都是信则有，不信则无。既然找到我，他们都是多多少少有些迷信的人。”

欧阳双杰把邢娜和许霖调查到的那六个人的名单给了王瞎子。王瞎子看了一眼："这几个也算是有点名气，不过据说脾气都很怪。同行是冤家。我们一般彼此间都不怎么走动的。不过这个叫侯晓松的有点意思，是半路出家，听说是个大学生，也不知道怎么就入了行，属于无师自通吧。他能够混到今天也算是个奇迹，他懂的还真的挺多的。我曾经偷偷去会过他，有些真本事。对了，这小子好像是心理学专业毕业的，能够看透客户的心理。"

在回去的路上，欧阳双杰说："赶紧让许霖把这个侯晓松的具体情况再摸清楚一点，一定要细！"邢娜"哦"了一声，给许霖打去了电话。

王小虎的电话打过来了。

"欧阳，我们查到了，郭鹏有一个女朋友，叫邱海燕。"王小虎有些激动。

"她现在在什么地方？"

王小虎说："应该是在家吧。我们正往她家赶，或许她能够知道郭鹏其他的藏身之所。"

"希望这一次你们能够找到邓丹丹。"

邱海燕家就在小车河边。

"应该就是那一栋！"王冲指着一栋私人起的小楼说道。

王小虎和王冲下了车，走到了小楼前。院门是紧闭着的。王冲摁了下门铃，半天才看到楼上的窗口出现一个女人的身影。女人的脸色很难看，没有一点血色。

"请问，邱海燕是住在这儿吗？"王冲大声问。

女人警惕地问道："你们是什么人？"

王小虎出示了证件："我们是警察。"

女人的神色微微一变，有些紧张。

"邱海燕是住在这儿吗？"

女人淡淡地说道："我就是邱海燕，找我有什么事吗？"

王小虎又说道："我们是为了郭鹏的事情来的。"

"郭鹏他人呢？是不是已经被你们抓住了？"王小虎和王冲对视了一眼。

王小虎说道："你为什么会这么问？"

女人的脸上有着一丝凄怆，她轻叹了口气："我早就劝过他，别再做这些无谓的事了，可是他不听。"

女人把门打开了："进来吧。"

王小虎和王冲跟着女人上了楼。二楼的第一个屋子是一个客厅。女人请二人在沙发上坐下，然后转身给他们倒了两杯水。

“他人现在在什么地方？”

“郭鹏死了。”

邱海燕的身子微微颤抖。“死了？”她的眼睛紧紧地盯着王小虎，“他是怎么死的？”

王小虎把郭鹏跳楼自杀的事情说了一遍，邱海燕的眼里流出了泪水。

邱海燕伸手拿起茶几上的餐巾纸，擦了擦眼泪：“如果他不死，你们抓住他，他一样也会死。”

“你都知道他做了些什么吧？”王小虎问道。

邱海燕微微点了点头：“他太傻了，他怎么能够相信那个人的话呢？”

“那个人是谁？”王小虎按捺不住激动。

“我也不知道那个人是谁，大鹏他没有告诉我，可是我知道那个人不是什么好人。”

“这到底是怎么一回事？你能和我们说说吗？”王冲问道。

邱海燕说道：“既然大鹏已经死了，这事情也就不是什么秘密了。”

“邱小姐，冒昧问一下，家里就你一个人吗？”

邱海燕说道：“我三岁的时候母亲就去世了，后来一直是父亲把我养大，几年前父亲也走了，就剩下我一个人。”

王小虎又问道：“郭鹏经常来这儿陪你吗？”

“我和大鹏认识的时间不长，大概也就半年不到的时间。大鹏对我很好。如果不是我的话，他也不会死，是我害了他。”

邱海燕这才把他和郭鹏的事情说了出来。

邱海燕是在五个多月前认识郭鹏的，当时郭鹏正在小车河为客户拍婚纱照。小车河湿地公园的风景很美，是影楼的一个婚纱照拍摄点。这样，郭鹏邂逅了邱海燕，他被邱海燕的那份恬静与典雅之美打动了。他就开始追求邱海燕，只要没事就经常往小车河跑。

邱海燕知道自己身患了绝症，虽然她对郭鹏有好感，却不愿意拖累郭鹏，所以一直都拒郭鹏于千里之外。可郭鹏偏偏是个执着的人，接连两个月他坚持不懈地死缠烂打，终于还是打动了邱海燕。邱海燕不能再对他无动于衷，于是有一天邱海燕把他叫到了家里，向他说了自己的病情。

郭鹏并没有因为邱海燕的绝症而退缩，相反，他更加疼爱这个女人，他说他一定会想办法治好她的病。邱海燕很感动，可是邱海燕知道，自己的病怎么可能治得好？她得的是血癌，而且已经到了晚期，离开世界只是迟早的事情，所以她还是狠着心拒绝了郭鹏。

大概半个多月前的一天，郭鹏很欣喜地来找她，说他已经找到治好她的病的法子了。她问他是什么法子。他说他找到了一个高人，那个高人说有办法治好她这病，不过具体是什么法子他没有说，只是从郭鹏当时的神情来看，那法子好像并不简单，至少让郭鹏有不小的压力。

不久后的一个晚上，郭鹏大半夜跑来这里，满身是血，而且见到邱海燕之后就手舞足蹈，口中念念有词，这让她觉得既害怕又惊讶。等郭鹏消停下来，她才从他口中得知他在进行某种神秘的祭祀。她问那个小女孩儿怎么样了，但他支支吾吾不愿多讲。邱海燕心里十分害怕，她骗郭鹏说自己想看看如何祭祀。于是郭鹏就把第二个小女孩儿带到了她这里。之后他想动手，她一次次地找借口阻止他。郭鹏告诉她，高人说了，祭祀的时间是有讲究的，错过了时辰就不灵验了。邱海燕以死相逼；郭鹏暂时妥协了，说给她一周的时间考虑。

说到这儿，邱海燕低下了头，眼眶红润。

王小虎问道："孩子在哪儿？"

"在楼上最靠里的那个房间里，她没事。"

听她这么说，王小虎冲王冲点了点头，王冲就往楼上去了。王冲把孩子带了下来。邓丹丹确实是吓坏了。因为邱海燕与郭鹏发生争执的时候说的话她都听到了。一个九岁孩子的心理承受能力是很有限的。

"对不起，我早该把孩子送回去的。"邱海燕说道。

王小虎叹了口气："邱海燕，你知道你这样也是犯罪吗？"

邱海燕苦笑了一下："我知道，反正我已经活不了多久了。有件事情我想麻烦你们。"

王小虎没有说话，只是看着她。

邱海燕说道："我知道被郭鹏杀害的那个孩子很无辜，我们给那孩子的家庭也造成了很大的伤害，所以我想把这房子送给那一家人，算是我对他们的一点补偿吧。”

王小虎冷笑一声：“补偿？你可知道，那孩子是人家一家人的希望，这是你能补偿得了吗？”

邱海燕说道：“我知道补偿不了，可是我能做的只有这些了。”

“那个高人到底是谁？”王小虎问道。

邱海燕说她不知道，王小虎让她再好好想想，郭鹏是不是曾经透露过什么。

邱海燕最后还是摇了摇头：“我问过他，可是他一个字都不说。他说他答应过要替那人保密的，他不能言而无信。”

“郭鹏的东西放在你这儿吗？我们去过他家，保安说最近他经常不回去。我想他应该是住在你这儿的吧。”王小虎问道。

邱海燕说郭鹏的东西应该都在隔壁的房间。王小虎进去仔细察看了一下，他发现郭鹏留下的一个皮夹。

“这是换下来的。前两天他过生日，我送他一只新皮夹。”邱海燕解释道。

王小虎打开皮夹看了看，皮夹子里有两张电影票，是雷霆影院的，两张电影票不是同一天的，不过那日期应该分别是他两次作案的前一天。之后王小虎再也没有找到任何有用的线索了。刑警队的人来后，王小虎和王冲才带着邱海燕回了局里。

得知孩子平安，欧阳双杰也很激动，不过听王小虎说了邱海燕的故事之后，欧阳双杰的心里也隐隐有些难过。

“郭鹏死了，那个幕后黑手又逃过了一劫。欧阳，看来我们的日子还是不安宁。”王小虎叹了口气。

欧阳双杰说道：“绝对不能让他再害人了。郭鹏在作案的头一天去看电影，而且是一个人去的。雷霆影院在金元大道，无论距离郭鹏的住处还是郭鹏的工作地点都很远，如果偶尔路过在那儿看一次电影也说得过去，可是他去了两次，时间还是那么的敏感。”

“也就是说他根本就不是去看什么电影，而是在那儿见什么人。他要见的这个人或许就是那个幕后黑手！”

欧阳双杰点了点头，他觉得这是一个很好的切入点。

王小虎和谢欣来到了金元大道上的雷霆影院门口。王小虎掏出一张纸片，上面写着两个人的姓名和地址，说：“这是邢娜他们查到的距离这儿比较近的两个嫌疑人，徐真和侯晓松，他们都有可能是那个幕后的黑手。不过听欧阳的口气好像更关注这个侯晓松一些。”

两人来到了电影院的门口，守门的是一个四十多岁的中年男子，谢欣说道：“大哥，你每天都在这儿的吧？我们是警察，想问你点事。你见过这个人吗？”她手里多了一张照片，自然是郭鹏的。

男子看了看，然后说道：“这个我还真没有什么印象呢。我天天在这儿守着，每场电影进出得多少人啊，我哪能都记住了。”

谢欣又问道：“一般白天到你这儿来看电影的单身男子多吧？”

“这倒真是不多，大都是一些年轻学生和女朋友来的。”

谢欣说道：“这个人来过两次，都是白天来的，而且最近的一次也就是几天前，是下午三点三十分的那场《夏洛特烦恼》，好好想想，应该能够想得起来吧？”

“啊？”男子接过谢欣递过来的那张电影票，想了一会儿，“你这么一说我还真是有些印象了。对，是有这么一个男人，他是一个人来的。不过这场电影他并没有看完，三点三十分的电影，可是四点五分他就出来了。我当时还多了句嘴呢，我问他怎么不看了。这片子是喜剧片，挺搞笑的，可他出来的时候板着脸。”

“他出去之后往哪边走？”

“这个就不太清楚了。反正他是左转的，左边有个三岔路，至于到底他往哪边走，我就说不好了。”

谢过了那守门的男子，王小虎和谢欣也往左边去。

“他离开以后会去哪儿？”

谢欣说道：“他既然是买了电影票看电影，那么说明看电影的时候距离他们约见的时间应该是相当长的，那么他从电影院出来肯定不会直接去见那个人。如果是你，你会去哪儿？”

“找个地方坐坐，而且会找一个相对安静的地方。”

谢欣点头表示同意："他需要静静，好平复一下自己的情绪，这样的场所最适合的就是茶馆、咖啡馆。"

这附近的茶馆和咖啡馆并不算多。王小虎和谢欣一家一家地询问，还真让他们在一家咖啡馆找到了一些线索。

"嗯，就是他！"女服务员指着郭鹏的照片说道，"他一进来就坐在那个位子，坐在那儿发呆。我上前问了两遍'先生，想喝点什么'，可是他根本看都不看我，像有什么心事。"

服务员说她记得很清楚，那天下午他是差不多五点的时候离开的。郭鹏走得并不急，与他刚进咖啡馆的时候相比平和多了。

"你是说他刚进来的时候情绪有些激动？"

服务员摇了摇头："感觉他有些烦躁不安。不过他离开的时候就淡然多了，结账以后还笑着说'谢谢'。"

"这中间他有没有接过什么电话？"虽然早查过郭鹏的通话记录，这期间他并没有过什么通话。

服务员说这个她就不知道了，她倒没有看到郭鹏接电话，但近一个小时的时间里，她的视线也不可能一直都在郭鹏的身上。

从咖啡馆出来，谢欣说道："照郭鹏离开咖啡馆的时间来推算，他要见那个人的时间大约是五点吧。"

"也不一定，或许是五点十分，又或者再往后，这取决于见面的地点与咖啡馆之间的距离。"王小虎说。

谢欣笑了："我觉得两个地方的距离走路不会超过五到十分钟。郭鹏两次出现在这儿都是为了和那个人见面。他选择等待的地点应该是距离见面地点相对近的地方。"

"接下来我们是不是去会会那二位？"王小虎指的就是欧阳双杰告诉他们的那两个算命先生。

他们先到的是徐真家。说是家，其实就是一个小门面，门面里有个套间，那是徐真的住处。

门上方挂着一块招牌，上写着"起名坊"三个大字。里面的光线有些暗，右侧的墙壁上有一个神龛，供着太上老君，奉着香火。店里没有客人，也不见徐真，只有一个妙龄女郎，人长得不漂亮，那打扮却有几分妖媚。

“你们找谁啊？”见王小虎和谢欣进来，女人问道。

王小虎笑着问：“请问，徐真师父在吗？”他一面说，一面拿眼睛瞟向那套间的门口。

女人说道：“不在，出去了。你们有预约吗？”

王小虎愣了一下：“怎么？还要预约的吗？”

女人轻哼一声：“你以为呢？要约的话也是三天以后了。”

“我看你们这儿的生意并不怎么好啊。还需要预约呀？而且还得交定金。”谢欣语气有些不屑。

女人白了谢欣一眼：“看来你们是第一次来吧？你们别看我们生意不温不火，这都是因为我们徐师父的习惯，每天只接待三个客人，三个客人看完，任你再出多少钱也是不看了的。”

“你是什么人？”

女人说道：“我？我是他的合伙人。这门面是我的。”

王小虎又问：“徐真就住在店里吗？”

女人说道：“是啊，他住在店里。”

“我们是市局刑警队的。”

女人愣了一下，她狐疑地问道：“你们有什么事吗？”

“能告诉我你叫什么吗？”王小虎问道。

女人有些局促：“我叫付丽。我就住在这栋楼，七楼。”

“你和徐真的关系并不只是房东和租客这么简单吧？”谢欣问。

“我还是他的帮手，帮他约客户，顺带管管账。”

“说说你和徐真的关系吧。”王小虎点了支烟。

女人皱起了眉头：“警官，能告诉我出了什么事了吗？”

王小虎淡淡地说道：“你别想多了，我们就是例行询问。”

“徐真是我的租客，他人很好。我离婚后的一段时间里意志很消沉，情绪低落，他就请我到这儿来帮他，还说让我用这门面合伙，他赚了钱也算我一份，这样我的生活也有了着落。原本我以为他是对我有意思，可是后来我主动去挨近他的时候他拒绝了。”

王小虎这才掏出了郭鹏的照片：“徐真的客户都是通过你预约的，那么这个人你见过吗？是你们的客户吧？”

女人接过照片看了一下，摇摇头：“不认识，我没有见过他，应该不是我们的客户。”

王小虎和谢欣对视了一眼，谢欣说道：“有没有这样的可能，他直接找徐真，没有经过你，也没有预约。”

“徐真说过，所有的客户都会经过我。”

“徐真平时在没有活儿的时候都会去些什么地方？”王小虎收起了照片。

女人说道：“街角儿有一个茶馆，他没事就会到那儿去看人下棋，自己偶尔也玩玩。另外就是去花鸟市场。”

“上周四下午五点到六点之间他在哪儿？”王小虎问的这个时间就是郭鹏第二次作案的头一天，也就是他到金元大道的那天下午。

女人想了想：“周四下午？我想想，那天下午他是去了花鸟市场，回到这儿的时间大概是六点二十左右，他的三餐是由我负责的。”

“他去的是铝厂的那个花鸟市场还是万东桥那个？”谢欣问道。

“都会去，有时候去铝厂那边，有时候去万东桥这边。”女人回答得倒是很爽快。

女人告诉他们徐真今天去了东风镇，给人看风水去了，估计要晚上才会回来。

他们离开了徐真的“起名坊”。

“我们还得跑跑这两处花鸟市场。女人没说谎，不等于徐真不会说谎，说不定他根本就没有和女人说实话。”王小虎说道。

与徐真的“起名坊”相比，侯晓松的“缘客居”看上去就要高雅得多。“缘客居”是在写字楼里，“天启大厦”二十二楼，2202 室。进门就是一道玻璃影墙，磨砂玻璃上是一幅八卦图。绕过影墙是接待台，台前是一个穿着旗袍的年轻女孩儿。她身后的墙上挂着一个牌匾，写着四个大字：有缘自来。字体刚劲有力。

女孩儿见来了客人，站了起来，笑着说道：“欢迎光临，两位有预约吗？”

谢欣上前说道：“我们是警察，来了解些情况。”

女孩儿拿起电话就准备给里面打，谢欣说道：“别着急，我们先聊聊。”

女孩儿放下了电话，谢欣向王小虎要过郭鹏的照片：“见过这个人吗？”

女孩儿仔细地看了看：“见过，大概是两个多月前，他来找过侯先生。”

王小虎和谢欣的心里隐隐有些激动，这下看来是有戏了。

“两个多月前见过的人你竟然能够记得住？”

女孩儿笑了：“当然，当时他来的时候看上去很着急，可是他根本就没有预约，我就拦着不让进，为这他还和我吵了起来呢。”

“后来呢？”

女孩儿回答说：“后来我们争执的声音惊动了侯先生，侯先生便让我领他进去了。没多久，他便沮丧地离开了。估计他的事情侯先生没能够帮上什么忙。”

王小虎点了点头：“侯先生在吗？”

“在，我给你们通报一声吧。”女孩儿又拿起了电话，“侯先生，外面有两个警察想要见你。嗯，好的，我明白了。”

“侯先生正在和客人谈话，让我领二位先到会客室等一会儿，他说十分钟以后就过来。”

女孩儿把王小虎和谢欣领了进去。

会客室不大，很是紧凑，布置得却很精致。两人在真皮沙发上坐下，女孩儿便倒来了两杯茶，是清香淡雅的绿茶。

“那二位就先坐坐，侯先生一会儿就来。”女孩儿说完就退了出去。

王小虎微笑着对谢欣说道：“感觉怎么样？”

“欧阳不是说这个侯晓松很低调吗？可是这房间给人一种奢华的感觉，充满了现代气息又不失典雅与华贵。”

“侯晓松是大学毕业半路出家的，他的思想自然跟得上潮流。”

谢欣说道：“两个月前郭鹏来找过侯晓松，那应该正是郭鹏四处寻找为邱海燕治病的办法的时候。这个郭鹏还真是个情种。”

“这个世上有两件事情可能让一个人变得疯狂，一是欲望，二是情感。所有的犯罪里从来都不缺乏这两种元素。”

会客室的门被推开了，一个三十出头的男子走了进来。男子穿了一套藏青色的西装，黑色立领衬衣，戴着一副金丝边眼镜。他的个子在南方算是高的了，约有一米七八，身材匀称，看上去文质彬彬，更像是一个学者。

“二位警官，不好意思，让你们久等了。自我介绍一下，我叫侯晓松，这个工作室是我开的。不知道二位警官到来有何贵干？”侯晓松谈吐很得体。

“侯先生，今天我们来这儿是想向你了解些情况。”王小虎开门见山。

“嗯，配合警方的调查是公民应尽的义务。”

王小虎拿出了郭鹏的照片：“这个人你认识吧？”

侯晓松并没有接过去，只是瞟了一眼然后点头，说道：“见过，但认识谈不上，两个多月前他来过我这儿。因为没有预约还和前台的小姑娘发生了争执。后来我和他聊了聊。不过我没能够帮上他的忙，这倒是有些遗憾了。”

王小虎“哦”了一声：“他找你是为了什么事？”

“是为了他的女朋友。他说他的女朋友得了绝症，希望我能够救她。他也是病急乱投医，我又不是医生，生病了应该找医生才对。”

“所以你拒绝了他的求助，然后他便离开了？”王小虎问道。

侯晓松点了点头：“是这样的。其实我的心里也不是滋味。这男人算是有情有义的，他和他女朋友的事情我听他说了一遍。人一旦动了情就容易认死理，他这样做只能说是寻求内心的安慰罢了。”

“你们在谈话的时候有没有提到一些特别的事情？”

“特别的事？”侯晓松有些不明白的样子。

“比如说某个传说，例如像‘长生诀’或者‘祭辰生者寿’等。”

侯晓松的脸色微微一变：“这位警官是什么意思？你是说我会用这样的无稽之谈去误导他？我有自己的原则与操守，这样缺德的事情我怎么可能做？”

王小虎笑道：“侯先生，你别紧张，我们只是问问。不过看来侯先生是知道这个传说的。”

“我确实听说过这个传说，但在我看来这就是一个传说，想想都觉得恶心！两位警官，这个郭鹏不会真做出那样令人发指的事情吧？”

王小虎和谢欣都没有说话。侯晓松看到自己的疑问得到证实，说道：“我发誓我没有和他说过这些，甚至当时我连想都没想过这种事。”

“你先别激动，我们只是来了解一下情况。侯先生，后来他又来找过你吗？”

侯晓松摇了摇头：“没有，那次以后他就再也没有来找过我。他知道找我也没有用，我根本帮不上他。”

王小虎问道：“上周四下午五点到六点之间你在什么地方？”

侯晓松想了想回答道：“上周四我没在林城，我去了千户苗寨。”

“有人能够证明吗？”

侯晓松有些不悦，说道：“没有，不过我是开车去的，我有过路费的票据。”

“你在千户苗寨食宿总有人能够证明吧？”谢欣问道。

侯晓松一脸的苦涩：“我的车在半路抛锚了，后来总算是一个过路的大货车司机帮我弄好了，我在路上耽误了七八个小时，因此错过了和客户约的时间，车子弄好之后我又返回了林城。”

“车子在什么地方抛锚的？”

“下了夏蓉高速，往千户县去的那条国道上。”

谢欣冷笑道：“你就不知道打个电话求救吗？”

“那个地方手机没信号，我说的是真的，不然我可以和你们走一趟，看看我是不是说谎。”侯晓松说这话的时候明显带了些抵触的情绪。

王小虎觉得询问不能再继续下去了，他站了起来：“好了，谢谢你的配合，有什么事情我们会再和你联系。”

在回去的路上，谢欣问王小虎：“你相信他说的话？”

王小虎说道：“其实我还真相信他说的话，一看他就是个精明人。如果他想编什么瞎话的话，完全可以找一个更容易令人接受的理由。”

“不管怎么说，我觉得他很有嫌疑。”

回到局里，王小虎和谢欣去了欧阳双杰的办公室。

“看你们两人这样子，应该是有很大的收获吧？”

王小虎和谢欣把今天的调查经过从头到尾说了一遍。欧阳双杰听完之后没有发表意见，而是问了王小虎他们两个问题，第一个问题就是他们凭什么认为郭鹏去金元大道那边就一定和徐真、侯晓松有关系，另一个问题是侯晓松如果是说瞎话的话为什么不编一个相对合理的理由。

第二个问题倒是和王小虎说的很相似，只是第一个问题让王小虎和谢欣有些摸不着头脑。见两人一脸的疑惑，欧阳双杰说道：“我并不是说你们的思路有什么问题。只是你们的思路受到了局限，你们是被地域局限了。你们之所以认为郭鹏跑到那边去，一定与这两个人当中的一个有关，因为他们离得近，对吧？”

王小虎和谢欣同时点了点头，谢欣先开口了：“你的意思是说很可能约郭鹏的那个人其实也和他一样，无论是居住地还是做事的地方其实与金元大道八竿子打不到，之所以要约在那个地方见面就是为了掩人耳目，让我们造成这样的一个错觉，把我们的视线给转移到徐真和侯晓松的身上？”

“这并不是没有可能的事情。我们的对手是很狡猾的，他从开始进行犯罪的预备时就已经想到了如何自我保护，所以他很可能会用这样的手段误导我们。”

王小虎说道：“这么说来徐真和侯晓松应该就没有什么问题了吧？”

“我没有这么说，我只是提出了另一种假设罢了，具体是怎么一回事还是需要你们进行细致深入的调查。不要放掉每一个疑点！”

王小虎和谢欣离开了，欧阳双杰拿起电话给邢娜打了过去：“邢娜，你在哪儿？”

邢娜没好气地说道：“你不是让我来应付那个宋子宽吗？这小子可难对付了，听说我们查到了郭鹏，竟然让郭鹏跳楼了，你没见他说话的那个态度，冷嘲热讽的，把我们林城的警察批得是一无是处。他说要向省厅告我们的状。”

“这样吧，你把他请过来，我和他谈谈。”

宋子宽来到了欧阳双杰的办公室，一屁股坐到了沙发上：“欧阳队长，我来两天了，我想知道什么时候可以开始开展工作？如果你们想一直让我住在招待所里的话，那我还不如打道回府。我是你们省厅请过来协查案件的，不是来坐冷板凳的。”

“这件事情我该向你道歉，这两天实在太忙了，所以没来得及给你安排。你也应该听说了，我们抓住了绑架孩子的人，只不过……”

“只不过让他跳楼自杀了。”宋子宽冷笑着说道。

欧阳双杰点了点头。

宋子宽说道："据我所知，上个案子的罪犯叫韩什么来着？"

"韩建设。"欧阳双杰提示道。

宋子宽点头道："我听说他是在你欧阳队长的面前开枪自杀的，而且那把枪还是你欧阳队长的？"欧阳双杰没有否认。

"欧阳队长，其实我也并不是有意冒犯你。我只是觉得可笑，堂堂一个刑警队长，竟然让疑犯在自己的眼前用自己的枪自杀了？"

"我看过卷宗，都城的那四起案子的凶手也全都自杀了，而且每个凶手至少是作案三次以上才让警方追出线索来。这四起案子你几乎都参与了侦办，同样的案子在无辜牺牲了至少两条人命之后才引起你们的重视，我是不是也应该觉得很讽刺呢？"

宋子宽愣了一下，想辩解，可是想想人家欧阳双杰说得并没有错。

宋子宽轻咳了两声，以掩饰自己的尴尬："不管怎么说，我希望欧阳队长能够让我参与案件调查。"

"这样吧，从现在起你跟我们王副队长一起工作，你是协助，所以你必须听从王队的指挥。明白吗？"

宋子宽没有意见，这个时候他只要能够投入到案件的侦破中去，他就不会再有什么意见了。

欧阳双杰打电话给王小虎说了一下这件事情。不一会儿，王小虎就让王冲过来了。欧阳双杰向宋子宽介绍了一下王冲，宋子宽便跟着王冲走了。

王冲和宋子宽刚离开没多久许霖就来了："有新发现！韩建设曾经去找过刘老三！"

欧阳双杰来了精神，他坐直了身子："到底是怎么回事？"

"是这样的，我去了韩建设的公司，问了他的那些同事，却没有问出什么结果。后来我再次去韩建设的家里，韩建设的老婆对我很不待见。"许霖从身上掏出了一个红色的小布包。欧阳双杰认出那是装符用的，很多人求了平安符就是放在这样的小布包里，然后随身带着。

"虽然她对我没有什么好脸色，还是让我进屋了。在她那儿我也没问到什么有用的东西，临走的时候正好他的儿子从外面回来，我看到他儿子的身上竟然戴着这个东西，我便好奇地问了一句，韩建设的儿子告诉我这是他爸爸送给他的。我好说歹说，才答应给我。”

欧阳双杰问道：“你怎么知道这符是刘老三制的呢？他是个瞎子，怎么可能会制符？”

“我拿了符就去找了王瞎子。他说刘老三虽然瞎了，但这符并不是画的，而是刻了模版自己印的，就像盖章一样。而这模版应该是刘老三死去的徒弟给他做的。王瞎子还说很多人都在传，刘老三死去的那个徒弟弄不好就是他的私生子！”

欧阳双杰把符从那套子里取了出来，看了半天才轻声说道：“你去找过刘老三了？”

许霖摇了摇头：“没有。我在想，如果刘老三就是那个幕后黑手的话，我反而会惊动了他，现在我们手里根本什么证据都没有，还是先回来和你商量一下，看看接下来该怎么办。”

“你查一下刘老三的那个徒弟是谁，他是怎么死的。”

许霖有些为难：“这个可能不太好查。我问过王瞎子，他也不知道，他说刘老三是个怪人，没有亲人，也没有朋友，除了他的那个徒弟之外根本没有人能够接近他了。而他的那个徒弟大家也只是听说，没有几个人真正见过。”

“那么他又是怎么死的？”

“不知道，我没有再细问。”

欧阳双杰望着许霖：“如果刘老三真是那个幕后黑手的话，那么他作案的动机是什么？还有发给我的那条短信说明了什么？从那条短信来看，这个幕后黑手多半是冲着我来的，他把这当成了一个游戏。这个幕后黑手再变态、再扭曲也不会无缘无故这么做，一定有其他更深层次的原因。”

“你是说或许刘老三的这个徒弟的死和你有关系，而刘老三这么做就是为了给他的徒弟报仇？”

欧阳双杰继续说道：“直接找我报仇成功的可能性不大，而且不能满足对方那变态的心理。你想想，作为一个警察，当我面对凶手残害了无数的无辜生命而无能为力的时候，那种感觉是什么样的？他用这样的方式和手段，比直接对我下手更让我的内心受到折磨与煎熬，而这样更能够让他有一种复仇的快感。”

“行，我马上去查。”许霖走了。

许霖走后，欧阳双杰又去了王瞎子的易名堂。此刻他真正对刘老三有了兴趣。在韩建设儿子的身上发现一个刘老三制的平安符并不能够说明什么问题，像韩建设那样有些迷信的人，平日里去卜卦算命、求符也很正常，或许韩建设是在认识幕后黑手之前就求了那符呢？韩建设的儿子也说那符有小半年了。

下了车，欧阳双杰就进了易名堂，王瞎子的徒弟早就已经熟识了他，那徒弟迎上前来满脸堆笑：“欧阳警官，您先到师父的办公室坐坐吧。他出去办点事，马上就回来了。”

欧阳双杰在办公室里坐了大概七八分钟，王瞎子真就回来了。

“欧阳队长，让你久等了。”王瞎子笑着说道。

欧阳双杰摆了摆手：“别客气。”

“其实我早猜到你要来了。”

“哦？看来又让你掐指算到了？”欧阳双杰笑道。

王瞎子说道：“我可不是算的，你们那个小同志拿着刘老三制的‘平安符’来找我咨询的时候我便猜到了。”

“那既然知道我会来，就应该也知道我想问些什么了。说说吧。”

王瞎子叹了口气：“你是想打听刘老三的那个徒弟吧？”

欧阳双杰点了点头。

“刘老三那个徒弟大概没有几个人见过，平日里那徒弟并不跟着刘老三出摊儿，大多时间都是在刘老三的住处，替刘老三打理一些事情。关于他的这个徒弟，我还是听阿诚说的，阿诚就是我的徒弟，我把他叫来，你好好问问他吧。”王瞎子说道。

“你这个徒弟怎么又会关心起刘老三的徒弟来了？”

王瞎子苦着脸：“我们之间虽然是同行，可是我们之间没竞争，他刘老三在街边支摊儿，那是走低端，我王瞎子有自己的门脸儿，做的是中高端的客户，根本就没有什么可比性。倒是我那徒弟，原先住的地方与刘老三的住处挨得近。”

阿诚走了进来，王瞎子说道："阿诚啊，欧阳队长有些事情要问你，你可得老实回答。"说罢他问欧阳双杰："需要我回避一下吗？"

欧阳双杰说道："不用了，没什么可回避的。"

阿诚坐了下来。欧阳双杰说："阿诚，我就是想问你一点事，你只要把你知道的说了就是了。"阿诚点了点头。

"我听你师父说你以前住的地方离刘老三的住处不远，对吗？"

阿诚点头说道："嗯，我以前住在交通巷，后来师父才让我搬到店里住的。"

欧阳双杰知道交通巷，那是一处老棚户区，巷子两边都是低矮的平房，那些平房都是不带卫生间的，巷子两端各有一个公共厕所。本地人几乎都搬走了，把这些房子拿来出租。住户都是些外来务工的人。

"我当时租的那屋距离刘老三师徒的屋大约七八米，只是他们并不知道我是我师父的徒弟。都住在一条巷子里，低头不见抬头见，见得多了，也就有些熟悉了。我是认得刘老三的。当时以刘老三在林城的名气，再不济也不该住在这样的地方吧？刘老三的生意不错，别看他是在街边支摊儿，也会有不少的大客户。按说刘老三应该是有钱的，再怎么样也不至于混到交通巷吧。"

"具体说说刘老三的徒弟是个什么样的人。"

阿诚回忆着："他应该比我大一些，二十五六。那是三四年前的事了。这个人平时不多话，就是街坊邻里他也只是点下头。他是个很闷的人，经常沉着脸。我很少见他有笑容。这也怪不得他，他那师父的脾气就很怪，又是个瞎子。他的名字叫什么我不记得了，刘老三一直叫他小兵。他的皮肤有些黑，做事很麻利，而且很会动脑子。他对刘老三很尊重，为刘老三做了很多的事，就连制的那模版也用盲文在上面做了标注，刘老三要用的时候一摸就知道是什么符了。只是有一点我觉得奇怪，他从来不和刘老三一块出摊儿，整天都窝在那鬼地方。那小子不像是我们同龄人，就连说话也是老气横秋的。我和他聊过两次，两次都是我主动说话，我说一句，他才会答一句，但态度总是那样冷冰冰的！"

"他就没有什么爱好，还有人际交往什么的？"

"他好像喜欢篆刻什么的，反正整天没事就看他在雕刻。至于说人际交往，还真没见他和什么人有来往。"突然阿诚像是想到了什么，"对了，记得有一次晚上，一辆轿车驶到交通巷子，大概一点多钟，我从歌舞厅回来，正好看到阿兵上了那辆轿车。那之后我问他，他说我一定是看错了。不过他说话的时候那样子很凶狠，好像如果我把这事情说出去就会和我拼命。”

欧阳双杰说道：“有没有可能是某个客户家里发生了什么事来接刘老三帮着处理呢？”

阿诚说道：“这个我就不清楚了。不过接走阿兵的车子是好车，大奔。而且来接他的人看上去像是道上的人。”

“你认识接他的人？”

阿诚忙摇头：“不认识。只是觉得都不是什么好人。”

“那车是什么颜色的？车牌号记得吧？”

阿诚苦笑道：“欧阳队长，那都是好几年前的事情了，我哪能够记得车牌号啊。车子的颜色我倒是记得，黑色的，车的型号好像是奔驰 S320 吧！”

欧阳双杰问王瞎子：“我听小许说，你和他说过，刘老三的徒弟很可能是他的私生子。这是听谁说的？”

“反正业内好些人都是这样传的，具体是不是也没有人敢去问刘老三。”

“那你们知道他那徒弟是怎么死的吗？”欧阳双杰问出了最关键的问题。

王瞎子说：“我也只是听说，好像是被打死的。我觉得想要弄清楚这个问题直接问刘老三更好，我们都是道听途说的。”

“我们当然也会去向他了解的。我们今天说的这些就只限于我们三人知道，我不希望有第四个人知道。”

王瞎子保证道：“请欧阳警官放心，我们不会说出去的。”阿诚也表了态。

欧阳双杰对阿诚说道：“谢谢你，你先去忙吧。”

阿诚一走，王瞎子轻声问道：“欧阳警官，你是不是怀疑刘老三……”

欧阳双杰笑着说道：“只是循例问问。”

王瞎子一副恍然大悟的样子：“哦，明白，要保密。”

在王瞎子这儿又喝了几口茶，欧阳双杰才离开。他要去再会会刘老三，听听刘老三怎么解释韩建设儿子手里的那道平安符。既然那符是韩建设给儿子的，那么说明韩建设与刘老三是有交集的。

刘老三今天并没有出摊儿，欧阳双杰开着车子去了交通巷，之前阿诚也大致说过刘老三住处的位置，再加上刘老三在这一片儿原本就比较有名，欧阳双杰很快就找到了刘老三家。门口的一个煤炉子上正烧着水，那水已经烧开了。

“有人吗？”欧阳双杰轻声问道，很有礼貌地敲了下门。

屋里传来一阵响动，接着刘老三就出现在了欧阳双杰的面前。刘老三目不能视物，他拄着一根拐杖。

“怎么是你？”刘老三问道。

欧阳双杰一惊，没想到刘老三还记得自己。

“你还记得我？”欧阳双杰笑道。

刘老三“嗯”了一声：“前不久来找过我的那两个警官，他姓肖，你复姓欧阳。屋里乱，不嫌弃的话随便坐吧。”

屋里其实并不乱，只是光线有些暗。屋里的东西虽然陈旧，却整理得井井有条，干干净净。

欧阳双杰在一把椅子上坐了下来。刘老三摸索着要给他沏茶，欧阳双杰抢过了茶杯：“我来吧。”

刘老三淡淡地说道：“我是瞎了，可是自己家我还是应该比你更清楚吧。你是客人，就坐着吧。”

欧阳双杰只得乖乖地坐下，他的一双眼睛一直没有离开过刘老三。刘老三很熟练地沏好茶，放到欧阳双杰手边的小茶几上，才又坐了下来。

“你一定很惊讶吧，其实也没什么，我在这儿住的时间长了，所有的一切也就都记到了心上。瞎子别的本事没有，就是记性好。”刘老三轻描淡写地说道。

可是欧阳双杰却认为并不是仅仅如此，好的记性是一回事，要做到刘老三这样除了记性更重要的还有一点，必须还要具备极强的形象思维能力。他的脑子里要是没有这些事物所组合成的环境画面，一样不可能动作自如。

“刘先生，你认识一个叫韩建设的人吗？”欧阳双杰轻声问道。

刘老三摇了摇头：“不认识。”刘老三想也不想就回答道。

“你不需要仔细想想吗？”

刘老三冷笑：“我的记忆力向来都很好，我说不认识那就是不认识。不过我听说过他的事情，当时二位找我不就是因为在查他的案子吗？”

“这道符你认识吗？”欧阳双杰把从韩建设儿子身上得到的那道平安符交到了刘老三手上。刘老三伸手从上往下轻轻一摸，淡淡地说道：“这是我制的平安符，最下边的那一排小针孔是我的暗记。这符不会是在韩建设的身上发现的吧？”

欧阳双杰没有说话，他的目光一直紧紧地盯着刘老三看，刘老三表现得淡定从容，没有一点的惊慌。欧阳双杰发现刘老三思维很敏捷，就连王瞎子和他相比都要差了几分。

刘老三听不见欧阳双杰的回答，他也不说话，拿起一个看起来有些污黑的大茶缸喝了两口茶，把茶缸放下，摸索着掏出一包烟。烟是好烟，因为过滤嘴是偏黑色的，黔州人都喜欢把它叫作“黑脚杆”。

“来一支？”刘老三把烟递了过来，欧阳双杰接过烟，微笑着说道：“烟不错。”

刘老三说道：“还行吧，我有钱。”对于欧阳双杰接近试探性的问题他用了最简洁明了的方式进行解答。

“可为什么要住在这儿呢？据我所知，这房子也是你租的？”

刘老三说道：“对于一个瞎子来说，你觉得环境真的重要吗？我在这儿住了近二十年，这儿的一切我都已经很熟悉，这儿的人我也很熟悉，换一个环境，我得重新适应。现在的房子都是高层，高高低低的对于一个瞎子来说并不方便。”

“符是我们在韩建设儿子的身上发现的，他儿子说是韩建设给的。”

刘老三微微点了点头：“我确实不认识韩建设。我敢担保这张符不是我亲手给他的。”

欧阳双杰说道：“有没有可能是你的徒弟给他的呢？据我所知，你有个徒弟叫阿兵，他人呢？”

“他死了，葬在会山。”

“他家在会山？”

刘老三“嗯”了一声：“会山县城里。不过他不可能把符给韩建设，因为他从来不和我一起出摊儿，而且外面没有几个人知道他是我徒弟。他只负责我的一些手艺活儿，还管我三餐饮食，别的他都不会管。他不是一个多事的人。”

“你很了解他吗？”

刘老三并没有什么不悦：“他是我徒弟，很勤快，人也善良，人品不错。”

“可我听说他的社会关系并不简单。”欧阳双杰把阿诚大晚上见到阿兵上了一辆黑色奔驰车的事情说了一遍。刘老三听完皱起了眉头：“哦？有这事，我不知道。”

欧阳双杰说道：“你平日里发出去的‘平安符’多吗？”

“不多，一般人求平安符都会到庙里去。虽然我也制了些平安符，但大多都是给找我化解灾祸的人。”

欧阳双杰仔细观察过刘老三屋里的陈设，虽然家具陈旧，却不普通。就拿自己和刘老三坐的这对椅子来说吧，有年头了，至少是民国时期的东西。在屋里，还看到一些老古董。他抽的烟，五十元一包。再说这茶，这茶欧阳双杰一品就知道是上好的高坡的猴魁。虽说是本地的茶，却是上品。

在刘老三这儿，欧阳双杰并没有问到什么有用的东西。刘老三的镇定让欧阳双杰生起了警惕。无论是谁，在面对警察询问的时候都会显得有些拘谨的，可是刘老三仿佛就没把欧阳双杰当作一个警察。

欧阳双杰觉得应该结束这次谈话了，他又喝了一口茶：“这茶很不错。”

“猴魁，当然不错。”刘老三淡淡地说。

欧阳双杰站了起来：“刘先生，打扰了。”

刘老三也站了起来：“没事。如果有什么需要，你可以随时来找我。我也希望你们能够抓到那个人。”

“刘先生今天怎么没做生意啊？”

“钱是挣不完的，偶尔也得给自己放放假。”

欧阳双杰愣了一下，不禁又笑了，说了声“告辞”就离开了。

刘老三说阿兵死了，葬在会山，自己问他怎么死，他回答说是回去探亲的时候失足落水。从阿诚的描述来看，阿兵确实是一个可疑的人，但具体可疑在什么地方欧阳双杰说不上来。就像刘老三一样，欧阳双杰对他也有着怀疑。刘老三太淡定了，处事不惊，让欧阳双杰感觉他有些不真实。好像刘老三早就知道自己会去找他一样。

没有漏洞就是漏洞，这是欧阳双杰一贯的思想。看来自己还得多在刘老三师徒身上下功夫。

欧阳双杰回到了自己的办公室，打了个电话去会山，让会山方面帮助调查一下阿兵这个人。阿兵的本名叫刘兵，和刘老三一个姓。欧阳双杰让会山警方调查一下阿兵的家庭情况以及他的死因，或许阿兵是一个很好的突破口。

第六章 欲盖弥彰

王小虎来到欧阳双杰的办公室，欧阳双杰说道："小虎，是不是有什么发现？"

王小虎摇了摇头："发现倒没有，只是我们已经证实了，侯晓松确实没有说谎。车子坏在路上，电话信号盲区，这小子还真在车上等了七八个小时。"

"当时他的车上有没有别的什么？"欧阳双杰问道。

王小虎说："没有，后来他等到了支援，直接就把车拉去了维修站，自己回了林城，两天后才去把车要回来的。维修站那边我也查过了，确实有这么一回事。"

欧阳双杰淡淡地说："从万东桥这个花鸟市场到金元大道那家影厅步行要走多久？另外，有没有公交车，坐车要多久你知道吗？"

王小虎说两个地方之间的距离大约三公里，走路的话怎么着也得半个多小时吧，公交车也就两个站，要不了几分钟。

"你是说他们真正见面的地方很可能是在万东桥的花鸟市场？"王小虎问道。

欧阳双杰说道："我只是提出了一个疑问，如果徐真有问题，可能性也不是没有。"

"好，我马上让他们再去查查。不过假如徐真有问题，郭鹏去见的是他，但为什么第一次郭鹏在金元大道出现的时间徐真是在铝厂的花鸟市场呢？这不科学啊。铝厂距离金元大道这边开车也得四十多分钟，坐公交车的话那得一个小时。"

欧阳双杰耸了耸肩膀："所以呢？"

王小虎瞪着欧阳双杰："徐真没问题，他们也不可能在花鸟市场见面，对吧？"

“不对，徐真或许有问题，见面的地点也或许就是在花鸟市场，只是他们这样的见面或许只有一次，而不是两次。也就是说郭鹏在第一次作案前一天并没见到徐真。”

这个案子根本就是心理案，幕后黑手就是在利用棋子的心理作案。

“可是侯晓松的行为也有说不通的地方，是不是继续查？”王小虎说道。

欧阳双杰摇了摇头：“侯晓松你先放一放吧，在我看来他这么做反倒正常。这也和他的性格有些关系，我见过这个人，这个人的骨子里有些文化人的特性。他的懒惰使然，在遇到那样的事情时，他就会产生投机的心理，他等待，是他认为一定能够等到可以帮助他的人。”

“欧阳，你觉得谁更像那个幕后的黑手？”王小虎还是希望听听欧阳双杰的真实想法。

欧阳双杰苦笑道：“都像，又都不像，或许是徐真，又或者是刘老三，也有可能是贾大眼，甚至是王瞎子。”

王小虎这下也是一头的雾水：“欧阳，你还怀疑他们？”

“为什么不能怀疑他们？”

“可是你和王瞎子的关系不错啊，我感觉你现在和他几乎无话不说，我还以为你们已经是朋友了呢。”

欧阳双杰说道：“我们确实可以说是朋友，但这并不影响我对他的怀疑。”

“你真的怀疑他吗？”

欧阳双杰笑道：“他对警察的态度太好了，特别是对我。”

“干他们这一行无论是黑道还是白道都不愿意得罪，也许他只是希望能够和气生财吧。”王小虎说。

欧阳双杰“嗯”了一声：“但是他太配合了，他这样的配合让我感觉他好像一直在帮我们寻找怀疑的对象，他这么积极反倒使我觉得他是想让我把他给忽略了。对了，你暗中查贾大眼，有什么收获？”

王小虎说道：“贾大眼确实如刘老三所说的，是一个唯利是图的人，只要给钱，他什么事情都敢做，不过他也有分寸的，违法的事情他应该不会做。他的素质很差，接触下来他给我的感觉就是一个暴发户，不过在客户面前他还是装得很有素养的。”

欧阳双杰笑了："贾大眼懂得自我包装，刘老三对他似乎颇有微词。他本质上就是一个酒鬼加财迷。"

经过这么多事，欧阳双杰陷入沉思："这个幕后的黑手到底该是个什么样的人？"

王小虎问道："想明白了吗？"

"之前我们曾经对这个人做过心理画像，但并不全面。这个人从表面看上去并不富有，甚至可能有些潦倒，事实上他却很有钱，他不在乎钱，金钱不能使他愉悦。相反，用变态的手段支配他人杀人才能让他感觉到刺激。他具备很强的学习能力，能够把所学的知识与自己的职业结合，他又很懂得自我保护，他不爱出风头，有点名气可也容易让人们遗忘。于是，我们通过这画像找到了六个最有嫌疑的人，最后我们觉得其中徐真与侯晓松的可能性最大。刚才我又想了想，其实刘老三、贾大眼甚至王瞎子的那个同门师兄弟田子仲等人也都很符合这一特征。刘老三痛恨贾大眼，看起来很具正义感，可是骨子里他和贾大眼也有相似之处，刘老三也是一个懂得享受的人，好烟好茶，家具看上去陈旧却都是老古董。贾大眼的家里就更是极尽奢华。"

"田子仲，让人感觉是一个淡泊名利的人，生活很简朴，在我接触的这几个人里，他是最善于学习的。他大隐于市，几乎没有什么知名度。侯晓松相对高调，不乏年轻人的冲劲，虽然入了这一行，却试图把这一行进行公司化的运作。"

"田子仲其实才是最符合心理画像的那个人？"

欧阳双杰说道："如果从我的内心来说，我认为最有可能是幕后黑手的人确实是田子仲，其次是刘老三。我对王瞎子的怀疑只是他太积极地配合警方，有时候积极过了头想不让人生出疑心都难。其他人我们也得逐一排除。我倒是觉得应该先从其他人身上入手，毕竟他们的疑点相对要少，排除时的难度不是太大。至于这三个人，我先多接触几次吧。"

欧阳双杰话才说完，手机就响了，是省厅刑侦局的副局长张平打来的。

"张局，你好，有什么指示？"欧阳双杰笑着问道。

"欧阳，一会儿有时间一起吃顿饭。"

欧阳双杰说道："嗯，好的。"

"行，那我把地址发你手机上。"张平挂掉了电话。

欧阳双杰没有问张平为什么要请自己吃饭，既然张平没有说，应该是电话里不好说。

王小虎离开了，欧阳双杰坐在沙发上闭着眼睛，脑子里在想着一个问题，这个问题在他的脑海里存在了好久，只是他一直都没有想出个所以然。

幕后黑手为什么会有这样扭曲的心理，为什么会想出这么变态的杀人手段。

“欧阳，还记得你离开警察学校的头一年替我们省厅破获的那桩‘伪钞案’吗？”

欧阳双杰点头说记得。

张平笑道：“你是不是派了人在查会山的刘兵？”

欧阳双杰心里一惊，只是他不知道这事情又和省厅刑侦局有什么关系，还和几年前的一桩伪钞案扯到了一起。

欧阳双杰点了点头：“这件事情我让小许在查。”

“能告诉我是什么案子吗？”

欧阳双杰也不瞒他，大致说了一下。张平说他没想到刘兵会和林城的变态连环案扯上关系。欧阳双杰问他怎么了，张平这才说“伪钞案”又露出了尾巴。

“之前涉案人员全都落网了啊！”几年前是欧阳双杰亲手把这个制贩伪钞的集团成员送进监狱的。

张平苦笑道：“就在上个月，我们接到云都市警方的协查通报，在云都出现了大量的伪钞，从制作的技术水平来看，与几年前我们端掉的那个集团手法很相似。他们追到了上线，把截获的模版送到省厅。经过技术处鉴定，这套模版与几年前那个团伙制作的模版出自同一人之手。”

“我记得当年那个制作模版的人也归案了吧？”

“那个人叫刘登山，我们去监狱问过他这模版的事，可是他什么都不说。我甚至告诉他，只要说出来我们可以考虑给他减刑；他却一副死猪不怕开水烫的样子，什么也不说。”

“开始我有些纳闷儿，后来我就想，连减刑都不能让他心动，说明他应该是想要保护这个制版的人，这个人和他之间的关系甚至很密切，我们就对他的亲人、朋友进行了排查，终于我们找到了一个目标。”

“刘兵！”这回是欧阳双杰说的。

张平点了点头：“刘兵是刘登山的儿子，不过早些年就过继给了他的大哥，刘兵的大伯刘登航，户口也在刘兵两岁那年就迁去了大伯家。他大伯和大伯母一直都没有孩子，从小到大，他们都把刘兵当自己的亲生儿子看待。”

“可是刘兵几年前就已经死了。”

张平叹了口气：“对，刘兵几年前就死了，就这一情况会山警方也向我们提供了一份详细的报告。不过他死了几年，为什么他制作的模版会突然出现呢？”

“你们怎么确定是他制作的模版呢？就算他是刘登山的儿子，也不一定会继承他父亲的手艺啊。”欧阳双杰问道。

“是刘登航说的，他说刘登山从小就经常教刘兵这些。为此刘登航还很不高兴，说刘登山迟早会害死刘兵的。可是刘登山说让孩子多一门手艺也没什么不好的，两兄弟为此没少吵。我怀疑有另外一个伪钞团伙，他们当年为了这模版而杀死了刘兵。”

欧阳双杰道：“既然他们早就拿到刘兵制作的伪钞模版，为什么要等这么些年才使用呢？大规模的制贩伪钞一般来说一个人是不可能办到的，它涉及方方面面的很多问题，这个过程当中，他们还要和黑道、警方周旋，所以必然是团伙作案。哪个团伙能够等那么多年？”

张平说道：“也不尽然，或许当初谋害刘兵、拿到模版的人只是单独一个人，经过几年的筹备，他认为具备了制贩的实力才动手的。”

“好吧，我让许霖不再查刘兵的事情。不过我希望能够分享你们对刘兵的调查结果，因为刘兵对我目前手上的案子也很关键。”

“没问题！”

这顿饭欧阳双杰没有喝多少，回到家里，坐在阳台的躺椅上，他吹着风，闭着双眼，想着刘兵的事。

刘兵竟然是刘登山的亲生儿子，那么他和刘老三之间仅仅是所谓的师徒关系吗？

从阿诚对刘兵的描述来看，刘兵对刘老三很好，而刘老三对刘兵也不错。刘老三提到刘兵的时候，话语里有赞许也有悲伤，赞许是他对刘兵的认可，悲伤是因为刘兵的死。

欧阳双杰看过刘老三的资料，他并不是黔州本地人，是三十年前到黔州来的，按说与会山的那个刘家不是一家人，偏偏他又和刘兵有缘，成了师徒。

想到这儿，欧阳双杰的眼睛一亮，既然两人是师徒关系，那就一个教，一个学，可是刘老三和刘兵之间的关系却好像并非如此。刘老三生意上的事情刘兵几乎就没有掺和过，也没听说刘老三带着刘兵去为客户解决过什么问题。

刘兵更多的时候都在交通巷做他自己的事情，他唯一可以和刘老三的“职业”扯上关系的就是替刘老三制了一些符咒的模子。也就是说，这两个人其实只有师徒之名，并没有师徒之实。

他又想到了阿诚说起的一件事情：大半夜有人用大奔接阿兵。为什么会有大奔来接阿兵，极有可能是为了伪钞模版。

欧阳双杰一下子从椅子上跳了起来，他觉得自己已经猜到了答案。阿兵愿意跟在刘老三身边是因为想把自己隐藏起来，而私下里他又偷偷与外界接触，是想把手里的伪钞模版卖出去。

刘老三说他并不知道刘兵和外面的人有联系的事，刘老三说的是实话吗？如果是实话，那么他就是被刘兵利用了；如果他在说谎，那么刘老三估计与伪钞案也扯上了关系！

不过有一个问题是他不得不去考虑的，刘兵所涉及的“伪钞案”与林城发生的这些个案子之间有没有什么内在的联系？

第二天，欧阳双杰和邢娜就去找刘老三。他像上次一样给二人沏了茶，邢娜又看了看刘老三的家里。

“刘先生，你和阿兵之间是什么关系？”欧阳双杰直接问道。

刘老三淡淡地说道：“师徒关系，怎么了？”

欧阳双杰说：“就那么简单吗？”

刘老三翻了下他的白眼：“虽然我们都姓刘，可是我们还真没有其他什么关系，我是从湘南来黔州的，这一点我想你们警方早就已经调查过了。”

“我知道你们没有什么亲属关系。我是说其他的关系，譬如合作关系。”邢娜愣愣地望着欧阳双杰，她不知道欧阳双杰为什么会突然有这么一问。

刘老三的脸上明显有些不自然：“我不明白欧阳警官说的什么，我只是个江湖术士，他更是什么都不会的愣头儿青。”

欧阳双杰淡淡地说道：“他是个什么都不会的愣头儿青？”

“怎么了？莫非他骗了我？”

刘老三一脸的茫然，可是早在刚才欧阳双杰说到他与刘兵的合作时他的表情就已经出卖了他。

欧阳双杰说道：“刘兵的父亲刘登山你听说过吧？”

“我没有听说过，刘兵从来不和我说他的事情。”刘老三解释道。

欧阳双杰说道：“刘登山有一套绝活，制作各类印刷的模版，特别是伪钞模版他做得可谓巧夺天工，只要纸张对路，就可以以假乱真。几年前我亲自抓住了他，将他送进了监狱。”

刘老三很震惊：“是吗？竟然有这样的事情，阿兵没有和我说过。这也难怪，有这样的一个父亲说出来他怕丢人，谁希望自己的父亲是一个罪犯呢？”

欧阳双杰说道：“他真没告诉过你吗？”

刘老三很肯定地说道：“真的没有。”

“刘兵继承了父亲的这手绝活儿，也做了这么一套百元大钞的模版。”欧阳双杰说到这儿闭上了嘴，端起茶杯来喝了一口。他是在敲山震虎。

“是吗？这孩子平日里挺老实的，怎么会做出这样的事情来？莫非他是想要重蹈他父亲的覆辙，才会招来杀身之祸？”

欧阳双杰也叹了口气：“可惜这个世界上没有那么多如果。”

“欧阳警官，听你刚才说话的口气，好像觉得我会掺和到他的那些事情中去？我是孤老头儿，要那么多钱来做什么。再说我是个瞎子，又能够帮他们做什么呢？”

欧阳双杰笑道：“你每天都会回到这儿睡觉吗？有没有例外过？”

刘老三说当然会有例外，偶尔也会有人花大价钱请自己到外面去做道场；只要价钱能够打动他，他会去的。做道场的时候他就不会回来，最长的时候有六七天不在家。

欧阳双杰没有再说什么，和他闲聊了一会儿就带着邢娜离开了。

上了车，邢娜说道：“你在诈他？”

欧阳双杰微微点了点头：“算是吧。你不了解他，可是我了解。他一向都是淡定从容的，今天却显得有些慌乱。当我说他与刘兵之间可能有合作关系的时候，他就开始乱了，虽然他努力装作表情镇定。你没觉得他一直在试图解释，或者说服我们吗？”

“这么说来他和刘兵根本就不是什么师徒关系。”邢娜说道。

欧阳双杰慢悠悠地说：“我们查过，刘兵从会山县来到林城一直就在刘老三的身边，直到他回老家死在会山。”

“刘兵应该是带着伪钞的模版来林城找买家的吧？如果他在会山能够把东西脱手的话，根本就不用跑到林城来。”

欧阳双杰点了点头：“在会山出手的话，一来地方太小，消息很容易就泄露了，再者也很难找到合适的买家。刘兵正是因为这点才到林城来的。他到林城以后并没有急着寻找买家。刘兵不是在道上混的人，他虽然传承了父亲的手艺，可是从小一直跟着伯父生活在一起。刘登山虽然传授了这手艺给刘兵，可是刘兵是他的亲儿子，他自己冒这个险已经付出了很大的代价，他应该不会让自己的亲生儿子再步自己的后尘。我问过张平，他去见过刘登山。刘登山在听说刘兵竟然制作伪钞模版进行犯罪的时候很惊讶。从时间顺序上来看，刘兵的死是在刘登山入狱之前，那个时候刘登山就在这一行当，如果刘兵制贩伪钞的事情刘登山早就知道，要么他会阻止儿子，要么他会让自己的儿子入伙。”

邢娜陷入沉思在思考欧阳双杰的话。

欧阳双杰又说道：“刘兵的死，刘登山是早就已经知道的，但在张平他们向刘登山说起刘兵有可能也在从事伪钞时，刘登山的情绪有些激动，他认为刘兵是不会这么做的。张平说，刘登山一直重复说刘兵是个好孩子。”

邢娜听了叹息道：“一个父亲再怎么坏，也还是希望自己的孩子能够走正道，成为一个有用的人。”

欧阳双杰说道：“正是因为这样，所以刘登山不可能在这方面给刘兵任何的帮助，刘兵干的这些事情，甚至刘登山根本就不知道。”

“那和刘老三又有什么关系？”

“刘兵从县城来到林城，又不想让他父亲知道，他该怎么办？”

“找一个相对隐蔽、安全的落脚点。刘兵不想让刘登山知道他的行踪，所以整天躲在交通巷，这也是他为什么从来不陪刘老三出摊儿的原因。他在等待机会，把手里的伪钞模版出手！这才促成他与刘老三的合作。刘老三是林城小有名气的

‘刘半仙’；林城三教九流的人，他认识的可不少。”

“既然是这样，为什么刘兵都死了几年了伪钞才出现呢？那个买家也真沉得住气啊！”邢娜说。

欧阳双杰说道：“或许现在才找到买家吧。刘兵死前根本就没找到任何买家，一直等到现在模版才被人出手。”

邢娜想了半天：“你是说刘兵的死是有人蓄意谋杀，为的就是占有他制作的伪钞模版，然后一直到现在，这模版才出手？”

欧阳双杰点了点头。

“你怀疑刘老三就是杀害刘兵的人，是刘老三吞掉了刘兵的这个模版？”

“很有可能的事情。”

“可他是个瞎子啊。刘兵曾经大晚上上过一辆黑色奔驰车，指不定刘兵死前就一直在与道上的人接触，可是一旦刘兵与道上的人搭上了，那帮人又知道他手里有模版，很难说那些人不会起意。”

欧阳双杰“嗯”了一声：“我也还有几个疑点没有想明白，不着急，慢慢来吧。这个案子就让张平他们去头疼吧，我们还是回到我们自己的案子上来。”

“不过这个刘老三有没有可能是我们要找的那个幕后黑手呢？”邢娜问道。

欧阳双杰说只要他身上还有一点嫌疑就不能放过，该查还得查。

许霖来到了欧阳双杰的办公室。他告诉欧阳双杰，按会山警方的说法，刘兵是失足掉崖死的，不过他觉得刘兵应该是被人谋杀的，是有人故意把刘兵推下了悬崖。

“你说他是被人谋杀的，总有一个原因吧？”

许霖说道：“我去过刘兵大伯家，就在县城里。刘兵是死在城郊的螺丝山上。刘兵大伯说刘兵以前经常去螺丝山玩，对那儿很熟悉，从小到大，那山他不知道爬过多少回，从来都不曾出事。刘兵掉崖的地方叫断头崖，是螺丝山右面的一道悬崖，我也上去看过，一般人都不会到那崖边上去的，除非他想轻生。”

“很显然，刘兵不是一个会轻生的人。”欧阳双杰说道。

许霖点了点头：“是的，所以我就在想，他为什么要到崖边去？只有一种可能。”

“有人约他到山崖边见面，那个人应该是他熟悉的人，他对那人根本就没有什么戒备之心。”

许霖的意思是大面积排查一下刘兵的社会关系，看看能不能找出这个人来。

“行，你去查吧，有什么消息就及时通知我，不过有一点，别影响了张局他们办案。”

许霖走了；欧阳双杰走到白板前，写下了刘兵的名字。

刘兵的案子根本就是节外生枝，按说欧阳双杰是不该在刘兵的事情上多费脑子的，可是刘兵又和刘老三扯上了关系，到目前为止，刘老三仍旧有着幕后黑手的嫌疑。刘兵肯定不可能是失足坠崖，更不可能是轻生寻短见；一定是有人故意谋杀，为的就是占有那套模版。

想到这儿，欧阳双杰又在白板上写下了“模版”两个字。

杀人，占有模版，这个思路在欧阳双杰的脑子里成型，他马上又想到了一个问题，那套模版是不是一直都在刘兵的身上？刘兵不是傻子，东西一直带在身边并不是一件明智的事情，所以刘兵回家应该不会带着它。既然他身上没有东西，那么凶手杀他有什么意义呢？

这么一来，不得不又绕回到了刘老三的身上。刘兵从会山到林城，一定是带着模版来的，他和刘老三住在一起，模版应该是藏在刘老三家。刘老三是瞎子，而且白天都不在家，刘兵要在屋里藏东西不算什么事，模版本身就没有多大，随便找个地方就能够藏好了。

因为刘老三是刘兵的“合作者”，他知道刘兵手上有东西，他甚至还猜到了刘兵一定会把东西藏在自己的住处。至于刘兵回去是因为家里有事这件事情刘兵的大伯已经证实根本是子虚乌有。

那么很有可能是刘老三让人把刘兵骗回了会山，然后约他在螺丝山断头崖见面，再伺机推他下崖，那山崖很高，摔下去就死定了。

要做到这些，仅仅凭刘老三一个人是不够的。刘老三是个瞎子，就算他勉强能够上得了螺丝山的断头崖，他和刘兵谁推谁下去就不好说了。刘老三有同谋，而且这个人应该还是刘兵认识的。

欧阳双杰想到了阿诚曾经说过的那辆黑色奔驰车，车的主人会不会是刘老三给刘兵联系的买家。而刘老三就是和他合谋杀了刘兵，夺了模版。可是，如果刘老三与买家合谋杀了刘兵、夺取模版的话，买家不会现在才用那模版。

欧阳双杰又想到一个人，王瞎子的徒弟阿诚。

阿诚之前一直住在交通巷，自己知道的一切关于刘兵的信息都是出自阿诚之口。可阿诚为什么要告诉自己这些呢？

欧阳双杰这次去找王瞎子时领着两个男人，一看就是便衣。

“欧阳队长，接到你的电话我就在这儿等着了。这二位是？”

欧阳双杰介绍道：“这两位是省厅的同志，阿诚在吧？”

王瞎子点了点头：“你交代让他等着，他哪能乱跑啊？”

“借用一下你的办公室，让阿诚来一下。”

王瞎子说道：“好的，我这就去叫阿诚过来。”

进了王瞎子的办公室，张平和丰渡四下里看了看。

张平问道：“今天你把我们邀到这儿来到底有什么事？不会真是让我们来陪那个神棍喝茶聊天儿的吧？”

欧阳双杰说道：“一会儿你就明白了。”

敲门声传来，欧阳双杰叫了一声：“进来！”

阿诚走了进来，看他那样子好像有些惶恐，他轻轻叫了一声：“欧阳警官。”

欧阳双杰说道：“关门。”阿诚关上门，欧阳双杰示意他在对面的椅子上坐下。阿诚坐了下来，见张平和丰渡两人的目光落在自己的身上，有些不太自然。

欧阳双杰咳了一声：“阿诚，知道为什么要找你吗？”

阿诚先是摇了摇头，不过他马上又说道：“你是不是还想了解一些关于刘老三和刘兵的情况啊？我把我知道的全都告诉你了！”

欧阳双杰笑了：“你再好好想想，还有什么忘记说了。”

阿诚想了半天，摇了摇头，苦着脸：“真的没有了，我知道的全都说了。”

欧阳双杰脸一沉：“阿诚，我问你，你和刘老三之间是什么关系？”

欧阳双杰说话的时候嗓门儿猛地提高了，阿诚一下子吓得站了起来：“欧阳警官，我和刘老三没关系。”

欧阳双杰冷笑一声：“看来你是不打算承认了？”

阿诚的嘴动了动，脸上的表情颇为复杂。欧阳双杰一下子就捕捉到了，这证实了他心里的想法。

“你先坐下！”欧阳双杰冷冷地说。

阿诚没有动，丰渡厉声道：“坐下！”

阿诚又吓了一跳，忙坐了下来：“欧阳警官，你们别吓我，我真和刘老三没有任何的关系，他这个倔老头儿和我师父根本就不和，我们之间哪会有什么瓜葛，不信你可以叫他来问问！”

“阿诚，你可千万别忘记了，交通巷是个什么地方，你们之间有没有瓜葛在那儿一打听就知道了。刘兵死前的一段时间里，你和刘兵之间的交往很密切，我说得没有错吧？”

阿诚的脸色微微一变：“我和刘兵确实有过接触，在那种地方低头不见抬头见，大家交个朋友也是很正常的。他出事前的那段时间我们确实经常在一起聊天儿，甚至还一起喝过两次酒。”

“出事？”欧阳双杰冷冷地望着阿诚。

阿诚心里一颤，他知道自己说错话了。

张平一脸严肃地说道：“刘兵是坠落山崖死的，当场警方调查的结果是意外。不知道你说的出事是不是指他死亡的真相？”

阿诚连忙摆了摆手：“没有，意外不也是出事吗？”

欧阳双杰也不纠结他的这个说辞，继续问道：“刘兵死之后，你常常去刘老三那儿，这又怎么解释？你不会说你是去安慰刘老三吧？”

阿诚犹豫了一下，就在他犹豫的时候欧阳双杰说道：“想好怎么编了吗？我再问你，刘兵死的那天你在什么地方？”

阿诚“啊”了一声：“那天我去了盘江，一个朋友找我有些事情。”

“你怎么会记得那么清楚？”欧阳双杰逼问。

阿诚的额头渗出了汗水，他抬手擦了一把：“我，我……”

“事情过了这么多年，你居然还记得那么清楚。我并没有说具体的时间，你却马上就回答我你那天去了盘江。这是你背熟了的台词吧？”

此刻张平和丰渡已经明白欧阳双杰把他们领到这儿的原因，阿诚应该与刘兵的死有莫大的关系。

“阿诚，怎么不说话了？”欧阳双杰问道。

阿诚紧咬着嘴唇，他不敢说话了，自己说多错多，不如不说。

欧阳双杰冷笑一声：“其实刘兵的死并不是什么意外，是你和刘老三合谋杀了他！”

阿诚抬起头来：“我没有杀人！你们不能冤枉我。”

欧阳双杰说道：“你别激动，听我说完。刘老三收留了刘兵。因为他对刘兵不错，所以刘兵把自己的秘密告诉了他。刘兵的手上有一套制作伪钞的模版，刘兵希望能够卖个好价钱，希望刘老三能够帮他牵线搭桥，寻找买家。但不知道为什么他们没有谈拢，于是那段时间刘兵与刘老三之间的关系变得有些紧张与微妙。你和刘兵同住在交通巷，而且隔得也不远，很容易拉近距离。没多久，你们就交上了朋友。刘兵在林城没有什么朋友，你成了他唯一的朋友，于是他又把自己的秘密告诉了你。原本他是想让刘老三帮他找买家的，因为你的出现，他放弃了刘老三，而选择了你。可是刘兵的心很大，他认为这东西是自己的，所以就算找到了买家他也应该占大头，这样你们之间同样出现了分歧。”

阿诚“哼”了一声，不搭腔。

欧阳双杰叹息道：“这样一来你当然也不答应。毕竟这是一件犯法的事情，一旦抓住是要坐牢的，你们都不可能去冒这么大的风险。可是刘兵在你们的心里埋下了种子。无论是你还是刘老三都知道，这玩意儿一旦出手，可以卖出一个大价钱，你们唯一不满足的是刘兵的分配方式，可是东西是刘兵的。终于一天，你和刘老三经过商议，做出了一个大胆的决定——除掉刘兵，然后你们俩再把东西出手！再接下来，骗刘兵家里有事，把他骗回会山，然后再寻个理由约他到螺丝崖见面，趁他不备，将他从崖上推下去。按说被约到那样一个地方去刘兵应该有戒心的，可偏偏刘兵这个人防人之心甚微，又当你是他最好的朋友，一下子哪里会想到那么多？”

“欧阳警官，说了这么多，你有证据吗？”

欧阳双杰淡淡地说道：“现在没有，不过很快就会有。这件事情除了你还有另一个知情者，我想他会把一切都告诉我们的。当然，你们俩谁先开口谁就占了先机，坦白从宽，抗拒从严，这点常识我相信你应该是知道的。再说了，他比你占优势，他是残疾人。”

这是欧阳双杰的攻心之战。其实欧阳双杰的心里清楚，刘老三和阿诚相比，刘老三要更难对付一些，相反阿诚并没有那么老道，特别是欧阳双杰算定出手推刘兵下悬崖的人一定是阿诚，所以他刚才那番话就是要让阿诚乱了阵脚，让阿诚觉得与其让刘老三把自己掀出去立功赎罪，倒不如自己坦白自首，这样一来或许能够逃脱死罪。

张平把阿诚带走了，为“伪钞案”撕开了一个口子。王瞎子一脸沮丧，他没想到自己的徒弟成了杀人嫌疑犯，而且还是伙同了自己的竞争对手一起谋财害命。

回到局里，欧阳双杰直接去了冯开林的办公室，把协助张平抓住阿诚和刘老三的事情大致向冯开林说了一下。冯开林听完后说道：“这么说，刘老三已经让他们给拘了？”

欧阳双杰微微点了点头，冯开林说道：“那个幕后黑手有没有可能是刘老三？”

“在我们没有证据排除他的情况下，确实有可能。”

冯开林“嗯”了一声：“假如他真是我们要找的那个人，现在他被控制起来了就不会再有案子发生了。”

欧阳双杰却没有这么乐观，因为在他看来刘老三不像幕后黑手。他没有说话，点着烟，吸了一口。

电话响了，是王小虎打来的：“欧阳，我们查到了，郭鹏在万东桥花鸟市场出现过，而且两次都在那儿出现过！只不过出现的时间是在他去金元大道那家电影院之前！”

“徐真也应该在同一时间在那儿出现过，对吗？”

王小虎说道：“徐真是那儿的常客，可问题就出在这儿。他们无法确切地说出徐真出现的具体时间。”欧阳双杰明白王小虎说的意思。因为徐真经常出现在那儿，很多时候大家都会只记得他去过，但什么时候到的，什么时候走的大家总会疏忽掉。

欧阳双杰说道：“也就是说现在我们只能确定那两次徐真都去过万东花鸟市场？”

“这一点可以肯定。”王小虎说道。

欧阳双杰说道：“你再查查其他几个我们觉得有嫌疑的人在那段时间的行踪。”

王小虎有些不明白了："欧阳，什么意思啊？"

"先去查吧，抓紧时间，有消息通知我。"

挂了电话，冯开林给欧阳双杰的茶杯里续水，他斜着眼睛望着欧阳双杰："很多时候，证据太直接了反而是有问题的。"冯开林已经摸清了欧阳双杰的心思。

欧阳双杰说道："原本我确实觉得徐真的嫌疑挺大的，可是小虎的这个消息让我的心里不踏实了。"

冯开林说道："你的想法是对的，换作我也会对自己的推断产生怀疑。既然郭鹏两次在万东花鸟市场与徐真见面，他有必要跑到金元大道去看电影吗？还要留下票根，让警方追到这条线索？"

"郭鹏已经死了，从我们目前查到的这些来看，明显是对徐真不利。只要再出现一两个有力的证据，那么徐真就会坐实罪名！"

冯开林笑了："有人想拉徐真做替死鬼！"

"这个幕后黑手很狡猾，而且他的替死鬼不只徐真一个，他们这个行当的水很深，涉及的人也不少，每个人都有可能成为他的替死鬼。如果徐真和刘老三都死了，他只要抛出所谓的铁证，就能够全身而退。现在我明白为什么都城的案子只能不了了之。"

冯开林赞许地点了点头："欧阳，一定要抓紧。这个人的危害极大，具有很严重的反社会倾向。早一天把他给抓住，就能够拯救更多无辜的生命。"

欧阳双杰在沙发上坐下，他好好梳理一下整个案子。随着徐真的嫌疑越来越大，他就越来越觉得他们的调查陷入了一个误区。

先是郭鹏留下的那两张票根。郭鹏确实去过那家电影院，还在旁边的咖啡厅逗留过，这说明郭鹏真去过金元大道。只是郭鹏两次去金元大道都在他去过万东花鸟市场之后，正是因为这样，警方才会认为郭鹏是先与徐真见了面然后才到金元大道。那么在幕后指使郭鹏的人应该就是徐真。可郭鹏无论是在电影院还是在咖啡厅的表现都证明他应该是在等人。

欧阳双杰点了支烟，突然眼睛亮了起来，他拿起手机给邢娜打了过去："小娜，你查一下郭鹏对于花鸟鱼虫有什么特别的喜好！"欧阳双杰挂了电话，走到白板前，在白板上写下了"万东花鸟市场"，又写下了徐真和郭鹏的名字，然后下面又写上“巧合”二字。

真的是巧合吗？不是巧合，是人为制造的巧合。这个人对于徐真和郭鹏都有一定的了解，他知道两人有共同的爱好，喜欢花鸟鱼虫，郭鹏为了打发无聊的时间，一定会去一趟万东花鸟市场，就算是这样，郭鹏的时间仍旧很充足，还有时间去看电影！

欧阳双杰在房间里踱了几步。刘老三被省厅的人带走了，现在最有嫌疑的几个人应该是王瞎子、贾大眼、田子仲和蒿顺成，至于徐真和侯晓松两人，欧阳双杰反而觉得没有什么嫌疑了。当然，欧阳双杰是一个严谨认真的人，他还得做进一步的调查。

“欧阳，郭鹏喜欢养鱼，他的家里就有一个大鱼缸，他特别喜欢的就是热带鱼。不过养的鱼经常死掉，常常会到花鸟市场去补鱼。不过听人说他已经有几个月没有逛花鸟市场了，最后这两次去也兴致不高，并没有买什么，只是随意看了看。据他经常光顾的那家鱼店的女老板说，他的情绪很低落，心事重重的。”

邢娜在电话里说完后问道：“欧阳，你查这个做什么？”

“我想知道徐真和郭鹏在同一时间出现在万东花鸟市场到底是相约还是偶然，现在看来很可能是偶然！只是这样的偶然被人利用了。”

“还有什么需要我去查的吗？”

欧阳双杰说道：“徐真的房东，那个离了婚的女人。”

“查她做什么？”邢娜好奇地问道。

“你想想，谁对徐真的行踪如此了如指掌？不只是要查她，还要查一查她所接触的人。”

欧阳双杰说完挂断了电话。

宋子宽不知道欧阳双杰要带他去哪儿，欧阳双杰笑道：“去喝茶。”

车子在“易名堂”的门口停了下来，宋子宽看了一眼招牌，欧阳双杰轻声说道：“这儿的老板是王瞎子，让你来过过眼。”王瞎子的情况欧阳双杰早就和宋子宽说过，也提过自己对王瞎子的怀疑。这次欧阳双杰是特意带着宋子宽来见王瞎子的。

“欧阳队长，你看你，来也不提前通知一下，我好把客人给推掉！”王瞎子一脸的笑容。

欧阳双杰笑道："我只是路过。这是我同事……"

王瞎子客气地和宋子宽握了握手："听口音宋警官好像是川蜀人吧？"

宋子宽微微点了点头："我是都城人，王先生对川蜀很熟悉吗？"

"我曾经在那边待过一阵子，有小半年吧。"王瞎子坐下后对欧阳双杰说，"阿诚的事情怎么样了？"

"那个案子是省厅在办，我没有多问。你平日里都有些什么喜好啊？"欧阳双杰很随意地问。

王瞎子笑道："我哪有什么喜好啊，大多时间都在家里待着，看看书，看看电视，喝喝茶，偶尔上网打打游戏。我们这样的人朋友不多，做这行总得保持一些神秘感，所以我们这种人都孤独惯了。"

"你的几个徒弟都住在这儿？"欧阳双杰问道。

"是啊，都住在这儿。"

"你呢？"欧阳双杰又问道。

王瞎子愣了一下，但马上就回答道："我住在离这儿不远的地方，师父之前在翠微巷给我留下了一套宅子，之前师父在世的时候我就一直陪着他住在那儿。不过那儿也住不了多久，听说明年就要拆迁了。"

欧阳双杰笑了："你一个人住？"

王瞎子说："是啊。"

"你年纪也不小了，该结婚了。以你的条件，找一个老婆应该不是什么难事。"

王瞎子连忙摇头："我们这行的人大都有五弊三缺的短儿，我也不例外。讨个老婆，到时候不是她有事就是我有事，何苦呢？"

宋子宽皱眉说："你这话也太邪乎了吧？"

"这种事情，谁说得准呢？再说了，我们本来就是做这一行的，要是我们自己都不信，那还了得？我还有几个徒弟呢，他们对我都很好，没想到阿诚……阿诚是我最疼爱的徒弟。"

王瞎子一下子把话题给扯远了，欧阳双杰却又绕了回来："老王，我问你件事……"他把郭鹏两次出现在金元大道的时间说了一下，他问王瞎子那个时候在什么地方；王瞎子想了下回答说自己那个时候在店里，店里刚好有客人。

他还把客人的名字也说了出来。

“怎么？欧阳警官，你不会是怀疑我吧？”王瞎子说道。

欧阳双杰淡淡地说：“在没有抓住真正的凶手之前，任何人都有可能。”

“不管怎么说，我会积极配合警方调查。”

“那个时候你的几个徒弟都在什么地方？”

王瞎子想了想：“我说不好，你也知道，事情过了这么长时间，我把他们都叫来，你亲自询问一下他们吧。”

王瞎子一共四个徒弟，三男一女，阿诚是大徒弟。

“老王，其实我这次确实是冲着你来的，还希望你别往心里去，我们也是例行公事。”欧阳双杰解释道。

“欧阳队长，你可千万别这样说，其实你这样做也是为了我们好，把我们查清楚了，也能够早日洗脱我们的嫌疑。前几天我还在想这事呢，从我开始，然后是我剩下那三个不争气的徒弟，你放心，无论是谁，我都不会姑息！”

欧阳双杰笑了，然后让他把剩下的徒弟给叫了进来，他和宋子宽对三个徒弟分别进行了询问，三人在那个时候都没有离开过“易名堂”。

离开“易名堂”，欧阳双杰一边发动车子，一边问道：“老宋，你有什么看法？”

宋子宽想了想，说道：“王瞎子这人看起来蛮真实的，态度也不错，而且我们问过了，他和他的徒弟都没有机会与郭鹏接触，应该不是他吧。”

欧阳双杰叹了口气：“他太干净了，干净得不正常。你就不觉得他好像总是一副胸有成竹的样子，摆出一副真金不怕火炼的架势吗？”

“或许他是想和你交个朋友，多条路吧！”宋子宽揣测着王瞎子的心思。

欧阳双杰摇了摇头：“他并不想和我交朋友，虽然他嘴上有这个意思，可是我们之间的接触不少，他却从来没把自己的私密事和我说过，哪怕一点点。你应该知道，适当向对方透露一点自己的隐私是拉近彼此之间关系最有效的手段，哪怕隐私无足轻重。他和三个徒弟根本就没有时机与郭鹏接触。从时间来看，郭鹏去见的应该不是他和他的徒弟。除非王瞎子还有其他的徒弟！”

宋子宽一愣：“这么说来你还怀疑阿诚？你怀疑去见郭鹏的人是阿诚？而他是代表王瞎子的，对吧？”欧阳双杰笑了，宋子宽的反应很正常，任谁都不会把怀疑的眼光放在阿诚的身上，阿诚已经被警方带走了，他涉及另外一桩案子，所有人就很自然地把他从这个案子当中过滤掉了。

欧阳双杰说道："阿诚是王瞎子的首徒，他与王瞎子之间的关系最为密切。我们临走的时候王瞎子问我是不是能去探望一下阿诚，给他带些东西去，我答应了。"

"接着我们去哪儿？"宋子宽问道。

欧阳双杰想了想："去见贾大眼。"宋子宽早已经看过案卷，对于这个贾大眼他也有了初步的印象。

贾大眼见过欧阳双杰，他把二人请到了屋里："警官，你们轮番来，我这生意还能做吗？"

"贾先生，你应该也知道这个案子很麻烦，而且又涉及你们这个行业，所以我们不得不慎重。"

"这我知道，我也只不过是发发牢骚罢了，干我们这行的人怎么也算是修行的人了，谁都不愿意看到这样的惨剧再发生，所以欧阳警官你放心，我是一定会好好配合警方办案的。二位今天来找我，到底是有什么事？"

欧阳双杰看了他一眼："刘老三的事你听说了吧？"

贾大眼点了下头："大致听说了些。我不明白刘老三为什么要这么做，他孤家寡人一个，又不是没有钱。更让我想不明白的是刘老三过的是苦行僧的日子，他那些钱都去哪儿了？"

欧阳双杰淡淡地说："刘老三的家里有很多的老古董。"

"瞎子玩古董？他什么时候学会玩古董了，我们怎么都不知道啊。"

贾大眼有两个徒弟，这两个徒弟竟然是亲兄弟，一个叫费哲，一个叫费思。

"你们给我听好了，欧阳警官问什么你们就回答什么，不然的话老子对你们不客气。"贾大眼训斥着自己的两个徒弟。

从贾大眼到费家兄弟，欧阳双杰把郭鹏出现在金元大道那两次的时间都对了一遍，三人的时间都不吻合，当时他们师徒正在市东郊的一个小镇里给一户张姓人家看风水，不可能出现在金元大道的。

"看来王瞎子的嫌疑是最大的。"宋子宽系上了安全带。

欧阳双杰望着他："嗯，至少看上去是这样的。"

张平打来电话，告诉欧阳双杰，阿诚想要见他，单独见。

欧阳双杰没想到阿诚竟然主动提出要见自己，其实就算是阿诚不主动提，自己也会去见阿诚的，王瞎子那儿没能够找到的答案他希望能够在阿诚的身上找到。

欧阳双杰来到了看守所，张平已经等在那儿："你来得挺快的，这小子该招的倒是都招了，不过嚷着非得见你一面。我估摸着或许是你那边的案子的事，我怎么问他都不肯说，你自己去和他沟通吧。"

欧阳双杰和宋子宽来到了审讯室，阿诚被带了进来。

"给我支烟！"阿诚开口说道。

欧阳双杰站起来，绕过桌子走到了阿诚的面前，从口袋里掏出一支烟放到了阿诚的嘴里，然后又替他点上。

阿诚把一支烟抽完了，然后才长长地吐了口气："欧阳警官，刘兵的事情我已经坦白了，他们答应只要我能够帮助他们破了伪钞案就会替我求情，从轻判处。"

欧阳双杰点了下头："我们的一贯政策就是坦白从宽，抗拒从严。"

"如果我能够再立功，是不是还能够减轻我的刑罚？"阿诚问道。

"那得看你是不是真的能够立功了，而且我只是警官，我可以帮你说话，至于最后怎么判决那是法官的事情。"

阿诚用力地点了点头。

"我知道你们一直在查那个利用邪恶传说杀人的案子。你应该知道这样的传说是不可信的，哪里可能有什么长生不死，偏偏从古到今总有许多人乐此不疲，还做出这样的大案来。欧阳警官，你就一直没有怀疑过我的师父吗？"

欧阳双杰没有回答，他什么都没有说，只是紧紧地盯着阿诚的一张脸。

阿诚叹了口气："我就知道你们一定怀疑我的师父，不过我可以很负责任地告诉你们，我师父不是你们要找的那个人。"

"你凭什么那么肯定？"欧阳双杰问道。

"就凭我对他的了解，我师父虽然处世油滑一些，可是他是好人，他不会做出那样的事情的。"

欧阳双杰轻声说："阿诚，你到底想告诉我们什么？"

"我觉得那个人应该是刘老三！"阿诚终于说了出来。

"为什么这么说？"

阿诚说道："按理说我不应该说的，刘老三对我其实也不错，可是他这事情做得太不地道了，害死这么多无辜的人。"

欧阳双杰冷笑一声："我可是曾听你说过，刘兵很可能是刘老三的私生子，那又是怎么一回事？"

"这话是刘老三自己让我说的，他说这样一来警方就不会怀疑到他的头上。刘兵是他的私生子，哪里会有老子要儿子命的？"

欧阳双杰问道："你有什么证据证明刘老三就是我们要找的人？"

阿诚想了想："我知道一个秘密，刘老三并不像他表现出来的那种孤家寡人，他有一个相好的女人，叫顾春美，而她也经常给他介绍一些生意，只是在外面顾春美并没有暴露与他的那层关系，更像他的一个虔诚信徒。"

宋子宽插话道："这个顾春美有什么问题吗？"

阿诚点了点头："这个顾春美认识韩建设，我知道她曾经帮韩建设找过刘老三，刘老三为这事还训斥她呢，说她别揽些不沾边的活儿。我想，他说的不沾边的活儿会不会就是……"

阿诚没说完，偷望了欧阳双杰一眼。欧阳双杰问道："你又是怎么知道这些的？顾春美应该不会直接去交通巷的。莫非你跟踪刘老三？"阿诚低下了头，算是默认了。

欧阳双杰倒是并不感觉意外，他们的合作只是趋于利益，之间缺乏信任。同样，刘老三也不会百分百相信阿诚，他对阿诚应该也藏着后手。

"我敢保证，韩建设的事情多半是刘老三唆使的。其实我早就应该把这事告诉你们了，只是我和刘老三之间有这么一层合作关系……"阿诚叹了口气，"利欲熏心啊。明明知道刘老三做的事情是人神共愤的，我却苦不能言。"阿诚的脸上带着内疚。欧阳双杰心里冷笑，他不相信阿诚真会有这样的善心，假如阿诚真是个善良的人，怎么可能为了利益而对刘兵下毒手？

欧阳双杰咳了两声："你确定顾春美与韩建设有过接触吗？"

"我确定！"阿诚一脸严肃。

阿诚被带下去了。欧阳双杰没有急着离开看守所，他向张平提出想见见刘老三。张平点了点头，让人把刘老三带了进来。

刘老三坐下，欧阳双杰先开口了："刘老三，没想到我们会在这儿见面吧？"

刘老三冷笑一声，没有说话。

欧阳双杰站了起来，走到了刘老三的面前。刘老三虽然眼睛看不见，可是他却能够感觉得到，他的头微微动了动。欧阳双杰已经掏出一支烟来："来一支吗？"

瞎子的听力和嗅觉都是惊人的，刘老三已经嗅到了香烟的气息，他准确地伸出手来接过了欧阳双杰递来的烟，熟练地将过滤嘴的那头放进了嘴里。欧阳双杰给他点上了火。

"你想问什么？"刘老三轻声问道。

欧阳双杰笑了笑："你不是能掐会算吗？"

"我若是真的能掐会算就不会有今天的结果了。"

欧阳双杰问道："刘老三，你认识一个叫顾春美的人吗？"

刘老三的神情很镇定："看来你们都已经调查清楚了。我认识，那个女人和我有些关系。"

"能不能说清楚一点？"宋子宽问。

刘老三面向宋子宽的方向："这位是？"

欧阳双杰说道："这位是我的同事，你回答就是了！"

刘老三点了点头："她是我的女人，不过我们之间并没有婚姻的约束。她倒是希望能够和我结婚，可是我知道自己是什么样的人，怎么可能害人家呢？"

欧阳双杰说道："听说她给你介绍过很多生意？"

"她有一定的交际能力，别看她并没有什么名声，可是还真给我介绍了一些有钱的客人。"

欧阳双杰笑道："有你这个金字招牌，就算是没有她，那些客户也会自己找上门来的。"

刘老三拾回一些骄傲："在林城，我刘老三也算是一号人物。"

欧阳双杰的一句话却让他一下子就蔫了："韩建设就是她介绍给你的吧？"

刘老三没有说话，他的脸色变得有些难看，他记得欧阳双杰之前拿着平安符来找自己的时候，自己一口否认认识韩建设的，看来警方应该已经调查清楚了。

"因为韩建设的事情，你还和顾春美吵了起来，有这么一回事吗？"欧阳双杰见他沉默，又追问道。

刘老三叹了口气，微微点了点头："是她把韩建设介绍给我的，可是我并没有帮韩建设什么。我告诉韩建设，他的事情已经超出了我的能力范围。正因为这样，我才把那道平安符交给了他。我告诉他。我能够做的就这么多。”

“那个传说……”欧阳双杰的话才开了个头，刘老三就明白他想问什么了：“那个传说不是我告诉他的。他好像原本就听说过那个传说，他想从我这儿核实这个传说。当时我就告诉他不是真的。我还劝他，千万别犯傻，那样做除了有损自己及家人外，根本没有半分的益处！”

宋子宽皱起了眉头：“你说韩建设早就知道那个传说？”

刘老三点了下头：“是的，他早就知道那个传说，是他先和我提起的。”

“谁告诉他的？”欧阳双杰和宋子宽都异口同声地问道。

刘老三一脸为难之色：“这个我不好说，毕竟我也只是听韩建设随口提及，也不知道是真的还是假的，要是他是信口胡说的，那我就冤枉了好人了。”

“真的假的你不用管，我们警方自己会去核实的。”欧阳双杰说道。

刘老三轻叹了口气：“韩建设说他是听王瞎子说的，而且是王瞎子让他去找春美的。”

欧阳双杰和宋子宽对望了一眼。刘老三竟然把矛头又指向了王瞎子。王瞎子的大徒弟阿诚先把韩建设找过刘老三的事情说出来，刘老三又说韩建设是听了王瞎子的话才来找自己的，绕了一圈，又把王瞎子给绕了进来。

“欧阳警官，我说的都是实话，我也知道我是逃不脱法律制裁的，我没有必要再骗你。”刘老三的口吻有一种人之将死其言也善的悲哀。

欧阳双杰说道：“刘老三，有一件事情我不太明白。”

刘老三把烟头扔到了地上：“想问什么你就问吧，但凡我能够回答的，我一定实说。”

“其实你很有钱了，做了这么多年，你挣的钱足够花的，为什么还会伙同阿诚做出这样的事情？”

刘老三笑了：“谁会嫌钱多呢？再说主意是阿诚出的，动手杀人的也是他，我只不过是找了个买家。如果事情没败露，那么大家都闷声发财；事情就算败露了，阿诚是主犯，我是从犯，我还是个瞎子，我想法律对我会有所照顾的。”

宋子宽说道：“看来用老奸巨猾形容你一点都没错！”

刘老三不以为然：“人为财死，鸟为食亡。我这么辛苦为什么，还不是为了钱。我是瞎子，可是这并不影响我对金钱的追求，我也希望自己能够有一个良好的生活品质，我也想有一份恬淡安逸的生活，香茶美酒，悠然自得。”

欧阳双杰没有再说什么，让人把刘老三带走了，自己和宋子宽出了审讯室。

“怎么样？有收获吗？”张平凑上前来问道。

欧阳双杰苦笑着摇了摇头：“暂时还没有，反而把我搞糊涂了。”

欧阳双杰和张平客套了一下，就领着宋子宽离开了看守所。

上了车，宋子宽说道：“欧阳，看来刘老三与王瞎子在互相掐啊！”

欧阳双杰点了下头：“王瞎子与刘老三之间的纽带是阿诚。从目前来看，阿诚没有说谎，但他是不是真把自己知道的都说了就不得而知了。”

宋子宽说道：“阿诚如果是有选择地把一些事情告诉我们，那么非但对我们破案没有多少帮助，相反还会扰乱了我们的思路。”

欧阳双杰笑道：“乱不了，只怕他们什么都不说，只要他们给了我们一个线头，你还担心我们理不清楚思路吗？王瞎子与刘老三为什么要对掐？说明他们其中有一个人就是韩建设这枚棋子的幕后黑手，而另一个人多少知道一些情况！”

“可是这不符合王瞎子的风格，王瞎子是一个心思细腻的人，他应该早就考虑清楚了这一点，那么在之前与警方打交道的过程中就应该把这事说出来，以洗脱自己的干系！”

欧阳双杰却说道：“这倒不尽然。王瞎子或许成竹在胸吧，他手里有一枚棋子，就是阿诚。阿诚在中间搅局，加之刘老三又深陷在刘兵的案子里，就算他真与韩建设接触过，他也会有这样的想法。如果我猜得没错，我们现在去找王瞎子核实的话，他一定会矢口否认！阿诚是向着他说话的，韩建设已经死了，只要在他那儿找不到一点韩建设曾经见过他的证据，那么他就是安全的，我们也拿他没有办法！”

“这么说你还不想去找他核实？”宋子宽问道。

欧阳双杰叹了口气：“还不是时机，假如韩建设背后的那只黑手真是他的话，他早就已经做好了应对，他很从容也很淡定，算准了我们不能拿他怎么样。”

“那我们现在该怎么办？”宋子宽有些找不着头绪。

欧阳双杰说道：“去见见那个顾春美！”

顾春美四十六岁，长得很是普通。她是一个懂得享受的女人，身上穿的衣服，还有拿的包，都是牌子货，看来刘老三确实对她很大方。顾春美开着一家小美容院。她有着自己的交际圈子，能够为刘老三拉到不少的客户。

“警察？”顾春美在听了欧阳双杰的介绍之后，神色有些不悦，“警察找我做什么？”

欧阳双杰淡淡地说道：“我是为了刘老三的案子。”

“刘老三？我和他并不熟！”顾春美冷冷地说道。

欧阳双杰冷笑道：“是吗？没有确凿的证据我们不会来找你。你应该知道，协助警方办案是每个公民应尽的义务！”欧阳双杰一脸严肃，语气也很严厉。

第七章 深处秘密

车子来到了交通巷刘老三的住处，那门上还贴着警方的封条。

欧阳双杰把封条给揭开，掏出钥匙把门打开。这钥匙他是向张平要的。张平他们已经对刘老三家进行了搜查，没有什么发现。

“这一屋子的古董应该值不少钱吧！”宋子宽轻声说道。

欧阳双杰“嗯”了一声：“省厅请专家初步估价，这屋里的东西大概价值四百多万，刘老三在二十几年前就已经名噪林城了，他又是光棍儿一个，平日里很低调的一个人，能够省下这些钱倒也不足为奇。”

“他银行的现金账户呢？”宋子宽问道。

欧阳双杰说刘老三银行的现金账户大约有七十来万，宋子宽轻笑：“看来他们干这行的还真是没少圈钱啊！”

欧阳双杰却摇了摇头：“做这行饿死的人也不少，刘老三之所以有这么多的钱，一来他入行早，二来他或许真有些本事。”

“不知道那个女人又从他这儿弄走了多少钱？”宋子宽想到了顾春美。

“顾春美对刘老三是有怨气的，她说刘老三太抠门，估计刘老三还真没给她太多。刘老三是个聪明人，他知道自己的条件，更知道像顾春美这样的女人为什么要傍上自己。一旦给得太多，他就无法再驾驭这个女人了。女人反而随时都会弃他而去，他必须保证细水长流，只有这样才能够把女人拴住了。”

欧阳双杰一边翻着柜子，一边轻声回答。大概四十分钟后，两人都结束了对房间的搜查。

“有什么发现吗？”

欧阳双杰笑了：“应该是有吧！”他从身后的平柜上拿过一个装鞋的盒子，里面是十几根红布条，而所有红布条的中间都有一个小图案，图案像一朵莲花，莲花被包裹在八卦中。

“这是什么？”宋子宽很疑惑。

欧阳双杰取出一根布条绑到了头上，宋子宽说道：“头带？”

欧阳双杰耸了耸肩膀：“暂时还不清楚，不过我想不外乎就是绑在头上或者手上、脚上的玩意儿。假如它是一个标识、一个图腾的话，那么它意味的就是一个团体的标志，也有可能是类似于符咒。”

宋子宽望向欧阳双杰：“你是不是已经有什么想法了？”

欧阳双杰确实有些想法，只是他自己都觉得这个想法太大胆，他暂时还不想把自己所想的告诉宋子宽：“先弄清楚这图案的意义再说吧。”

欧阳双杰准备把这玩意儿拿去给殷承基看看。殷承基是黔州省的民俗专家，同时对宗教也很有研究。只要搞清楚这图案的意思，接下来的调查才会有方向。

殷承基拿着布条看了半天，又翻了一些文献资料，然后取下老花眼镜：“欧阳，能告诉我你是在哪儿得到这东西的吗？”

欧阳双杰一五一十地把事情说了一遍：“殷老，你认识这图案？”

殷承基摇了摇头，说道：“我查阅了很多资料，没有找到这个图案。不过莲花和八卦在中国传统文化里是非常常见的图形。这画有图案的红布条，可能是一个神秘组织成员的身份证明。当然，这种图案不一定就有什么深意，说不定他们就是在故弄玄虚。”殷承基拿起布条又看了看，“我个人认为，不必过于纠结这些布条上的图案。这些图案很可能是现代人绘制出来的。如果这真的是一个神秘组织的身份证明，那么图案的内涵恐怕也只有他们自己清楚了。欧阳，我能帮你的就这么多了。”殷承基把布条还给欧阳双杰，欧阳双杰谢过之后便离开了。

回到办公室，宋子宽早已经焦急地等在那儿了：“怎么样，有什么收获？”

欧阳双杰把见殷承基的观点大致说了一遍；宋子宽听了之后皱起眉头，沉默不语。

欧阳双杰叹了口气：“假如真是这样，刘老三就不会是一个人，他应该有同伙，他们是一个地下组织，有分工，有合作，打着封建迷信的幌子，团伙作案。

所以，必须尽快撬开刘老三的嘴，从他这里着手，打开一个口子。”

“我陪你一块去！”宋子宽说道。

看守所的审讯室里，欧阳双杰和宋子宽的目光都落在刘老三的身上。

“刘老三，你再好好想想，是不是还有什么没有交代？”

刘老三摇头，他说自己知道的都已经交代了，并没有什么隐瞒。

欧阳双杰说道：“恐怕未必吧？”

“我现在是阶下囚了，有必要再隐瞒吗？”

欧阳双杰拿起手里的布条走到了刘老三的面前：“你摸摸看，这是什么？”

刘老三接过去，用手轻轻摸了一下：“不就是一根布条吗？”

欧阳双杰说道：“布条？你以为这只是一根普通的布条吗？这是一根红色的布条，假如不是因为上面有一个图案，它确实与普通的布条无异。”

“图案？”刘老三问道，“什么图案？”

“一朵三蕊莲花，被八卦图包围着。”

刘老三像是一惊：“三蕊莲？八卦包围着？”

“刘老三，这下你该可以老实交代吧？”宋子宽厉声说道。

刘老三苦笑道：“你们不会告诉我说这玩意儿是在我家里发现的吧？”

欧阳双杰说道：“这东西确实是在你的家里发现的，一共有十二根，全是一样的图案，这东西到底是什么？”

刘老三叹了口气：“如果我说这东西不是我的你们相信吗？”

宋子宽看了欧阳双杰一眼，欧阳双杰也是一脸的狐疑。

“这玩意儿真的不是我的，但我也不知道是谁要嫁祸于我。不过我倒是知道这玩意儿的出处。”刘老三说到这儿，向欧阳双杰要了一支烟。

“你知道这玩意儿的出处？”

刘老三点了点头：“之前你们问过我一个传说，传说的主角你们应该也知道吧？”

“陈大观，对吗？”欧阳双杰试探着问道。

刘老三说道：“就是陈大观，三蕊莲花加八卦便是他的标志。”

欧阳双杰一下子零乱了，这红布条上的标志竟然是陈大观的标志，那个幕后黑手难道真是陈大观？陈大观是清代的人，要是真活到现在至少也近两百岁了！

宋子宽冷笑道："刘老三，照你的意思说，是陈大观在背后操控着这一切？"

刘老三笑得很诡异："两位警官，我只是把我知道的事实说出来了，至于是怎么一回事那我就不知道了，就连我都觉得这件事情不可思议。我也不知道是谁把这玩意儿放到了我的屋里。不过你们可以去问问王瞎子，他知道的应该不比我少。"

刘老三又把矛头指向了王瞎子。

离开了看守所，宋子宽问道："欧阳，你觉得刘老三说的话可信吗？"

欧阳双杰说道："刘老三的话至少有一点是真实的，这标志是陈大观的，可能是幕后黑手把它放在刘老三的屋子里的。"

"那他为什么要这么做呢？"

欧阳双杰说道："他想把水搅浑，他应该已经意识到了我们把刘老三当成了嫌疑目标之一！同时他也是在给我们一个提示，他在告诉我们，我们的判断是错误的。"

"提示？"

欧阳双杰笑道："他一直在把握着游戏的进程，他的个性中还带了些偏执，当我们的调查偏离了主线的时候他会想把我们拉回来。因为只有这样他才会觉得这个游戏更加刺激。表面上看这个人或许是一个老实人。"

"他很善于伪装？"宋子宽说道。

欧阳双杰摇了摇头："确切地说他应该有两面性，一面是正人君子，另一面是魔鬼。他的动机或许并不只为了挑战我，而是在报复，报复这个社会或者是报复曾经给他莫大伤害的人！"

欧阳双杰和宋子宽去了"易名堂"。

刘老三不会无的放矢，在欧阳双杰看来，刘老三与王瞎子的互掐不是个偶然，他们之间应该是有某种误会，但欧阳双杰从他们的表现看出两人对对方都很了解。

王瞎子还是一贯的恭敬态度，仿佛无论欧阳双杰什么时候来、来做什么他都十分欢迎，为了接待欧阳双杰他甚至连生意都可以不做。在王瞎子的恭敬背后，欧阳双杰似乎嗅到了一丝阴谋的味道。这阴谋是什么暂时他还不能够揭开谜底。

“刘老三的事有信了吗？”他主动打听起了刘老三的事情。

欧阳双杰说道：“还在审问中。”

王瞎子点了点头：“不知道我什么时候能够去看阿诚？”

欧阳双杰笑了：“这一两天都可以，其实我觉得你暂时最好别去，当然你这个忙我是一定会帮的！”

王瞎子叹了口气：“我知道欧阳警官是怕我也会被牵扯进去。我倒不怕，要牵扯进去就算我不去看他也会被牵扯进去。真要不关我的事，就算我去看了他也影响不到我。只是师徒一场，不去看看他我心里难过！”

欧阳双杰又换了话题：“你说如果陈大观还活着那得多少岁了？”

王瞎子说道：“你不会真相信那个传说吧？至少我是不相信真有长生不死的人的。如果他真的活着，应该一百七八十岁了吧。”

欧阳双杰叹了口气：“其实我也希望不可能，可是有的事情太奇怪了。”

王瞎子皱起了眉头：“什么事啊？”

欧阳双杰反问道：“陈大观有个独特的标志，你知道吗？”

王瞎子说道：“古人用某些图形来作为图腾的事是有的，用作个人标志的事听起来稀罕，不过也不是没有可能。”

欧阳双杰轻声说道：“三蕊莲花加八卦是陈大观的标志吧？”

“你是怎么知道的？知道陈大观的事情的满打满算不会超过五个人！”

欧阳双杰说：“你先告诉我，这五个人都是谁？”

王瞎子想也不想：“我算一个，还有田子仲、刘老三、贾大眼，再加上我徒弟阿诚！”

“你凭什么那么肯定？”欧阳双杰问王瞎子。

王瞎子苦笑道：“刘老三和贾大眼是同门。从他们的师父辈起，就自称是陈大观的传人。知道陈大观传说的人不在少数，但敢自称是陈大观的传人，我想他们知道的应该比较多吧。”

“那你和田子仲还有你那徒弟阿诚又是怎么知道的呢？你们也是陈大观同支的吧？”欧阳双杰问道。

王瞎子摇了摇头：“当年机缘巧合，让我的祖师爷把陈大观的那部奇书弄到手了。我祖师爷当时也差点疯魔。后来他说，那书只会害人，坚决不能让它流传于世，所以祖师爷就亲自把那本书给毁掉了。不过我师父却看到了书页上的标志，三蕊莲花和八卦的标志。”

“这些事情你以前可是一直都没有提起过的。”

王瞎子苦着脸说道：“这些事情都是些陈年旧事了。再说了，摊上这样的案子，别人躲都来不及，我又怎么敢再往上凑呢？”

宋子宽说道：“这么说来就只有你们五个人知道这个标志的事情？”

王瞎子点了点头：“因为陈大观的这个标志并没有广为流传，只有他的徒子徒孙认识。我能够问一下你们是怎么知道的吗？不会是刘老三告诉你们的吧？”

欧阳双杰说道：“如果不是他和贾大眼告诉我的，你觉得会是谁告诉我的呢？”

王瞎子尴尬地咳了两声：“这个我就不知道了。”

欧阳双杰说道：“刘老三是不会告诉我们这些的，贾大眼那边我们也没有过多的接触，可是偏偏有人想把这件事情告诉我们，我也很想知道这个人到底是谁。你说不是你，那么会不会是田子仲？又或者是阿诚？”

王瞎子轻声说道：“阿诚？”

欧阳双杰摇了摇头：“我也不确定。因为我们是在刘老三的家里找到这东西的，要不你也看看，这玩意儿到底有什么用途？”欧阳双杰终于从口袋里掏出了那根布条递给了王瞎子。

“这个我也不明白，有些像头带，又像是拴在手腕上的！”

“你也看不出它的用途吗？”欧阳双杰接过了王瞎子递还给他的红布条，轻声问。

“看不出。不过这标志确实是陈大观的，至少和我师父画给我们看的无二。”王瞎子想了想，“你们问过刘老三了吗？他应该知道吧？”

“他说他也不知道，而且他不像在说谎。”欧阳双杰这次回答得很直接。

宋子宽看了王瞎子一眼：“这布条我们找到的时候一共是十二根！”

王瞎子说道：“多少根没有什么意义。因为这玩意儿本身除了身份的证明就没有其他的用途。是不是有人想要告诉你们，这些案子都是陈大观做的，想把你们的注意力引向一个虚无的角色身上去。”

欧阳双杰问：“你确定这东西没有实质性的用途吗？”

“这就是陈大观的一张私密的名片罢了。你觉得一张名片能够有什么大用处？”王瞎子打了个比方。

欧阳双杰微微点了下头：“你说得很有道理。既然这样的话，我们就当回事来好好查查吧。我倒想看看是不是真有什么长生不死，不管陈大观多有道行我也要把他给揪出来，只要他真活着！”

离开了“易名堂”，已经是中午十二点多钟了。两人随便找了一家面馆要了两碗面吃了起来。

“我觉得王瞎子的问题很大！”宋子宽说道。

“那你准备怎么办？把他拘回去？”

“我只是想提醒你一下要注意这个人，我看你和他打得很火热的样子。”

欧阳双杰说道：“我也是为了办案，只有先让他放下戒备的心理，我们才能从他那儿得到我们想要的东西。这个人的戒备心很强，逢人只说三分话。”

刘老三和王瞎子的话欧阳双杰都不全信，此刻王小虎的调查也毫无进展。

小会议室里，肖远山静静地听着案情通报，大家都说完之后他咳了两声，看了一眼欧阳双杰：“欧阳，看来你们的情况很不乐观啊。”

王小虎他们对其他几个人的排查基本已经结束，没有找到任何的疑点，最后王小虎也认为目标应该是欧阳双杰比较关注的这几个人，刘老三、贾大眼、王瞎子和田子仲。在听了欧阳双杰对刘老三和王瞎子的看法后，肖远山也认为王瞎子和刘老三的嫌疑最大，他主张别再在其他人的身上浪费时间了，争取能在这二人的身上找到突破。

肖远山见欧阳双杰不说话，他又说道：“下一步你有什么想法？”

欧阳双杰想了想说道：“我想问题的关键不在刘老三身上，也不在王瞎子身上。”

肖远山皱起了眉头：“刚才你说了那么多，不也是围绕着这两个人的吗？”

“没错，我刚才是说了很多关于这二人的事情，也并不否认他们可能会有问题，可是我们调查的关键点不应该在他们的身上，我们目前应该着力于一件事情的调查——陈大观！”

“陈大观？那个很可能根本就不存在的人？”邢娜惊讶地问道。

许霖也一脸茫然：“你该不会相信那个传说是真的吧？”

“我当然不会相信那个传说，我也不相信陈大观真能长生不死。在我看来，顶多算是个‘阴魂不散’吧。从刘老三家搜到的布条，上面是陈大观的标志，而这些布条很显然并不是刘老三弄的。我去见过刘老三，当他听我提到这布条的时候也很茫然，还带着惊讶，说明他根本就不知道这玩意儿的存在，不过他知道这上面的图案意味着什么，是他主动告诉我们这是陈大观的私人标志。这是怎么一回事？”

谢欣第一个回答：“是有人想借刘老三的口告诉我们，这件事情与陈大观有关，又或者说有人在借陈大观的名义作案！”

欧阳双杰点了点头：“对，我把它称为‘借尸还魂’！当然，凶手肯定不是陈大观，但凶手正如王瞎子说的一样，对陈大观的事情很熟悉，对那个传说也是知晓的。”

“熟悉陈大观事情的人就是那几个，被抓住的刘老三和阿诚，外面的王瞎子、田子仲和贾大眼。刘老三和阿诚可以不考虑，他们已经被控制住了，不可能再去放布条，那么剩下的三个人嫌疑就最大了。”

欧阳双杰反问道：“你就那么肯定布条是两人被抓住以后才放到刘老三家里去的吗？”

王小虎不能肯定，尴尬地笑了笑。

欧阳双杰又抛出了一个问题：“还有，王瞎子的话真的可信吗？知道陈大观事情的人就真只有他们五个？就算王瞎子没有说谎，可能还有人知道陈大观的事情，只是王瞎子并不知道！”

肖远山瞟了欧阳双杰一眼：“欧阳，你是不是想得太多了？”

“想得多没坏处，如果想不到才真的可怕。大家不妨再想想，我们的对手为什么要‘借尸还魂’？”

宋子宽说道：“为了混淆我们的视线，这么一来我们就会怀疑所有的人。而当我们的怀疑面越大，我们的侦破难度也就越大。”

欧阳双杰点头道：“其实这就是我们的对手想要达到的结果。从郭鹏自杀到现在已经六天了，可是新的案子没有再发生。”

“或许凶手不敢再作案了，他应该已经知道警方正在全力侦办这个案子，而他很可能已经被我们盯上了，是我们列为目标嫌疑人的其中之一。”王小虎说道。

欧阳双杰轻叹了口气：“要真是这样就好了，至少我们还能够争取到一些时间破案，可是我担心要不了多久还会有类似的案子发生。”

“为什么？现在可是风头上，他怎么还敢作案？”肖远山也不太相信欧阳双杰的判断。

欧阳双杰淡淡地说道：“抛出了陈大观，让案子披上了一层神秘的外衣。我们虽然锁定了几个嫌疑目标，可是根本无法再往前推进。凶手很聪明，这个时候如果他消停了，那么等于是给我们喘息的机会。他很可能会继续作案，让警方疲于应付新的案子，然后再寻找全身而退的办法。”

欧阳双杰很诧异，他竟然接到田子仲的电话，说是有重要的事情要告诉他。不过田子仲说了，让他一个人去，这件事情只想告诉欧阳双杰一个人。

欧阳双杰挂了电话并没有耽搁，开着车直接去了田子仲那儿，到了那个小商店门口，小钰看到欧阳双杰从车上下来，她从柜台里绕了出来：“欧阳警官，田先生在等着你呢。”说罢她就领着欧阳双杰去田子仲的住处。

田子仲的小屋里充满了茶香，他正在摆弄着茶具。

欧阳双杰进屋的时候他没有站起来，只是冲欧阳双杰点了点头：“坐吧。”

田子仲很熟练地沏茶，递给欧阳双杰一杯：“来，喝一杯吧。”

欧阳双杰也不客气，接过来喝了一口。

“我师侄来找过我。”他说的师侄自然是王瞎子。

“我师侄说你们去找过他，说是你们发现了陈大观的标志？能给我看看吗？”田子仲问道。

欧阳双杰从口袋里掏出那根布条递给了田子仲，他也希望田子仲能够给他些线索。

田子仲看得很认真，大约半分钟后他才把红布条还给了欧阳双杰：“确实像是陈大观的标志，一定是有人恶作剧。”

“我倒觉得不像恶作剧，而是有人想要‘借尸还魂’，借陈大观的名义做一些伤天害理的事情。”欧阳双杰说得很直接。

田子仲叹了口气：“师侄应该把事情都告诉你们了吧。当今世上，知道那个传说的人不少，可是对陈大观的事情如此熟悉的人却不多。所以师侄告诉我，我们很可能都是警方怀疑的对象，是吗？”

田子仲并不遮掩，问得很直接。

这就是田子仲与王瞎子的区别。和王瞎子打交道，总是云里雾里，绕山绕水；而与田子仲说话，更多是开门见山的。

欧阳双杰淡淡地说道：“至于是谁，我想我们一定能够查出来的，只是个时间问题，你说对吗？”

“我相信警方的能力，这个时间问题是个大问题。警方多长时间能够破案，三天，还是五天，又或者是十天，半个月？我们大家心里都清楚，时间拖得越长，就会有更多的受害者，谁也不忍心看着再有人为这件事情枉送性命啊！”

“那你有什么好的建议吗？”

“我和师侄也说了，既然我们都是嫌疑人，那么我们从现在起就主动要求让你们带回局里去，不仅仅是我和师侄，最好连同那个贾大眼一起，然后你们警方就可以没有后顾之忧了。”

“这也代表贾大眼的意思？”欧阳双杰皱眉问道。

田子仲说道：“贾大眼那儿我还没有和他沟通过，不过只要把意思向他说明，我想他也会同意的，毕竟这也是我们洗脱嫌疑最有效的途径。”

欧阳双杰笑了：“你有信心能够说服贾大眼？”

田子仲回答道：“我愿意一试。”

按理说田子仲的建议对于警方来说无疑是一件好事，把所有的嫌疑人都控制住了，那么警方就可以从容地侦办此案了。而对田子仲来说，也不是什么坏事，正如他自己说的，是他们洗清嫌疑最好的办法。可是欧阳双杰总觉得这其中有什么自己看不明白的，他不知道是不是应该答应田子仲的要求。

“欧阳警官，不知道我的这个建议是否妥当？”田子仲轻声说道。

欧阳双杰想了半天，回答道：“这样吧，这件事情请容我再考虑一下，毕竟这么做有些不符合程序。”

“好，那我就等着你的消息，这件事情你们最好趁早做决定，我们也不希望再有人因为这件案子白白牺牲。”他这句话切中了欧阳双杰的要害。

“好的，我会尽快给你们答复。”

田子仲说道："嗯，贾大眼那边我一会儿就去找他，我相信能够说服他的！"

欧阳双杰也没有阻止，告辞离开了。

上了车，欧阳双杰深吸了一口气，田子仲的这个建议其实是王小虎他们早就希望的，之前在案情分析会上王小虎就提出，如果能够把外面的这三个嫌疑人都扣起来，那么这个案子就要好办得多了。现在人家主动提出了，欧阳双杰反倒觉得是站在一个陷阱的面前，不敢贸然踏出一步。

欧阳双杰回到局里和肖远山、王小虎商量后，他们都同意这个建议。虽然他的心里隐隐觉得这里面一定有问题，可是又不知道问题出在哪里。

田子仲好像早就猜到欧阳双杰会同意自己的建议，他说贾大眼那边已经沟通过了，贾大眼也举双手赞成这个提议。

欧阳双杰说道："好吧，谢谢你们了。我已经把这件事情向局长汇报了，局长的意思是请你们暂住在市局招待所里，我们会派专人陪同你们。在此期间，你们不能与外界有任何的接触，你们不能带任何通信工具。"

"既然是我们主动提出的，一定会遵守你们提出的一切规矩。"

挂了电话，欧阳双杰靠到了椅背上，闭上眼睛，双手揉了揉太阳穴。事已至此，他只能走一步看一步了。虽然他现在还不能看透田子仲的这个建议背后是不是有什么阴谋，可是他坚信事情并没有这么简单！

手机响了，是王瞎子打来的："欧阳警官，那件事情……"

欧阳双杰知道王瞎子说的是什么事，他答应带王瞎子去看阿诚的。

"你在哪儿？我现在去接你。"欧阳双杰说道。

王瞎子告诉欧阳双杰，自己就在"易名堂"。

欧阳双杰开着车就去了"易名堂"，接上了王瞎子。

"田子仲找了我。"欧阳双杰开了个头。

王瞎子笑道："我知道这件事情，是我先找他。我们商量了很久，觉得这个办法对我们来说不是坏事，自愿接受警方监督，也能让我们早日洗脱嫌疑。"

欧阳双杰微微点了点头："很感谢你们能够支持我们的工作。"

"我早说过，我们会全力配合的。我们也希望能早日抓住那个丧心病狂的家伙，希望不再有人因此而丧生！"

车子到了看守所，欧阳双杰领着王瞎子去看阿诚。整个过程欧阳双杰都守在一旁，王瞎子无外乎是让阿诚老实交代自己的问题，争取从宽处理。他还让阿诚别记挂家里人，他会照顾好阿诚的父母兄妹的，生活上阿诚不用为他们担心。

看来王瞎子对阿诚还真是不错，阿诚也很感动。

大约二十分钟后，王瞎子和欧阳双杰离开了看守所。王瞎子把带给阿诚的东西留下了，等看守检查以后就会转交给阿诚。回去的路上王瞎子对欧阳双杰表达了自己的谢意。

王瞎子、田子仲和贾大眼三人暂住林城市局招待所的事情是王小虎一手安排的，负责看他们的人是王冲和另外两个警察，王冲他们也住进了招待所。

王小虎和邢娜、谢欣来到了欧阳双杰的办公室。

“欧阳，都办妥了！”王小虎说道。

欧阳双杰只是点了下头，没有说话。

邢娜说道：“现在人都住进来了，我们下一步该做些什么啊？”

欧阳双杰招呼他们坐下，然后递给王小虎一支烟：“小虎，你说说看，接下来怎么办？”

王小虎耸了耸肩膀：“我不知道。你说陈大观是个切入点，可是陈大观在哪儿啊？除了那红布条儿，什么线索都没有留下。”

邢娜说道：“那我们该怎么查呢？”

欧阳双杰说道：“我一直在想一个问题，知道陈大观的事情的人难道真的就只有这五个人吗？我还是那个看法，或许王瞎子他们说了谎，又或者另有知情人是他们不知道的。”

“如果真是那样的话，说明这五个人是没有问题的。”王小虎接话道。

欧阳双杰想了想：“有这种可能性，不过还有另外一种可能性！假如真有这么一个人的话，反倒让我觉得田子仲他们的这个做法有些欲盖弥彰了。”

谢欣很快就跟上了欧阳双杰的思路：“你是说他们可能在演戏，目的就是为了掩护这第六个人？”

欧阳双杰说道：“但我觉得更像是在为自己洗脱罪名！”

谢欣再一次接过了话茬儿：“也就是说很可能还会有案子发生？”

欧阳双杰微微点了点头：“这就是我一直在担心的。假如再有类似的案子发生，至少会给我们一个错觉，这几个人是冤枉的，他们并不是凶手，凶手另有其人。可是如果这个人在五个人中，最有可能是同谋的就是王瞎子和田子仲，毕竟这个建议是他们二人提出的。”

王小虎说道：“既然是这样，我们也只能以不变应万变了。”

欧阳双杰对王小虎说道：“小虎，既然现在他们都在我们的掌握中，你有时间就经常去和他们聊聊吧，或许能有什么收获。”

王小虎和谢欣从欧阳双杰那儿出来就去了招待所。他们先去看了贾大眼。

王小虎的探望是礼节性的，现在人家是客，自己是主，这样的探望倒也说得过去。

“贾先生，这些天就委屈了！”王小虎笑着说道。

贾大眼也笑了笑：“委屈倒是谈不上，我只希望你们警方能够早一些把这个案子破了，为我正名。这些天也不知道要耽搁多少的生意呢！”

王小虎说道：“当初田先生提出这个建议的时候我还在想贾先生是不是也同意，不曾想你也是个通情达理的人。”

贾大眼咳了两声：“不过王队长，有句话我不知道当讲不当讲？”

“贾先生有话不妨直说。”

“如果这些天里再有案子发生，是不是就可以证明我们都是清白的了？”贾大眼的问题让王小虎一时不知道该怎么回答。

谢欣接过来说道：“嗯，是的。”王小虎看了谢欣一眼，谢欣却像没看到他的眼神一般，脸上带着笑意。

这个问题根本是不可回避的，谢欣是个聪明人。而且这个问题不只是贾大眼会问，王瞎子和田子仲都可能会问。如果不这样回答，人家就会说既然是这样，他们待在这儿还有什么意义？所以谢欣才会这么回答。

贾大眼听了谢欣的话就像吃了一枚定心丸，点头说道：“这就好！”

谢欣却又说道：“贾先生这话的意思好像是算定还会有类似的案子发生？”

贾大眼面色尴尬地说道：“我也不希望再发生这样的事情。”

从贾大眼的房间里出来，王小虎有些埋怨谢欣：“你那么爽快地回答他，万一真发生了什么事我们不是只得把他们给放了吗？”

谢欣白了他一眼：“你要弄清楚一点，现在不是我们拘人家，是人家主动住到招待所来配合警方的调查。人家真要走，随时都可以走，你拦得住吗？”

谢欣这么一说，王小虎还真是哑口无言了。

来到了王瞎子的房间，王瞎子相比起来更要热情些。他招呼王小虎和谢欣坐，还张罗着准备给二人沏茶，仿佛他才是真正的主人。

王小虎拦住了他：“别忙活了，我就是来看看你们有什么需要的。王先生，有要求尽管提，只要我们能够办到的一定满足。”

王瞎子摇了摇头：“这儿的条件很不错，食宿都很好，没有什么要求。”

谢欣说道：“这段时间恐怕会耽误你很多生意了！”

“话可不能这么说，人总不能只为钱而活吧？我现在已经很满足了，相比很多人来说我至少衣食无忧吧？而且还有一定的生活质量。人奔波劳碌一辈子不就是为了能够过得好一些吗？”王瞎子叹了口气，“其实我又何尝不想和别人一样，讨个老婆，生个孩子，一家人在一起享受天伦之乐，可偏偏就是那么难！”

谢欣说道：“我听说你曾经说过五弊三缺，会不会是这个的影响？”

“欧阳告诉你的吧？我自己并不信什么五弊三缺的，只是大家都在说，我也跟着说，不过话说回来，也奇了怪了，别人给我介绍过几个对象，就是没成，或许我长得差吧。”

王小虎笑道：“人家刘老三都有相好的，你可别妄自菲薄。”

王瞎子冷哼一声：“刘老三？他那相好的还不是为了他的钱吗？就他那样子，真有人看上他就怪了，那还真是瞎子！想想我和刘老三唯一不同的是我看得见，而他是个瞎子。可是他的心并不瞎，比任何人都敞亮。”

王小虎说道：“如果他真如你说的那样，就不会伙同阿诚做出这样的事情来。他要挣钱并不难，犯得着吗？”

王瞎子的嘴动了动，却没有说什么，倒是谢欣，听了王小虎这话一副若有所思的样子。

“对不起，我去打个电话！”谢欣离开了房间，她给欧阳双杰打电话。

谢欣仿佛有些激动，和欧阳双杰通话的时候那语气也变了许多：“欧阳，有件事情不知道你注意到没有？”

欧阳双杰有些不解：“什么事啊？”

“刘老三伙同阿诚作案的动机是什么？我觉得不单纯是为了钱那么简单。”

欧阳双杰没有说话，他没想到谢欣也注意到了这一点。谢欣以为欧阳双杰没听明白："我是说，刘老三要挣几十万并不是什么难事，甚至也就是一两年的工夫，为什么他要铤而走险呢？谋杀、贩卖伪钞模版，最后所得还有阿诚和他平分，值得吗？"

"确实不值得，可是他认罪了。我也一直疑惑他为什么要这么做。阿诚这么做说得过去，毕竟阿诚是个年轻人，他缺钱，几十万对于他来说是一笔不菲的巨款，但对刘老三来说根本就不算什么的。虽然在这一点上我们觉得可疑，但刘老三并不愿意给我们一个答案，他说人为财死，鸟为食亡，没有什么值得不值得的。"

谢欣说道："我倒是认为这其中应该有什么隐情，或许这隐情关乎我们破案。我想我们不应该把它给忽略了。"

欧阳双杰应了一声："我再和刘老三接触一下，还有阿诚，试试能不能从他们的口中套出点什么来。"

与王瞎子随便地聊了一会儿两人就离开了他的房间。

"你又来了。看来你已经在他们的身上找到答案了，对吧？"刘老三听到欧阳双杰进入审讯室，轻声问道。

"你知道是我？"欧阳双杰笑问。

刘老三淡淡地说："我是眼瞎，心又没瞎，我很熟悉你的脚步声，而且我估计你还会来找我的。说吧，是不是发现了陈大观的踪迹？"

欧阳双杰皱起了眉头，在椅子上坐下，点上支烟："你好像很希望我相信陈大观的存在？"

刘老三说道："不是我希望，他的标志出现了，自然很有可能他跟着就出现了。"

"这么说你相信陈大观真能够永生不灭？"欧阳双杰又问道。

刘老三摇了摇头："我并不相信人能够永生不灭，那个所谓的传说我也和你说过，只是一个传说而已，而且它充满了邪恶，透着血腥。"

"那你是什么意思？"

刘老三冷笑一声："陈大观不可能永生不灭，可是并不意味着不会有人假借他的名义来为非作歹。”

“我也是这么想的，我把它称为‘借尸还魂’！”

“借尸还魂？嗯，这个比喻更为适当，也亏你想得出来。我就知道这种小伎俩根本瞒不过你。是不是查到什么线索了？”刘老三问道。

欧阳双杰不说话，刘老三又说道：“不愿意说就不说吧，其实我只是好奇，不过你也不用对我掖着防着，我已经是个阶下囚了，你就算是告诉我也影响不到你们的办案。”

欧阳双杰说道：“你想多了，到现在我都没有查出一点蛛丝马迹！”

刘老三笑了，这回他的笑声有些大，带着嘲讽：“看来这回你的对手就是这样的人，你应该感觉自己很无力吧？我真替你感到悲哀，其实你的聪明与否，是不是真的很能干这些都不重要，重要的是你抓不住他。他如果继续作案的话不知道还会死多少人。”

欧阳双杰的情绪似乎受了刘老三这番话的影响，有些乱。但他很快就把心神缓过来了，他盯住了刘老三那张令人厌恶的脸。他突然有一种感觉，这个刘老三试图控制住自己的情绪乃至思维。

“这个‘借尸还魂’的人应该是很熟悉陈大观的事情，当然也包括了那个传说。”欧阳双杰说道。

刘老三点了下头：“对，但知道陈大观的事的人并不多，我想王瞎子应该已经告诉你了吧？只要把他们控制起来，一个一个地查，我相信一定会有结果。”

欧阳双杰笑道：“哦？你真是这样想的吗？”

“把嫌疑目标都控制起来，就不会再有类似的案子发生了，你们也争取到了时间一个一个地甄别，从中揪出凶手。”

“正如你所说的那样，现在王瞎子、田子仲和贾大眼都已经被警方控制起来了。”

欧阳双杰把这消息告诉了刘老三，刘老三先是一愣，接着笑道：“欧阳警官好手段啊！”

欧阳双杰冷冷地说道：“我想你误会了，我并没有使什么手段，这都是他们自己要求的。”

听欧阳双杰这么说，刘老三说道：“我明白了，出了这样的案子，他们一个个都想要摆脱嫌疑，所以主动要求被警方控制。这无疑是一着好棋，以退为进。假如外面再发生类似的案子，那么他们几人就都没有了嫌疑。”

“你说得没错，他们确实是这么说的。”

“他们是清白的，因为一定还会有案子发生。他们胸有成竹地把自己交给警方，不就是在标榜他们是清白的吗？就算是真为了证明他们的清白，也会出现新的案子。”

欧阳双杰分析过刘老三这个人，这是一个把正义感挂在嘴边，希望能够得到别人认可的家伙。他是个瞎子，按说一个瞎子是不会喜欢收藏古董的，可是刘老三在古董上花了不少的钱。欧阳双杰看得出来，刘老三对于古董真正懂得也不多，更多是在附庸风雅。还有刘老三对生活的品质要求也不高，但自己去他家的时候他却能够好烟、好茶地招待，说明刘老三是一个好面子的人。这样的人就爱显摆自己，明明知道言多必失的道理，可更多的时候他们都不一定能够管得住自己的一张嘴。

“老刘，我一直存着一个疑问，很想从你这儿得到答案。”

刘老三说道：“你想知道什么？”

“还是那句话，值不值得？”欧阳双杰轻声问道，“我知道你心里藏着秘密，就如我问的这个问题，我想答案应该不像你曾经和我说过的那么简单。”

刘老三苦笑道：“这个问题我不是已经回答过你了吗？我确实是为了钱，没有别的原因。”

欧阳双杰淡淡地说道：“模版一共卖了四十万，因为阿诚的风险比你的大，他还要多分一些，这些在你们的口供里都说了的。你拿了十二万，阿诚拿了二十八万，对吧？”

刘老三微微点了点头，欧阳双杰说道：“我们查过，就今年来说，二月份你给祁北制药的董总看风水，他一次就付给了你十万的报酬，这钱可是赚得稳稳当当的。同样是二月份，永南县的商家老爷子过世，你给做了道场，那次收入也不止十万吧？就这两笔，二月份你就赚了二十万，还不算你平日的零敲碎打。老刘，为了区区十二万，落到今天这个地步你觉得值得？”

刘老三的脸色有些变化。欧阳双杰继续说道：“老刘，这件事情是不是有什么难言之隐？”

刘老三摇了摇头："我是为了钱才这么做的。"

"你有钱，你的钱已经足够你用了！"欧阳双杰说道。

刘老三冷冷地说道："我是有钱，可是我的钱都在那些古董上。你觉得谁会嫌自己的钱多呢？"欧阳双杰知道刘老三肯定还有事情瞒着自己。

刘老三被带下去了。欧阳双杰没有离开审讯室，他对看守说："小罗，麻烦你把阿诚带来，我想再好好问问。"

阿诚被带了上来，他看了欧阳双杰一眼，脸上带着不悦："该说的我都说了，我没有什么可说的了。"

"我并不是想问你的事情，我只是想多了解一下刘老三！"阿诚的手微微颤抖了一下："刘老三？"

欧阳双杰点了点头。

"我和他其实并不熟。"阿诚的意思很明白，他也不想说刘老三的事情。

欧阳双杰叹了口气："阿诚，杀人的罪名很大的，你应该知道吧？"

阿诚冷笑一声："杀人偿命，我当然知道。我的认罪态度很端正，这一点张警官他们都看在眼里。杀人、倒卖伪钞模版，这些我都认。我相信凭我的态度，法官一定会从轻发落的。"

欧阳双杰说道："我指的不是这个，是林城近来发生的这一系列杀人案。"

"该我认的我认，不该我认的打死我也不会认的！"

欧阳双杰说道："你误会我的意思了。我就开诚布公地和你说吧。你觉得刘老三会是一个为了十几万就与你合谋杀人害命的人吗？另外，为了二十八万，你赔上这条命，值得吗？"

阿诚没有说话，欧阳双杰看得出来他的内心充满了纠结。

"阿诚，你是不是知道什么？"

阿诚的头摇得像拨浪鼓："我不知道！我什么都不知道。"

欧阳双杰又说："阿诚，林城最近的几起案子你应该知道，死了好几个人，甚至还有几岁大的孩子！你就忍心这样的惨案再发生吗？还是你真的已经麻木不仁了？"

阿诚紧紧地咬着嘴唇。终于，他叹了口气："我真不知道，不过有一点我可以告诉你，谋杀刘兵的主谋并不是我，是刘老三，是他找我。杀人的是我，因为我需要这笔钱。不过我答应刘老三，认下主谋的罪行。”

“他为什么要这么做？”欧阳双杰问道。

阿诚说他真的不知道了。

“你的师父王瞎子和刘老三之间的关系怎么样？”欧阳双杰问道。

阿诚说王瞎子与刘老三之间的关系并不好，私下里他也没见过他们有什么联系。

在阿诚这儿再没有问到什么，不过欧阳双杰还是有收获的。阿诚应该没有说谎，杀刘兵的事情，阿诚不是主谋，主谋是刘老三，这就能够说明问题了。阿诚那段时间很缺钱，刘老三就替他出了这个主意；刘老三让阿诚拿了大头，自己拿了小头。

欧阳双杰终于想明白了，刘老三的目的并不是为了那十二万，而是为了杀人，杀刘兵！刘老三为什么要杀刘兵呢？

欧阳双杰没有马上再审刘老三，刘老三老奸巨猾，单凭着阿诚的一面之词是无法让刘老三承认杀人的事实的，所以他得另想办法。

必须先弄清楚刘老三杀刘兵的动机，才能够揭开这其中的秘密！刘老三谋杀刘兵，与林城发生的这些案子到底有没有关系呢？欧阳双杰不能肯定。不管怎么样，这也是一条线索。

邢娜和许霖面面相觑，他们都很疑惑不解，欧阳双杰突然把他们叫来竟然是让他们继续追查刘兵的真正死因。

邢娜问道：“欧阳，刘兵的死不是早就已经事实清楚了吗？”

“我想知道的是刘老三的真正动机是什么。阿诚说了，虽然下手杀人的是他，可这个案子真正的主谋是刘老三，刘老三谋划了这起杀人案。刘老三是个极聪明的人，为了十二万犯下杀人的重罪，显然不值得。那么他杀刘兵肯定就不是为了那个伪钞模版，不是为了钱。那是为了什么呢？”

邢娜点头说道：“明白了，我和许霖这就动身去会山！”

“暂时还不用去会山。我觉得你们应该先从刘老三与刘兵相处的那段时间入手。我想刘老三与刘兵之间的矛盾可能就是在刘兵与刘老三同住交通巷的那些日子里产生的。当然，如果有必要，你们也可以跑一趟会山。”

邢娜和许霖离开了。

欧阳双杰看了看表，已经是下午四点多钟了。欧阳双杰简单地收拾了一下，出了办公室，下楼上了车，今晚要去他的老师罗洋家吃晚饭。

五点半他就到了罗洋家。才进屋他就看到了殷承基。

“欧阳，快坐！”罗洋微笑着招呼欧阳双杰，殷承基也对他笑了笑。

欧阳双杰把手里拿的水果和酒放到了桌子上：“老师，您生日那天我没能来，实在对不住。”

罗洋摆了摆手：“看你说的，我知道最近你碰上了大案子，小倩给我说了。”

“刚才我还在和你老师聊你的那个案子呢！知道那个图案代表什么了吗？”

欧阳双杰也不隐瞒，大概地向两个老师说了一遍目前他们的侦查所获得的一些信息。虽然这么做是有些不合纪律，但作为学生，他也有向老师请教的意思。

听了欧阳双杰的述说，殷承基和罗洋都没有说话，他们需要时间来慢慢消化。

半天，罗洋才轻叹了一声：“欧阳啊，这次你恐怕是遇到了一个强大的对手了！从他的手段看来，这是一个具有严重反社会人格的人，并且他的智商很高，防御意识也很强，他的沟通能力很厉害，能够通过思想支配他人的行为。更重要的是，他的知识结构很复杂，运用也得心应手！就我看来，这是一起报复性的连环杀人案，而他的报复性并不是针对某一个人，而是针对整个社会！”

殷承基说道：“这么看来这又是一起心理犯罪？”

罗洋望向欧阳双杰：“欧阳，你觉得呢？”

欧阳双杰说道：“从严格意义上来说恐怕是的，至少心理问题是促使他犯罪的诱因，我在给这个人做心理画像的时候就提到了这一点，这个人的成长经历很坎坷，受过很多苦，而他受的苦是来自于方方面面的。当然，这只是他自己的感受，因为人的心理往往就是这样，当一件接一件的坏事都降临在他的身上时，他就会产生一种错觉，觉得全世界都对不起他！”

罗洋说道：“当一个人把自己的不幸与苦难无限放大的时候，那么他除了绝望就再没有什么想法了，绝望到最后就会导致他对整个社会的不满，这种人只有两个结果，一个是自杀或者彻底疯掉，另一个是用极端的方式对这个社会进行残酷的报复！”

“而他采取的是第二种方式，报复社会！偏偏他又具备了很多常人没有的优势，例如他的知识结构丰富，他的高智商，缜密的心思，以及他对人极强的心理操控能力。”欧阳双杰说到这儿，忍不住又叹了口气。

殷承基说道：“其实你锁定的目标我认为没有问题，这个凶手应该就是你关注的那个特殊群体，那群神棍！”在欧阳双杰的面前，殷承基很不留情面地用了“神棍”这样的字眼。

“其实我们的心里都很清楚，他们只是利用了一些心理学知识，结合对人的心理揣摩，有的甚至还对客户的背景进行了深入调查和了解，掌握了客户的大量信息，这样一来，他们就显得更加神乎其技，说穿了，就是骗人的把戏罢了！正是因为他们神乎其技，就把很多人玩弄于股掌之间，特别一些在现实社会中绝望的人找上他们，更是把他们奉若神明。这样一来，他们就说什么是什么，说什么那些人就信什么，从而导致了这样的局面。”

罗洋开口了：“老殷说得没错，你锁定的目标是没有问题的。想要操控人去做一些平时这些人根本不可能去想的事情，并不是一件容易的事情！能够做到这一点的人只有两类，一类是我们这样的心理专家，可这对于我们来说还是有难度的，我们要诱使人做出这种事情，只能够利用药物或者催眠来控制人的思想；另一类就是老殷口中的那些神棍，其实我不愿意用这个词，我觉得他们中的一些人还是凭着本事吃饭的。在我看来，他们更容易控制人心，很多人找上他们是因为在现实社会中已经无计可施，陷入绝望……”不过罗洋接着话锋一转，“只是这个群体的人员众多。虽然你目标群体是选对了，可是具体到目标嫌疑人是不是对的就不得而知了。”

欧阳双杰苦笑道：“可是时间不等人哪，我现在最担心的就是再有类似的案子发生。”

“如果有新的案子发生那就说明你的目标锁定有误。”

“唉，这也正是我最迷惑的事情。”欧阳双杰这么一说，殷承基和罗洋都皱起了眉头。

罗洋说道：“你不会是觉得这个案子不是个体作案吧？”

欧阳双杰望着罗洋，轻轻点了点头。

罗洋说道：“反社会人格出现在个体身上很正常，而出现在同一个特殊群体身上的可能性真心不大，你到底担心什么呢？欧阳，我认为你不应该存在这样的担心的。”

欧阳双杰说道：“我还是觉得应该是至少两人以上的团伙犯罪。不知道为什么，我的心里一直都很不踏实，甚至在他们几个被控制起来之前我就有这样的强烈预感！很可能会再有案子发生，而新的案子更大的可能是为了给他们其中的某个人洗脱嫌疑。”

殷承基咳了两声：“我觉得欧阳说得很有道理，反社会人格倾向是可以相互感染的。人与人之间情绪与思想的互为感染是存在的，就如你是个老师，你可以把自己的思想与情绪潜移默化地传播给你的学生一样。”

殷承基说得没错，人与人之间其实一直都是这样，两个接触得多的人就很容易受到对方的思想与情绪的左右。这么看来欧阳双杰的感觉也是没有错的，这种可能性真实存在。

第八章 谁在说谎

欧阳双杰的车子在河滨路南口停了下来，那儿已经拉起了警戒线。王小虎小跑着上前来，他一边擦着额头上的汗一边说道："欧阳，死者是侯晓松！"

欧阳双杰的眉头紧锁，一大早才起来就接到了王小虎的电话，说河滨路派出所接到报案，在路南口发现一具男尸。正好是王小虎值班，就带着人出了现场，一眼就认出了死者是侯晓松。

在这个当口儿，欧阳双杰不会相信侯晓松的死只是个偶然，虽然王小虎说经过现场勘查，应该是普通的抢劫杀人。

"现场还有什么发现吗？"欧阳双杰一边走，一边问道。

王小虎说道："没有。我仔细地察看过。"

欧阳双杰走到了侯晓松的尸体面前，蹲下，仔细地检查。

"腹部中了两刀，死亡时间应该是凌晨五点多钟，这儿是第一案发现场。在距离尸体两米的位置我们发现了死者的皮夹子，里面除了身份证和两张银行卡外没有发现现金，还有死者的手机也不见了。杀人的凶器没有遗留在现场。另外，死者的皮夹上也没有留下任何的指纹。"技术科的一个年轻人轻声说道。

欧阳双杰点了点头，从现场看来确实是一起普通的抢劫杀人案，他也看不出什么问题。

王小虎轻声问道："欧阳，你看会不会只是个偶然？"

"偶然？侯晓松的家和公司都在金元大道那边，距离这儿有近三十公里，死亡时间是凌晨五点。如果这儿是第一案发现场的话，那么侯晓松大半夜跑到这儿来做什么？另外，这看起来确实像一起随机的抢劫杀人案，可是凶手处理现场的手段十分专业，现场没有留下任何蛛丝马迹。我想应该不排除有预谋的可能吧？”

王小虎说道：“我已经让人去查了，看看能不能查到侯晓松半夜到河滨路来做什么。”

欧阳双杰说道：“嗯，让技术部门弄仔细些，看看这儿是真的第一现场还是精心仿造的第一现场！”

欧阳双杰开车赶往局里，不过他的脑子里却一直在想一个问题：如果侯晓松的死是谋杀，那么凶手的作案动机是什么呢？在他们之前的调查中，侯晓松已经被排除在嫌疑人之外了。

还有一点说不通，如果自己推断侯晓松是死于幕后黑手之手，那么那个人就违反了游戏的规则，从开始到现在，那个人还没有亲自杀人！

欧阳双杰的内心很矛盾，他不相信侯晓松的死与那些案子无关，可是他又觉得那个幕后黑手不该用这样的方式杀人，太不科学，也太没有技术含量了！

到了局里，欧阳双杰把自己关在了办公室。王小虎推门进来已经是两个小时以后的事情了。

“技术部门认定那儿是第一案发现场，排除了伪造现场的可能。另外，我们也问过侯晓松的家人，昨天晚上侯晓松没有回家。因为侯晓松经常不归家，所以家人也习惯了。”王小虎坐下后说道。

欧阳双杰问王小虎，有没有调看侯晓松昨天下午到晚上的通话记录。王小虎说：“已经查过了，昨天下午四点多钟有一个未知号码给侯晓松打过电话，这个号码移动公司说应该是来源于网络。我让技术部门查过，是虚拟拨号。因为没有真正监测到通话，所以他们也无法查出 IP 的具体位置。这个号码在昨晚十点和十二点又两次与侯晓松通话。这三次的通话时间都不长，最长的五十一秒。这是很典型的 IP 反追踪手段。打电话的这个人很小心谨慎。现在看来，我也觉得侯晓松的死不是偶然，一定与这个电话号码有关系。”说着，王小虎把一张单子递了过来：“其他的通话都很正常。”

欧阳双杰看了看，指着一个通话记录说道：“十点零七分的这个通话是打给谁的？”欧阳双杰特别关注这个通话记录是因为这次通话是在侯晓松接了那个神秘电话之后不到一分钟拨打出去的。

“这是侯晓松父亲的电话。我们问过他父亲，十点多钟他接到了侯晓松的电话，侯晓松说他有业务，晚上就不回去了。”

欧阳双杰却摇了摇头：“我觉得侯晓松的父亲应该没有说实话，他一定隐瞒了什么。”

“啊？”王小虎一头的雾水。

欧阳双杰说道：“通话时间三分半钟。如果只是简单地说自己有事情不回家了，根本就用不了一分钟！另外你再看看侯晓松与他父亲之前的通话记录，最多的也就是一分多钟，也就是说侯家父子通电话的习惯大多是长话短说，除非是遇到了什么事，需要在电话里商量或是交代！”

听欧阳双杰这么一分析，王小虎也愣住了；欧阳双杰说得没错，三分半钟，可是要说很多的话的。

欧阳双杰说道：“看来我得亲自去一趟，弄清楚他们父子俩在电话里面到底都说了些什么。”

宋子宽进来了：“欧阳，听说有案子了？”

欧阳双杰看了他一眼：“来得正好，陪我出去一趟吧。”

王小虎说道：“要我一起去吗？”

欧阳双杰说道：“你就不用跟着了，去查查这个侯晓松这两天的行踪，看看有没有什么反常的地方。”

到了侯晓松的家，开门的是侯晓松的父亲侯甄。

侯甄木然地望着欧阳双杰和宋子宽：“你们找谁？”他的脸上带着悲伤。

欧阳双杰掏出证件：“您好，我们是市局刑警队的，我叫欧阳双杰，请问您是侯甄先生吧？”

侯甄冷冷地说：“叫我名字就好，进来吧！”

宋子宽看了欧阳双杰一眼，欧阳双杰只是微微点了下头，他们都看出来了，这个侯甄对警察的态度并不友善。

屋里一个妇人正在抹泪，从年龄上判断应该是侯晓松的母亲。

“自己随便坐吧。”侯甄这算是请欧阳双杰他们坐下了。然后他望向妇人：

“行了，别再哭了！”妇人看了看欧阳双杰二人，然后进了里屋。

欧阳双杰也在打量着这个侯甄，大约五十上下的样子，一副典型的落魄知识分子的范儿，面上看着有些清高，却不修边幅。他也架着一副黑框眼镜，那度数看着颇深，老旧款式的蓝色中山服的领口有些磨烂了，却洗得很干净，特别是胸前那口袋上还插了一支钢笔。

欧阳双杰看得出侯甄应该是个执教多年的老师，他身上的气质摆在那儿。不过从他对妇人说话的态度看来，他的脾气不是太好。

“我说你们警察也是的，晓松死了，你们不去抓紧破案，尽往我这儿跑，你们不会认为是我杀了自己的儿子吧？”

欧阳双杰轻声说道：“侯老师，您先别生气，我们警方正在努力调查中，一定会抓住杀害您儿子的凶手的。”

侯甄轻哼了一声。

“不过我们也希望能得到您和您夫人的配合，我们过来就是想向您核实一些情况。”

“你们想问什么就问吧，问完赶紧该干嘛干嘛，别在我这儿浪费时间！”

欧阳双杰直接就进入了主题：“我看了侯晓松的通话记录，昨晚十点多钟他打过电话给你，对吧？”

侯甄点了点头：“有这回事，而且我已经和你们来的那个年轻同志说了，当时晓松给我来电话，说有事，晚上不回家睡了，电话里我还在说他，虽然他是男人，但经常在外面过夜不好，很容易学坏的。”

欧阳双杰皱了下眉头：“他经常在外面过夜吗？”

侯甄的脸色微微一变，摇头说道：“当然没有，我只是打个比方罢了。”

“那他在电话里还有没有说些别的？”欧阳双杰又问道。

侯甄回答道：“没有，就这么多。”

“侯老师，希望你能够把你们通话的内容原原本本地告诉我们，这很重要。你们通话的时间超过了三分钟。你最好别有什么隐瞒，否则很可能会让杀害侯晓松的凶手逍遥法外！难道作为他的父亲，你不希望抓住凶手，为晓松报仇吗？”

侯甄的内心似乎在挣扎着，只是他的脸上没有流露出来。作为受害者的亲人，要说他不想为自己的儿子报仇是不可能的，侯晓松可是他的独苗。一条鲜活的生命，说没就没了，换作是谁都接受不了这个现实。

“我去给你们沏茶！”侯甄站起来，走到了不远处的柜子旁，柜子上放着一个茶盘，他取了两个杯子，用开水烫了烫，放入茶叶，又倒满水，端了过来。

欧阳双杰的心里松了口气：他愿意为自己沏茶，说明他的内心有所松动，这是准备深谈的节奏。

“茶不好，将就着喝吧。”侯甄说道。

欧阳双杰说了声“谢谢”，接过杯子放到了茶几上。宋子宽接过来吹着抿了一小口，也把杯子放下。

侯甄长长地叹了口气：“既然你们执意要我说，我也不再隐瞒了。且先不说昨天我和晓松的通话，我还是先和二位聊聊晓松吧。”

欧阳双杰忙点了点头，只要侯甄愿意聊，从哪儿开头都不是问题。

侯甄想了想：“我是二中的老师，教书育人近三十年了，虽然我不敢说自己桃李满天下，可是教出了不少的好学生，有的从政，有的从商，都很有出息，却偏偏没把自己的儿子教好！”

欧阳双杰说道：“侯老师，并不是只有当官、当老板才能够体现人生的价值的。”

侯甄冷笑：“当个风水先生就能够体现他的人生价值吗？”

欧阳双杰愣住了，他只顾着劝侯甄，倒把侯晓松的职业身份给忘记了。宋子宽忙解围道：“至少他也是通过自己的劳动来挣钱。”

“晓松其实是个聪明的孩子，从小到大，在学习上我也没有花太多的心思。他这个人有些浮，不切实际，想一出是一出，想怎么样就怎么样。大学毕业，原本我是希望他能够留校的，以他的成绩来说，留在大学任教是没有什么问题的。我都已经准备好了，替他谋一份好的前程，可是这小子竟然说他要自己开公司。我想，开公司就开公司吧，反正家里就这几个钱，他要折腾就让他折腾去。男人有志向是好的。”

欧阳双杰和宋子宽都微微点了下头，看来侯甄并不像他们想的那么迂腐。

侯甄接着苦笑了一下：“可我没想到他会开那么一家公司，他大学学的是物理专业，平日也没见他琢磨那些玩意儿。当时我就劝他，正正经经地找份工作，踏踏实实地过日子，可是他信心满满，他说一定能够做好，他还说要把高科技引入这个行当，做一个开创电子预测先河的人！”

欧阳双杰轻声说道：“不过他确实做得不错，小有名气。”

侯甄望向欧阳双杰，点了下头没有否认这一点：“其实就连我都觉得有些不可思议，这小子什么时候竟然有这样的本事了。他们开发了一个什么软件，我倒没有接触过，但他能够一年内做得有模有样的，我也就不好再说什么了，那个时候再反对倒显得我有些顽固了。只要不违法，就由他折腾去吧。

“晓松创业的时候是二十四岁，现如今都二十九了。这么些年来，对于他的事业我是插不了什么话的。可是我和他母亲都在担心一件事情，一个正常的男人，二十八九了不结婚也就罢了，偏偏他连一个女朋友都没有，你说我们能不着急吗？”

欧阳双杰听到这儿，隐隐感觉就要进入正题了。

果然，侯甄的话锋一转：“我和他妈经常在他的面前提起这件事情。我不是老封建，也并没有非得让他生个孙子传宗接代的思想，我们只是希望他能够像其他人一样，过着普通人的生活。我和他妈甚至还怀疑过，这孩子是不是有什么问题。终于有一天，应该是大半年前吧，趁着他妈有事回娘家，我把他叫了回来，想和他认认真真地谈谈。”

侯甄说他把侯晓松叫回来，父子俩喝着小酒，他问侯晓松为什么迟迟不找一个女朋友，作为父亲，他觉得侯晓松应该是不存在问题的，侯晓松可是他们两口子带着长大的。

“其实晓松也是个蛮孝顺的孩子，创业的时候他逆了我的意思，但是他最后还是说服了我，说是让我给他一年的时间，做得不好以后我想让他做什么他都不会再提出异议。只是我没有这样的机会，他做得确实不错！”

“晓松没有搬出去，仍旧和我们住在一起，只是他每天都是早出晚归，后来的一段时间，开始有夜不归宿的现象，我们问他是不是找了女朋友，他不承认，说是工作忙，有时候会到各地市和县上去转转。我想想也很正常，可我不曾想过，他会骗我们！”

几个月前，具体是几个月侯甄说他记得不太准确了。一天晚上，他因为有事情要去一个同事家里，路过桃源路的时候他看到了侯晓松的车子停在枫林小区的门口，看样子好像是在等人。他心里有些疑惑，就在半个小时前侯晓松和自己通电话的时候还说正在高速公路上，马上就要到云都市了，还说今晚不回来了。

侯甄相信自己并没有看错，侯甄看到一个女人从小区里出来，接着侯晓松赶紧下了车，一脸笑意地替女人拉开了车门，接着那车子就开走了。

侯甄气得脸都发绿了，他怎么也没想到，自己的儿子会欺骗自己，更重要的是，侯晓松接的那个女人一看就不是未婚的女孩子，衣着打扮是个有夫之妇的样子。这是侯甄不能容忍的，家风是侯甄最看重的东西！

他打电话给侯晓松，可是侯晓松的手机提示关机了。那晚侯甄很郁闷，回到家里把这事情和老伴说了，老伴听了之后心里也很着急，可是他们着急没有用，联系不上侯晓松，也只能等着。

第二天中午，终于打通了侯晓松的电话。一个电话侯晓松就被他们召回来了。

侯晓松并不知道父母为什么这么着急把他叫回家，直到侯甄把昨晚见到他和一个女人在一起的事情说出来，他才解释那个女人就是他的客户，就是她请自己去云都办事的，他发誓说他和那个女人没有任何的事情。

说到这儿，侯甄很不忿地说道：“我真没想到，我的儿子竟然会为了那个女人一而再，再而三地对我说谎！”

欧阳双杰已经听出点端倪，看来侯晓松的事情一定和那个女人有关系，而那个女人就住在枫林小区，或许侯甄早就已经调查过了。

在那件事情之后没多久，大概两周后的一天晚上，侯家三口正在吃晚饭，就有人找上门来了。是个男人，样子很憔悴。

侯晓松的母亲开的门，那男人一进门就径直跑到侯晓松的面前，差点就跪下来了，他的原话好像是“我求求你了，你把她还给我吧，还给我好吗”。

侯甄虽然很生气，可是他没有马上发火。关键问题是这火他不知道应该冲着谁发。他用询问的目光望向自己的儿子时，才发现他的脸色有些惨白。

侯甄问侯晓松是怎么一回事，侯晓松说他们之间有些误会。说完侯晓松拉起了那个男子，说是到外面找个地方说话就离开了家。

大约晚上十一点多钟，侯晓松回来了，一副筋疲力尽的样子。

侯甄问他到底出了什么事时，侯晓松说没有什么，只是个误会，现在误会已经解释清楚了，这个男人也不会再来找他的麻烦了。

侯甄让侯晓松老实告诉自己，这件事情是不是与那个女人有关系。侯晓松矢口否认，之后不管侯甄再怎么问他都不再说什么，只是说这是他自己的事情，他知道该怎么处理。

“这之后我就觉得这孩子变了，变得我们都不认识了。我们是过来人，其实我一眼就看出晓松和那女人一定有事。但不管我怎么问他都不说！”侯甄一脸的无奈。

“那个女人到底是什么人，我想你应该悄悄地查过吧？”

侯甄微微点了下头：“我确实去查过，女人姓韩，叫韩筱筱，是‘丽康美容中心’的老板，来找晓松的那个男人是她丈夫，说起来这个女人也很不幸，人很能干，能挣钱，偏偏她的男人却整天游手好闲，拿着她的钱还在外边乱玩……我去找过这个女人，当她知道我是晓松的父亲时对我还蛮尊敬的。她告诉我，她和晓松确实是在交往，而且她与她丈夫的婚姻早就有名无实。他们已经说好了，只要她答应给那男人一笔钱，那男人就同意和她离婚。”

侯甄说到这儿，妇人从房间里出来：“你别再替那贱人说话了，要不是她，晓松也不会出事！”

侯甄瞪大了眼睛：“男人说话你插什么嘴，回屋里去！”

欧阳双杰开口说：“阿姨，您先回屋休息，我们和侯老师聊过以后再和你谈谈好吗？”

妇人咬着嘴唇，回了屋，关上了房门。

“老实说，晓松和这个女人在一起我是不同意的，首先他们这样搞在一块就是乱来。我倒不是对二婚的女人有什么成见，可毕竟你现在还没有正式离婚，你和晓松在一起就是不守妇道。但晓松喜欢啊，晓松甚至为了这个女人欺骗我们，甚至还扬言说大不了我们就不认他，他搬出去就是！你们也知道，我们就晓松这一个孩子，有时候气头上说点什么重话是正常的。真要这么做，我们又怎么忍心呢？”

宋子宽问道：“于是你就默许了他们的交往，对吧？”

侯甄没有否认，而是轻轻地点了下头：“我想既然事情已经这样了，只要那女人真能够离了，晓松愿意和她在一起就在一起。当然这婚事我是不会替他们操持的。我承认我好面子，我不想听到别人在我面前说三道四。”

欧阳双杰问道："那后来呢？"

"后来我们也就睁一只眼闭一只眼，由得他们去了。只是我打电话问过两次，我问晓松，那个韩筱筱是不是已经离婚了，要是离婚了我希望他们还是去把手续给办了，家里人简单整几桌子意思意思也算是承认了她的身份。可让我生气的是，每次一问就说是快了。又过了一阵子，晓松告诉我说，那个男人失踪了，而且已经失踪好一阵子了，也不知道跑哪儿去了。他说就算要办离婚也得等那男人出现。"侯甄说到这儿，脸色有些不自然，话语也停了下来。

欧阳双杰说道："你是不是曾经怀疑过那个男人的失踪和你儿子有关？"

侯甄一下子抬起头来，脸上带着惊恐："你怎么知道？"

欧阳双杰说道："我是猜的。"

侯甄叹了口气："因为那男人对韩筱筱并不好，有时候还会动手打她。而晓松充当了韩筱筱的守护神，也正因为晓松的出现，那男人感觉到了威胁，可是他不能把晓松怎么样，最后只能求上门来。那天晚上晓松和那男人出去了，我听说好像那男人打那晚之后就失踪了。可是我不敢乱说话，我怕把晓松扯进去；现在晓松走了，告诉你们也无妨。"

宋子宽皱起了眉头："侯甄，你应该懂法，知情不报也是犯罪。"

"知情？我知什么情？我也不过是怀疑罢了！"

"侯老师，我们还是说说你和侯晓松最后的那次通话吧。"欧阳双杰说道。

侯甄咳了两声："晓松最后一次打来电话确实还说了一件事情，只是……"他说到这儿就停住了，欧阳双杰问道："只是什么？"

侯甄苦笑了一下："只是我自己都不敢相信！"

欧阳双杰皱起了眉头："不会是发生了什么邪门的事情吧？"

侯甄说还真是这样，在电话里侯晓松告诉侯甄，说他看到了一个不可能出现的人，虽然侯晓松没有说那个人是谁，侯甄却猜到了，只是他也没有说出来。

欧阳双杰望着侯甄："你是不是猜到了那个人是谁？"

侯甄有些艰难地回答道："我想应该是那个男人吧。"

欧阳双杰点了点头，他也是这么想的。如果真是那个男人的话，那么就证实了他们之前的猜测，那就是那个男人真的死了，而且那个男人的死与侯晓松脱不了干系，就算他不是凶手，至少也应该是知情者。

不过欧阳双杰现在更感兴趣的是，如果说自己和侯甄的猜测是对的，那个人真的死了，而侯晓松又是知情的，偏偏侯晓松临死前又见到了他，那么这件事情就透着诡异了！

“我说了，说出来你们也不会相信的，所以在当时你们来的那两个警官面前我没有提。要不是你坚持要问，我也不会说的。”侯甄的神情有些沮丧。

欧阳双杰说道：“那你自己信吗？”

侯甄说道：“昨晚接了他的电话我就有些心绪不宁的，总觉得会有什么事情发生，后来大清早就接到了你们的电话，说晓松出事了。原本我是想把这件事情说出来的，可一来这件事情太过诡异，你们或许会认为我在说谎，就算不这么想也会以为我在说疯话……”

果然和欧阳双杰来时所想的一样，原本欧阳双杰是想迟一些再去见见那个韩筱筱的，现在他竟然有些迫不及待了。

欧阳双杰对侯甄说道：“侯老师，我们能和阿姨聊聊吗？”

侯甄点了点头：“我去叫她。”

把妇人叫出来，侯甄说道：“屋里闷，我出去走走！”

和妇人聊了一会儿，她一直在哭诉侯晓松是个听话的孩子，怎么就遇上了这样的事情。欧阳双杰和宋子宽只好安慰她，在她这儿他们根本就问不到什么有用的东西。

欧阳双杰和宋子宽又坐了一会儿，就告辞离开了。

上了车，宋子宽问道：“欧阳，你怎么想的？”

欧阳双杰叹了口气：“我想应该是有人在装神弄鬼，这个人知道侯晓松与韩筱筱的事情，还知道韩筱筱的丈夫是怎么死的，所以他利用这一点，拨动了侯晓松最脆弱的神经。这也说明了一点，侯晓松在遇害的时候为什么没有反抗，那个时候他的精神已经崩溃了，人在精神崩溃的时候反应要迟钝得多，他一定是忘记了反抗！”

欧阳双杰心里很清楚，韩筱筱是个很重要的人。自己一定要会会这个女人，听听她又会向自己说一个什么样的故事。

韩筱筱的美容院没有开门，欧阳双杰直接去了她住的枫林小区。在小区物管那儿查到了韩筱筱具体的住址。欧阳双杰和宋子宽很快就找到了地方。

摁了下门铃，没等多久门就开了。一个穿着紫色丝质睡裙的女人出现在欧阳双杰和宋子宽的面前，女人很美，长得很像某个当红的明星，虽然是素颜，可是依然光彩照人。

宋子宽看呆了，欧阳双杰也隐隐有些惊艳的感觉。此刻二人终于知道为什么侯晓松会因为这个女人疯狂了。

“你们找谁？”女人问道。

欧阳双杰轻声问道：“你是韩筱筱？”

韩筱筱皱起了眉头，两个陌生男人找上门来，她心里多少有些警惕：“嗯，我就是，你们到底是什么人？”

宋子宽也回过了神来，他咳了一声，故作镇定。欧阳双杰掏出了证件：“你好，我们是市局刑警队的，我叫欧阳双杰，这位是我同事宋警官！”

韩筱筱接过欧阳双杰的证件仔细看了看，还给了欧阳双杰：“找我有什么事吗？”

欧阳双杰说道：“你认识侯晓松吧？”

韩筱筱只是微微一愣，然后点了点头：“认识！”

欧阳双杰接着说：“他死了。”

“什么？”韩筱筱的惊讶不像是装出来的。欧阳双杰又说了一遍：“他死了，韩小姐，能不能让我们进屋说？”

欧阳双杰和宋子宽进了屋。韩筱筱的家里装修得不错，富丽堂皇的，看得出韩筱筱是一个很讲究生活质量的人。

这样的一个女人怎么会嫁了那么一个窝囊的男人，而且还被男人家庭暴力？欧阳双杰与侯晓松接触过的，侯晓松是一个很新潮的人，能够和韩筱筱走到一块去倒也不奇怪。

宋子宽有些拘束，欧阳双杰看得出来，他多少是被韩筱筱的美艳给镇住了。

“警官，晓松他到底是怎么了？”韩筱筱虽然一直保持着克制，但还是忍不住有些激动地问道，“你们来找我，应该早就已经调查清楚了我和他之间的关系了吧？”

“如果我说你们是情人关系，你不会否认吧？”

“是晓松的父亲告诉你们的吧？”

欧阳双杰淡淡地说：“你别管我们是怎么知道的，只要回答我是还是不是？”

“是！”韩筱筱回答得斩钉截铁。

欧阳双杰说道：“据我们所知，你有丈夫，可是他失踪了很长时间了，对吧？”

韩筱筱的脸色微微一变，上门牙紧紧地咬住了下嘴唇。

“他失踪了，我也不知道他去了哪里。”终于，韩筱筱还是开口了，说完这句话，她像是松了口气。

欧阳双杰冷笑一声：“我听说他临失踪的头一天晚上曾经去找过侯晓松，他去求侯晓松别再纠缠你。侯晓松的父亲目睹了这一出，之后侯晓松便拉着他出去了，大约两个多小时后侯晓松回到家，告诉他父亲你丈夫再也不会去找他了。”

韩筱筱的脸色有些苍白：“那又怎么样？你们不会怀疑是晓松对他做了什么吧？”

欧阳双杰说道：“是不是侯晓松把他怎么样了你应该比我更清楚吧。”

韩筱筱说道：“我不知道，晓松和我在一起原本就很有负疚感，晓松和我说过几次，找个时间和他好好谈谈，说是只要他同意和我离婚，可以给他一笔钱做补偿。”

欧阳双杰问道：“他们谈过吗？”

韩筱筱说道：“没有，我觉得这是我和沈冬之间的事情，与晓松无关，我自己能够解决。”

“那你和他谈拢了吗？”宋子宽问道。

韩筱筱的神情有些落寞，她摇一摇头：“我们谈不拢。沈冬说这根本不是钱的问题。我说我净身出户，所有的一切都留给他，房子、银行的存款以及我的美容院，可是他死活不同意。”

欧阳双杰冷笑：“可我听说沈冬是个赌鬼加酒鬼，如果你们没有了感情基础，你所提出的条件应该很有诱惑力的，他怎么会不同意呢？”

“他就是想要折磨我，他变态，根本就不在乎我，我对于他而言就只是一个物件，满足他占有欲的物件。”韩筱筱说起这些的时候一脸的恨意。

“既然这样，当初为什么会走到一起呢？”

韩筱筱幽幽地叹了口气：“年轻的时候不懂事。”

韩筱筱并不是林城本地人，她来自黔北的一个小县城。十九岁的女孩儿，一个人在林城打拼确实不容易，再说她只有初中文化，就业就更受局限了。就在这个时候，沈冬走入了她的生活。

沈冬也不是本地人，沈冬是蜀川人，蜀川人在外地打工的不少，遍布全国各地。沈冬比韩筱筱早两年到林城，他是做木匠活儿的，在林城混了两年多少有了些底子，自己租了间民房，白天做事，晚上就在外面飘荡。

韩筱筱在林城的第一份工作是在宵夜摊儿上当服务员，她与沈冬的相识也很狗血，沈冬去吃宵夜，正好是在韩筱筱打工的那个摊儿，碰巧有两个年轻人喝醉了酒就对韩筱筱毛手毛脚。

初来乍到的韩筱筱当时就慌乱了，偏偏老板又是个怕事的人，不敢出头。

沈冬当时也是喝多了，或许是因为韩筱筱的美貌，他的英雄气概一下子就冒出来了。沈冬和那两个酒鬼打了一架，把那两个酒鬼给撵跑了。他自己也没占到便宜，挂了彩。

不过就这样已经足以让韩筱筱感动了。就这样，韩筱筱对沈冬从感激到好感。用韩筱筱的话说，当时的她就像是一张白纸，什么都不懂。沈冬很油滑，很快就把她给拿下了。

两个人在一起以后，韩筱筱才发现沈冬并不像他表现的那样，真实的沈冬一身的毛病：好赌，贪杯，大男子主义，好逸恶劳，等等。

可是偏偏那个时候韩筱筱怀孕了，这在从农村来的她看来是很严重的事情，她向沈冬提出结婚，沈冬也不含糊，就同意了。

结婚不到一个月，韩筱筱就彻底地绝望了，沈冬不但没有因为结婚而变好，反而变本加厉。

韩筱筱怀着他的孩子，他没有好好照顾也就罢了，他依旧喝酒、耍钱，输钱了就回来打老婆。韩筱筱说到这儿，眼里隐隐有泪光：“我肚子里的孩子就是被他给打掉了的。”

宋子宽恨恨地说道：“真不是人。”

欧阳双杰轻声问道：“这么说来你们一直保持着这样的婚姻关系？”

“我是个女人，那个时候我根本就没有独立生活的能力。用他的话说，我吃他的，用他的，就应该受他的气。也正是因为这样，后来我就想着要争口气，要自己养活自己。”

于是她就开始学习美容，经过多年的奋斗，有了自己的美容院。

她是打定主意要和沈冬离婚的，可是沈冬不同意，还威胁她，如果再敢提离婚的话，他就对她不客气，还说大不了同归于尽。遇到这样的无赖，韩筱筱也没有办法，只能忍气吞声。

她能挣钱了，沈冬便不出去做事了，没钱就伸手，不给就抢，就打她。不过沈冬最初对她的管束并不严，毕竟他有自己的玩乐，喝酒，赌博，好像在外面还有别的女人。

“你是怎么和侯晓松走到一起的，以沈冬的性格他会放过你们吗？”欧阳双杰的问题一针见血。

韩筱筱与侯晓松相识是两年前的事情。韩筱筱的美容院扩大规模，便有人建议她还是请大师看下风水。原本韩筱筱也是不太相信这些的，可是做生意都希望能够图个吉利，讨个好彩头，就应了。

刚好她的一个顾客与侯晓松认识，也曾请侯晓松看过风水，侯晓松在林城也算是小有名气，韩筱筱打听了一下决定请侯晓松帮忙看看。

第一次见到侯晓松，韩筱筱怎么也没想到一个大学生竟然会从事这样的一份工作。侯晓松的名头她也听那个顾客提起过。现实中的侯晓松是一个温文尔雅、颇具文人风骨的年轻人。正是因为这样，韩筱筱对刚见面的侯晓松有了一些好感。

随着交往的增多，她对侯晓松由最初的轻视与不屑变成了尊重与信任。她甚至还想请侯晓松帮助她摆脱现在的不幸生活，逃离沈冬的阴影。

韩筱筱轻咳一声：“我是从农村来的，思想还很保守，很传统的。虽然沈冬对我很不好，我们的婚姻也可以用不堪来形容，可是我还从来没有想过去找别的男人。”

韩筱筱继续说她与侯晓松的事情。侯晓松对于她的事可谓是尽心尽力，对于她也是关怀备至。这让长期情感缺失的韩筱筱仿佛在黑暗中看到了光明。两个人接触得多了，渐渐对对方都有了意思。

尽管两个人一直都很小心，可是世间哪有不透风的墙，终于有一天，事情还是让沈冬知道了。

沈冬气急败坏，先是对韩筱筱一顿家庭暴力，接着就找上了侯晓松。只是沈冬不曾想到侯晓松并不是软柿子。侯晓松有几个道上的朋友，想想他干这行混得风生水起，有些三教九流的朋友是很正常的事情。所以沈冬去找侯晓松的麻烦就没讨到好，还被教训了一番。

侯晓松原先是想好好和沈冬谈谈，希望能够用钱解决问题。侯晓松虽然有道上的朋友，毕竟他自己并不是道上的人，他也不愿意和他们走得太近。

沈冬不愿意和韩筱筱离婚，哪怕韩筱筱说给他一笔钱再加上他们住的那套房子。韩筱筱说正是因为这样，才会出现了沈冬去侯家求侯晓松的那一幕。

“我就不明白他到底是为了什么，他自己都说了，我们之间根本就已经没有了感情，却不愿意放手。他就是心理变态，想要折磨死我！”

欧阳双杰轻声问道：“沈冬去找过侯晓松之后，一直到你们发现他失踪前的这段时间里，你有没有再见过他？”

“没有，我也是听晓松说他去晓松家里闹事的，明明是我们俩自己的事情，为什么一定要扯到别人身上去，还要跑到别人家里去闹，他不嫌丢人我都没脸。”韩筱筱说。

欧阳双杰冷笑一声：“那晚之后他就神秘地失踪了，你就没有想过很可能他是被侯晓松给害死了？你难道就真的一点也没有怀疑过吗？”韩筱筱的脸色微微一变，她摇了摇头；她说她确实没有想过，她不相信侯晓松能做出那样的事情。

欧阳双杰淡淡地说道：“侯晓松的父母都知道你的存在，还默许了你们交往，是因为你和侯晓松说过，会和沈冬离婚，然后嫁给他，对吧？”

“我确实说过这话，这是我的真心话。如果沈冬答应离婚，我一定会和晓松在一起。我不会欺骗他的感情。”韩筱筱说。

欧阳双杰笑了：“不过现在侯晓松已经死了，你说什么都无所谓了。”

韩筱筱皱起了眉头：“你是觉得我在玩弄晓松的感情吗？”

欧阳双杰说道：“我只是觉得奇怪，既然你很想早些解决了你和沈冬之间的问题，为什么沈冬失踪之后你会无动于衷。据我所知，沈冬失踪后你并没有积极寻找，只是到警察局备了个案。”

韩筱筱说道："那你觉得我应该怎么做？什么事情都不管不顾，放下来，然后满世界去找他？警方告诉我，只要失踪达到一定的年限就可以宣告死亡，大不了一纸婚约就再维持几年。从我内心而言，他失踪不是坏事，至少他不会再虐待我。"

欧阳双杰说道："宣告死亡要等上好几年，侯晓松已经是二十九岁了，至今没有过婚史。你呢？就算离婚了也是二婚，二婚的女人还要让一个比你年轻的男子等好几年，你是对自己太自信呢，还是根本就没有把侯晓松当一回事？"

欧阳双杰的言语很尖酸刻薄，但又不可否认他说的是实话，就连一旁久久不曾说话的宋子宽都认为有道理。

韩筱筱脸色很不好看，她一时间也不知道怎么反驳。

欧阳双杰又说道："你们都不急就只能有一种可能，你们不敢急。因为你们的心里都很清楚，不管你们再怎么急也找不到沈冬了。如果真找到了，也只是他的尸体，那么你们的阴谋就暴露了。"

韩筱筱一怒而起："你血口喷人！我这儿不欢迎你们，你们走吧。如果你们有证据的话，可以抓我，不然就别在这儿胡说八道。"

欧阳双杰微微一笑，站了起来："老宋，我们走。"

宋子宽无奈地冲韩筱筱怀着歉意地笑了笑，跟着欧阳双杰走了。到了门边，欧阳双杰拉开门，又顿了顿："我们还会来的，希望那个时候你还能像现在这样硬气。"

欧阳双杰这话又让韩筱筱咬牙切齿。

上了车，宋子宽问道："你还是认为是她和侯晓松合谋杀死了沈冬？"欧阳双杰说合谋倒不一定，或许侯晓松只是误杀，但韩筱筱应该是知情的。

宋子宽问欧阳双杰，为什么不问下韩筱筱，侯晓松临死前那个晚上见到的那个不应该见到的人到底是不是沈冬。以韩筱筱与侯晓松的关系，侯晓松既然都告诉侯甄了，不可能不告诉韩筱筱的。

欧阳双杰说道："我还真是忘记了。我只想激怒她，看看她会有什么反应。我们得再回去一趟，这个问题必须得问！"

两人又重新回到了韩筱筱的家，按门铃，韩筱筱打开了门。当她看清来的人时，很不友善地说道："你们又来做什么？"

欧阳双杰说道：“我们还有最后一个问题，侯晓松死的那个晚上你们有没有见过面？”

韩筱筱说没有，那晚他们连电话都没有打过。

欧阳双杰问道：“真的吗？”

“既然不相信我的话，还来问我做什么？”

欧阳双杰说道：“我们怀疑他那晚见到了沈冬。”这话一说，韩筱筱也愣住了。

韩筱筱轻声问道：“不可能，要真是这样，他一定会告诉我的。你刚才不是说沈冬被我们害死了吗？现在说这话又是什么意思？”

欧阳双杰竟然一时语塞，不知道该怎么回答，咳了两声，尴尬地笑了笑：“我只是提出了一个假设，在嫌疑没有被排除之前，一切皆有可能。”

韩筱筱冷笑：“你们警方就是这样办案的吗？”

欧阳双杰说道：“只能说我是这么办案的。不过我的运气一向都很不错。”韩筱筱没有再说什么，欧阳双杰和宋子宽识趣地告辞离开了。

“看来她不像是说谎。”欧阳双杰说道。欧阳双杰相信自己的眼睛，韩筱筱不像是装出来的。

宋子宽没有说话，他也想不明白，如果侯晓松和韩筱筱的关系真如韩筱筱说的那样，有很深的感情，那么侯晓松为什么不把见到沈冬的事情告诉韩筱筱呢？

欧阳双杰微微点了点头：“我确实有些想法。侯晓松对韩筱筱有戒备，他们俩的关系应该不像我们看到的这么简单。就算以前他们的关系很好，可是现在已经发生了变化。”

宋子宽说道：“会不会我们一开始就弄错了，沈冬的死与侯晓松并没有关系，而是韩筱筱在捣鬼。侯晓松发现了什么，他们就把侯晓松灭口了。你想想，除了韩筱筱，谁能够在侯晓松毫无防备的情况下杀死了他，他甚至都没有挣扎与反抗！还有侯甄只是说侯晓松在电话里说他见到一个不应该出现的人，并没有说那个人到底是谁，或许是沈冬，又或许是韩筱筱。”

“假如你提出的假设成立，那么侯晓松打电话给侯甄只有一个可能，就是他预感到自己有危险。侯甄也说了，在接到侯晓松电话后，他也有不祥的预感，他觉得会有什么事情发生。既然侯晓松在电话里并没有说明什么，为什么侯甄会有这样的感觉呢？一定是侯晓松的情绪感染了他。情绪是可以传递的，侯晓松的不安与恐惧通过他和侯甄说话的语气传递给了侯甄，他才会有这样的感觉。”

宋子宽说道：“看来我们得好好查查这个韩筱筱了。不管我们谁的推测是正确的，这个韩筱筱都是关键性的人物。”

第九章 跌宕起伏

回到局里，欧阳双杰就把王小虎、邢娜、谢欣和许霖叫到自己的办公室，加上宋子宽，他们六个专案组核心成员要开个简短的碰头会。

侯晓松的死，打乱了之前的调查部署。欧阳双杰把对侯晓松案的调查大致说了一下。

王小虎说道："欧阳，你确定侯晓松的死与我们手里的案子有关系吗？我是这样想的，如果这个案子与我们手里的案子没有太大的关系的话，我建议另案侦查，交给二中队去吧。"

邢娜说道："我觉得应该是有关系的。你们想想，侯晓松早不死，晚不死，偏偏在这个节骨眼就死了。他之前就是我们的调查目标。一直到现在，我们都没有完全排除他的嫌疑。"

欧阳双杰说："我觉得侯晓松的死与我们正在调查的案子是有关系的，这是我的直觉。小虎，对韩筱筱的调查就交给你们了，有什么消息马上给我电话。"

王小虎应了下来。

欧阳双杰又问道："你们目前的调查有新发现吗？"

王小虎皱起了眉头："没有，就像是走入了一个死胡同。"

许霖说道："我还在查刘兵的死因。我总觉得阿诚在隐瞒什么；还有刘老三也是，很难撬开他的嘴。"

欧阳双杰笑了笑："继续加把劲吧。"看来自己的判断没有错，刘兵的死确实很蹊跷。

许霖“嗯”了一声：“我会的。”

欧阳双杰望着谢欣：“谢姐，你配合一下许霖吧。”谢欣答应了。

欧阳双杰说道：“如果能够让他们开口，或许我们能够解开那红布条的秘密。”

“欧阳，王瞎子那边……”王小虎问道。

欧阳双杰说道：“王瞎子那边我来吧，我和他有的聊。”

原本听了田子仲的建议，把王瞎子、田子仲等人都请到了局子里，不过侯晓松的事情发生以后，欧阳双杰便找了个借口把他们给放了。

为这事王小虎还有些想不明白。欧阳双杰说无论凶手是不是在他们当中，放了他们都利大于弊。如果凶手在其中，那么他出去之后一定会放松警惕，露出马脚。如果他们只是凶手想要找的替罪羊，那么放了他们凶手同样会麻痹大意。

欧阳双杰是“易名堂”的熟客了，就是王瞎子的两个徒弟和请的一个小工都已经认识他了。

“欧阳警官好！”王瞎子的小徒弟很热情地和欧阳双杰打招呼。欧阳双杰问道：“你师父呢？”

小徒弟告诉欧阳双杰，王瞎子去了经典时代，经典时代是一家咖啡会所，那儿可不是真正喝咖啡、聊天儿的地方。在林城有很多这样的会所，都是三朋四友闲暇时间聚在一起搓麻将的地方。

王瞎子曾经和欧阳双杰说过，他没事的时候就喜欢摸两把，都是几个熟人。

小徒弟说要不他给王瞎子打个电话吧，欧阳双杰说不用了。不过欧阳双杰也没有马上离开，既然已经来了就和王瞎子的小徒弟好好聊聊。

小徒弟姓张，叫张笑。他的人就像他的名字一样，整天都有一副笑脸。大约二十一二的样子，是从乡下来的。

“你跟着老王的时间不长吧？”欧阳双杰问道。

张笑一边给欧阳双杰沏茶，一边回答说他跟着师父有三四个年头了。

张笑是个很健谈的人，把自己拜师的事情大致说了一下。他从乡下来林城，在火车上偶遇了同车的王瞎子，聊着聊着两人便熟络了。知道张笑是来林城谋生计的，王瞎子见他聪明，善于交际，就主动提出让他跟着自己，打点杂。

张笑做事认真，很得王瞎子的赏识，加上又很会与人相处，没多久王瞎子就收他做了徒弟，教授他一些本领。只是他的文化底子差了些，学习就显得有些吃力。但他用功。王瞎子总是告诫他，勤能补拙，笨鸟先飞，只要他能吃苦，一样能够有成就的。

“大师兄的事情你听说了吧？”欧阳双杰问道。

张笑点了下头，欧阳双杰见他的目光有些不自然地移开，心里想张笑应该是知道些什么的，不过他好像是有什么顾虑，莫非是王瞎子给他下过封口令？

“是不是有些不愿意谈这个话题，还是你担心你师父责怪你？”欧阳双杰很直接地问道。

张笑忙说：“我只是觉得师兄太可惜了。你是不知道，三个师兄弟里就属大师兄的悟性最高了，如果没摊上这档子事，他应该就是师父的衣钵传人了。也不怪他，那阵子他家里的事情太多，哪里都需要钱，所以他才会做这样的傻事。欧阳警官，你说大师兄会不会被判处极刑？”

“这个我说了不算，国有国法，相信法律一定会做出公正的裁决。”

欧阳双杰的话让张笑有些泄气。他说阿诚平日里对自己挺好的，一直就拿自己当亲兄弟看待，可惜自己帮不上什么忙。

欧阳双杰淡淡地说道：“其实如果你真想要帮他的话不是没有机会。你觉得阿诚会为了钱杀人吗？”

张笑摇摇头，他说当一个人被金钱的欲望所控制时，什么事情都做得出来的。在张笑看来，阿诚并不是一个贪慕金钱的人，只是当时家里很需要一笔钱，他兄弟要娶媳妇，可女方家非得要求盖新房，还得让他家里拿出一份很丰厚的彩礼钱。父亲身体不好，家里经济本来就不行，可是兄弟是铁了心要娶这女人，自己又没本事挣钱，就只能逼着家里的老人。

阿诚是家里的老大，长兄如父，自然就该分担一些家里的职责。在家里人眼中，阿诚在城里做了这么些年的事情，怎么说也该挣了些钱的，他又没有成家，甚至连女朋友都没有，他应该能够帮着家里解决问题。阿诚在王瞎子这儿做事是存了点钱，可是给家里重新盖房子，那八万八的彩礼就无计可施了。

欧阳双杰说道：“在农村盖新房加那份彩礼怎么着也得二三十万。阿诚和王瞎子在一起这些年应该有十万了吧，再找王瞎子借一点没问题。”

张笑咳了两声，他说他也是这么和阿诚说的，可是阿诚不愿意向王瞎子开口，他说自己有办法弄到钱的。后来他还真弄到了，只是不曾想是用这样的方式。

“王瞎子平时对你们怎么样？”欧阳双杰问道。

张笑说：“师父并不是个严苛的人，生活上对我们也很照顾，我们接活儿干活儿都有分成的。就拿我来说吧，跟着师父每个月包吃包住，还能够有三五千块呢。”

“那阿诚他们的收入应该比你高些吧？”欧阳双杰又问。

张笑说应该是的，不过阿诚每个月都会给家里寄去一千五，另外，他也要耍牌的，还喜欢吃喝，所以虽说他跟王瞎子的时间最长，真正存下的钱也并不多。

欧阳双杰和宋子宽开车去韩筱筱家。

宋子宽说道：“人家根本就不待见我们，你觉得我们去了有用吗？”

欧阳双杰说道：“只要能够有交流，那就有用。”

“好吧，反正现在也没有什么可做的。”宋子宽有些沮丧，他到林城已经好些天了，可是案子没有任何进展。

韩筱筱果然没有给他们好脸色。她见到站在门口的欧阳双杰和宋子宽，沉下脸，冷冷地说：“二位警官，是不是来逮捕我的啊？”

宋子宽有些尴尬，欧阳双杰却露出了笑脸：“韩小姐，让客人站在门口总不是待客之道吧。”

“客人？我有请你们来吗？”韩筱筱的态度很生硬。

欧阳双杰又说：“好吧，我们警方有权向任何一个公民进行我们认为有必要的询问，而被询问人有义务配合。”

韩筱筱当然知道这个道理，她只是表达一下自己对欧阳双杰的不满。她还是把二人让进了屋。宋子宽有些不好意思地冲韩筱筱笑了笑。

韩筱筱坐到了他们的对面，一双美目紧紧地盯在欧阳双杰的脸上，带着一丝挑衅。

欧阳双杰笑着说道：“韩小姐，你的美容院生意还好吧？”

韩筱筱愣了一下，她没有想到欧阳双杰会有这样的开场白。她点了点头：“足够我的生活了。”

欧阳双杰又说道：“那你和侯晓松之间有没有经济上的牵扯？”

韩筱筱冷笑："你是想问我是不是用他的钱吧。老实告诉你，他那点钱我还真看不上眼。"

欧阳双杰淡淡地说道："那可不好说。"

韩筱筱吸了一口气，像是在压制着心里的愤怒，然后平静地说："我和侯晓松之间要说有经济上的瓜葛是有的，只是并不像你们想的那样，不是我占了他的便宜，用了他的钱，而是在他创业之初，我曾经借给他五万块钱。你们也应该去他那个公司看过，是花了不少钱的。他虽然做那行，却标新立异与众不同，要与科技相结合，怎么结合？那都是钱。"

欧阳双杰没有说话。

韩筱筱又接着说道："后来他的事业慢慢走上了正轨，把我的钱还上了。他倒是说，如果我需要钱的话尽管说。但是我并不缺钱，我有我的美容院，收入也算不错，我又不做什么大生意，没有资金上的需求。"

欧阳双杰微微点了点头："说的也是。不过那个沈冬每次都找你要钱用，你每次都会给他吗？"

"给，给他钱就能够买个清静。再说他要的也不是太多，他赌得并不大。"韩筱筱说的像是心里话。

欧阳双杰说道："侯晓松和沈冬说起给钱让他和你离婚之前，你应该和他提过了吧？"

韩筱筱说道："没有，我之前并没有想要这样的。只是后来他发现了晓松的存在，是晓松提议用钱来解决问题的，不过他没答应。如果是在之前的时候我提出来，他多半会愿意。他后来之所以拒绝是因为晓松的出现，他心里的大男子主义在作祟。"

韩筱筱说了不少，而且她说得也有一定的道理。对于她的这番话，欧阳双杰是认可的。

欧阳双杰说道："对沈冬的失踪你就没有一点看法吗？"

韩筱筱说道："当然有。其实我也想过是不是晓松背着我做了什么。我也问过他，他发誓他没有这么做。我对晓松算是了解的，看他当时说话的样子并不像是在说谎。"

欧阳双杰笑了，韩筱筱扬起了眉毛："笑什么？"

欧阳双杰说：“你就那么自信没看错？”

韩筱筱说她怎么着也算是在社会上闯荡多年了，这点识人之术她还是有的。

欧阳双杰没有再说什么，宋子宽却问道：“沈冬有没有仇人？”

韩筱筱说沈冬的脾气很容易得罪人，但都是一些小事，就算是得罪了什么人也不至于要了命吧。

欧阳双杰看了宋子宽一眼：“从我们调查的结果来看，沈冬没有什么仇家，他这个人给人的印象很好的，对朋友和兄弟很义气，不过就是好酒好赌，酒品和赌品也还好。这样的人很难惹上生死仇家的。”

韩筱筱点点头：“他就是这么个人，对谁都好，唯独对我。说实话，这样的人，做朋友、做兄弟都不错，但做丈夫是绝对的不行。我就是活生生的例子。你们还是觉得是晓松杀害了沈冬？”

欧阳双杰说道：“这个还在调查中。我们也只是猜测，毕竟从逻辑上说这种可能性是存在的。对侯晓松的死你又有什么想法呢？”

韩筱筱冷笑：“之前你不是说是我杀了他吗？现在又问我有什么想法。”

欧阳双杰笑着说：“韩小姐，你也不要生气，警察办案就是这样的，说白了，就是例行程序。”

“例行程序？别以为我不知道，你是想要诈我。棒槌进城，三年成精。我进城可不止三年了，也长了不少见识。嫁个丈夫失踪了，好容易找个靠谱的人又莫名其妙地死了。是不是自己八字太硬，克自己身边的男人，看来我要孤零零过一辈子。”

“看来你也信命？”宋子宽问道。

韩筱筱说她之前也不信，可侯晓松出现后也多少信了，而自己这次又亲历了许多的事，想不信都难。

欧阳双杰又回到了之前的话题，问她对侯晓松的死有什么看法。韩筱筱说她真不知道，毕竟他们还不是真正在一起，她名义上还是沈冬的老婆，与侯晓松之间是地下情。这段感情是不能公开的。他们平日里幽会都是偷偷摸摸的，对于对方其他方面的事情知道得不多。

不过韩筱筱回忆起一件事情。前段时间侯晓松曾经和她提起自己要发财了，发一笔大财。她不知道这件事情会不会和侯晓松的死有关。

对于欧阳双杰来说，这个信息太重要了。他问韩筱筱是否记得大致的时间，另外，侯晓松有没有说是什么事情，或者是什么人找侯晓松的。

韩筱筱说她不知道。因为侯晓松对她都保密，之前没有把这事放在心上。她觉得侯晓松是在故弄玄虚，她并不相信侯晓松真能发什么大财。不过大致的时间她想了想说应该是在一周前吧。

欧阳双杰马上拿出电话，给王小虎打过去，他需要侯晓松一周前那几天内的通话记录。之前王小虎就查过侯晓松的通话记录，只是查的是侯晓松出事当天和之前一两天的。

挂了电话，欧阳双杰对韩筱筱说："韩小姐，你提供的信息很重要，我们会去调查的。如果你再想到什么，请及时告诉我们。"

"只要你们不把我当成嫌疑犯，我自然会尽一个好公民的本分。"

欧阳双杰礼貌地笑了笑，和宋子宽告辞离开了。他们没有回局里，在车子上欧阳双杰接到了王瞎子的电话。王瞎子请他去"易名堂"喝茶，说是昨天欧阳双杰去"易名堂"自己没在，感觉有些过意不去，正好有人送了他上好的茶叶，所以想请欧阳双杰过去坐坐。

欧阳双杰没想到王瞎子会主动邀请自己过去。宋子宽怀疑王瞎子可能是想打探案情；欧阳双杰说有这个可能，王瞎子的过度热情让人心里生疑。

王瞎子还真拿出了好茶叶，是上好的"大红袍"。

欧阳双杰品了一口："嗯，确实是好茶。"宋子宽也微笑着点了点头。虽然他不懂茶，可是他也能够尝出些味儿来。

王瞎子不好意思地说："这是前两天一个客户送的。他精于此道，给了我半斤。你昨天来过，有什么事吗？"欧阳双杰笑了笑说也没有什么事，只是路过。

王瞎子"哦"了一声。欧阳双杰又说道："昨天的手气如何？"

王瞎子说手气不怎么样，害得他输了一千多块。说到这儿他尴尬地咳了咳："看我，竟敢在两个警官面前说赌博的事情。"

欧阳双杰没接他的话茬儿，问他：阿诚在家里需要钱的时候有没有向他开口借钱。

"有这事？说老实话，这小子有什么事情都不和我说。他要是说了，我一定会帮他一把。"

欧阳双杰说道："十几二十万可不是个小数目，他要开口了，你能借给他？"

"我孤身一个，要那么多钱做什么？"王瞎子说着替二人加了茶水，又叹了口气，"钱是身外之物，我的钱足够我过下半辈子的。十几二十万听着很多，但要看对于谁来说，至少对我来说不是什么大事。那小子若是事先告诉我了，他犯得着去为了钱铤而走险吗？"

欧阳双杰说道："你这个师父很不称职啊。徒弟有事你竟然一点都不知道。"

王瞎子叹了口气："是啊，平日里什么事情都交给阿诚，他总是能够把事情处理得很好，就连另外两个徒弟也是他教得多些。无论是在事业上还是生活上我都没管好他们，不然阿诚也不会是这个样子了。"

"侯晓松死了，你知道吗？"欧阳双杰突然问了一句。

王瞎子愣了愣，然后点了点头："我已经听说了，就是昨天早上的事吧。真没有想到会这样，侯晓松的运气也太差了，竟然让打劫的杀了。"

欧阳双杰问王瞎子："你真以为他是被打劫的人杀的？"

"欧阳警官，你的意思是说他不是被抢钱的人杀的？"

欧阳双杰不置可否地说道："或许吧，我只是觉得这太巧了点，我们刚盯上他他就出事了。"

王瞎子听了欧阳双杰的话，小心问道："欧阳警官怀疑他就是那个人吗？"

欧阳双杰微微点了点头。

王瞎子很疑惑地说："不能啊，我觉得侯晓松不该是这样的人。我和他也没有多少交情，一来我们是同行，再说我们年龄上有差距，有代沟，我们的理念也不一样。"

欧阳双杰笑着说："对自己的竞争对手还蛮了解的。"

"他刚出道的时候大家都很关注，其实更多的是好奇，对一个扬言要把算命风水与现代科技相结合的人，大家都很想知道他有几斤几两。不过他还真有些本事，若没有本事，他的生意也不会这么好。要知道我们这一行的人想要挣下好口碑不容易，而要砸自己的招牌就是分分钟的事。"

王瞎子告诉欧阳双杰，他蛮看好侯晓松的，他自己也觉得真要把这当作事业来做的话，侯晓松走的路无疑就更宽阔些。他之前也模糊有过这样的想法，只是他无法做到；他和侯晓松相比，欠缺的知识还是太多。

“最近有没有人找你联系大买卖啊？”欧阳双杰突然冒出一句。

王瞎子愣了愣：“大买卖？我们经常有大买卖，有时候一桩生意挣好几万也是有的。”

欧阳双杰摇摇头：“我说的不是这样的小生意，是做一桩就足够你生活下半辈子的那种。”

王瞎子苦笑道：“怎么可能有这样的买卖？干一票能够吃一辈子。别看电影里那些人，请个风水大师，动辄出手就是几十上百万，我们值多少钱自己心里清楚，别的地方我姑且就不说了，就拿我们林城来说吧，有几个大款舍得花十万请我们做事？一桩生意几万块也还得碰运气。欧阳警官，不知道你怎么会有此一问，莫非这其中还有什么深意吗？”

欧阳双杰笑了：“你觉得有什么深意呢？”

“这个我说不好，不会是某人接手了这样的大买卖吧？做一票吃一辈子，听着很诱人，可是天上不会掉馅饼，也许是有命挣没命花。人吃多少用多少是注定的，多一分、少一分都不能，多一分承受不起，少一分天道不公，得找补！”

欧阳双杰脸上在笑，心里却不得不承认王瞎子是个极聪明的人，自己只是轻轻一句他就能够想到这么多。王瞎子说那句“有命挣没命花”可不是随口乱说的，他该不会是知道些什么吧？侯晓松接手了一笔大买卖，可是侯晓松估计还没挣到这钱就已经命丧黄泉了。

欧阳双杰端起了茶杯，慢条斯理地说道：“还真让你猜对了。据说侯晓松就是接到这样的一桩买卖，不过显然他不仅没命花这钱，甚至也没命挣这钱。”

王瞎子吓了一跳，说道：“我只是胡说八道，这个我可真不知道了。”

欧阳双杰的脸上一直保持着微笑，不过他的微笑让王瞎子的心里没底，王瞎子不知道欧阳双杰的心里到底是怎么想的。

欧阳双杰放下了杯子，站了起来，走到王瞎子的身旁，轻轻拍了拍他的肩膀：“你想多了，我们并没有怀疑你。只是我们想既然侯晓松能够被这样的馅饼砸中，那么其他人会不会有这样的幸运。”

王瞎子这才松了口气：“我可没有这样的幸运，别的人我就不太清楚了，要不我想办法打听打听，看看其他人有没有知道这事的。”

欧阳双杰说：“那就劳烦你了，有什么消息就给我打电话。”

欧阳双杰嘴里这么说，可是心里却认定王瞎子不可能打听到什么的。因为侯晓松连韩筱筱都没有告诉她实情。如果王瞎子真打听到了什么，欧阳双杰反而会觉得他的嫌疑更大了。

“希望王瞎子能够打听到些什么，那么对我们解开侯晓松的死因就会起到极大的促进作用了。”上了车，宋子宽说道。

欧阳双杰发动了车子，说道：“你想得太简单了。侯晓松与韩筱筱是什么关系，退一步说，他就算是不信任韩筱筱，但他对侯甄的信任却是满满的。在他遭遇危险的最后关头他打电话的人也正是他的父亲，可是侯甄也不知道这件事情。这就足见这件事情的保密程度了。你觉得王瞎子真能够打探到什么吗？”

宋子宽问道：“侯晓松所指的这个大买卖是什么呢？如果这个大买卖与正在侦破的案子联系到一起的话，该是什么事情呢？”

“他的大买卖很可能是我们一直在寻找的答案。他知道我们这个案子的幕后黑手是谁了。他想要用这个秘密作为交换的筹码，和幕后黑手进行交易，敲诈对方一大笔钱，然后替他保守这个秘密。”

宋子宽恍然大悟：“如果这么说倒是说得通的。只是侯晓松是个聪明人，想用这个秘密敲诈对方，他就没有想过对方会对自己下手吗？”

欧阳双杰叹了口气：“他确实是个聪明人，他应该给自己留了后手。只是他太低估了对方的能力，对方根本就不会受他的威胁；相反，用极端的手段迅速地除掉了他。毕竟，只有死人才不会出卖自己！”

宋子宽认真回味着欧阳双杰的话，问道：“你说侯晓松应该是知道那个幕后黑手是谁，想以此为要挟，敲诈对方，最后对方不得已杀他灭口。那接下来从哪儿入手进行调查来证实你的推断？”

欧阳双杰想了想：“从两个方面入手，首先是摸清侯晓松在那个时间段的一切活动，他做过什么，见过哪些人，又与什么人有过较为频繁的接触。其次，我们应该再对过去的案子进行梳理，那个幕后黑手肯定不可能主动把自己的把柄交到侯晓松手里，而侯晓松与那人之间应该并没有太密切的关系。如果侯晓松真的查到了幕后的黑手到底是谁，那么他应该也是通过对过去的案子的关注。很不幸的是，他的判断是正确的；更不幸的是，他竟然产生了贪念，想要借机敲诈！”

“看来我们很没用。侯晓松都已经找到了那个幕后黑手，而我们……”

宋子宽还没说完，欧阳双杰摆了摆手：“话不能这么说。他能够找到幕后黑手是因为他熟悉那个行当和在那个行当里的人。俗话说，隔行如隔山。我们比他后知后觉也很正常的。”

坐在办公室的沙发上，欧阳双杰闭着眼睛像睡着一般。他在脑子里回想自己去“缘客居”见侯晓松时的情形。那日的侯晓松表现得很淡定从容，很有儒雅的风度。当时和他提及郭鹏的事情，他的反应有些震惊。那种震惊倒也不夸张。

到后来自己问起他郭鹏出现在金元大道时他在哪儿时，他反倒像是松了口气，告诉自己他在去往千户苗寨的路上且车子半道上抛锚了，手机没信号，他只能坐在车里等过往车辆的帮助。

欧阳双杰觉得那个时候侯晓松就应该知道那个幕后黑手是谁了。欧阳双杰回想侯晓松和自己对话时的表情，他震惊的反应是正常的，但那种震惊不像是因为听到了那个传说，而是对自己会因为这件事情找上他表示震惊。这说明他有些心虚，直到自己问他郭鹏出现在金元大道的那个时间里他在什么地方的时候他才松了口气，说出了自己的行踪，而他的行踪是经得起调查的。

欧阳双杰站了起来，在屋子里走来走去。假如是这样的话，那么早在那个时候侯晓松就开始与那个人接触了。

欧阳双杰突然停下了脚步，他觉得自己忽略了一个很重要的问题。

办公室的门被推开了，是王小虎走了进来，他把一张单子递到欧阳双杰的手里：“这是你说的那个时间前后几天侯晓松的通话记录，没有任何的异常。”

欧阳双杰并没有看这通话记录，只是随手放在办公桌上。因为他相信侯晓松就算真要与那个人联系也不会蠢到用自己的手机。侯晓松既然都没有向侯甄与韩筱筱提及这件事情，可见他对这件事情还是很慎重的。

“你这边是不是发现了什么？”王小虎问道。

欧阳双杰把对侯晓松案子的想法告诉了王小虎。王小虎说道：“我觉得你的推断很有道理。这件事情交给我吧，我来查有关侯晓松近段时间的所有活动。刚

不是聪明人呢？”欧阳双杰问道。

许霖被欧阳双杰的话给问住了。韩建设、郭鹏都是聪明人，可是他们最终都被那个幕后黑手玩弄于股掌之间。在这个案子里自己又何曾不是被对方牵着鼻子走呢？

欧阳双杰在想，侯晓松如果是在碰运气的话，那么他应该不只是给刘老三打过电话，应该还会有其他的人，诸如王瞎子、田子仲、徐真之流，可是他们全都没有提及过这件事情。别人倒也罢了，在欧阳双杰看来至少王瞎子得提啊？可是王瞎子竟然也没有说。

“欧阳，在想什么？”谢欣轻声问道。

欧阳双杰这才回过神来：“你们去休息一下吧，不过刘老三这儿你们还得继续挤牙膏。”

谢欣和许霖走了，欧阳双杰给王瞎子打了个电话，他问得很直接：“老王啊，有件事情想要问你，我听刘老三说他曾经接过一个敲诈电话，你有没有接到过？”

王瞎子“啊”了一声：“敲诈电话？敲诈他什么？”

欧阳双杰说道：“恐吓他知道他就是那个制造林城几个惨案的幕后黑手。”

“怎么没人给我打这个电话呢？”

欧阳双杰说道：“好吧，那没事了。对了，那件事情你查到什么了吗？”

“什么事啊？”王瞎子反问了一句。

欧阳双杰笑道：“看来你没有把我的事情放在心上啊。”

“你是说大买卖的那件事吧。我问了一些同行，他们都不曾听说过什么大买卖。”

原本欧阳双杰也没有对此抱太大的希望，所以王瞎子这么说倒也是在他的意料之中。欧阳双杰又给田子仲打电话，询问了一下，田子仲也否认接到了恐吓电话。再接着欧阳双杰联系了徐真和蒿顺成，两人也说从来没有接到过什么敲诈电话。

挂了电话，欧阳双杰皱起了眉头，这事情就奇怪了，怎么就只有刘老三接到了敲诈电话呢？

回过头来，欧阳双杰才发现有个重要的问题许霖还没有说。许霖说刘老三反映了一个重要的情况是关于阿诚的，可是之后许霖却把话题扯到了刘老三接到敲诈电话上去了。

欧阳双杰忙给许霖打电话。接到欧阳双杰的电话，许霖和谢欣又回到了欧阳双杰的办公室。

“刘老三说阿诚曾经和他说起王瞎子的一件事情，他说王瞎子的‘易名堂’有间密室，那是谁都不能进的。不过阿诚曾经偷偷溜进去过一次，发现那密室里收藏了许多值钱的东西。最主要的是密室的一角供奉着陈大观的牌位。”

“哦？”这倒是件新鲜事，欧阳双杰想着刘老三说的这话到底有多少的可信度。

许霖看着欧阳双杰：“要不要去看看？”

没等欧阳双杰回应，谢欣就说道：“我觉得最好别轻举妄动。就算刘老三所说的属实，我们找到这间密室也不能说明什么问题，除非能够找到王瞎子就是那个幕后黑手的直接证据。”

欧阳双杰点了点头：“谢姐说得对，一直到现在，我和王瞎子都保持着良好的关系。假如我们真搜查他的‘易名堂’的话，大家的面子上都不好看。不管怎么说，王瞎子表面上对我们的调查工作还是积极配合的。你们去忙你们的吧。这件事情以后再说。”

许霖和谢欣离开了。欧阳双杰拿了外套，匆匆忙忙地下了楼；宋子宽叫住他：“欧阳，去哪儿呢？”

欧阳双杰说道：“我去见见阿诚，想问他点事。”

“是不是又有了什么新情况？”

欧阳双杰冲他笑笑：“上车说吧。”

宋子宽上了车，欧阳双杰把许霖和谢欣反映的情况对宋子宽说了。宋子宽的第一反应和许霖的一样，搜查“易名堂”。欧阳双杰苦笑着摇了摇头，问他：“搜查了以后怎么办？就凭着一间密室能给王瞎子定什么样的罪名？”

“可他供奉着陈大观的牌位啊，这还不算证据吗？”宋子宽问道。

欧阳双杰说道：“王瞎子早就和我说过，他们这一支与陈大观也颇有渊源。换句话说，陈大观也算是他们的前辈。他们这些神棍搞些封建迷信活动不是很正常吗？陈大观的故事至少到目前为止，也只是一个传说，真实性根本就无从考证。”

宋子宽一下子泄了气：“也就是说，查到确实有这么一间密室也不能成为我们指控王瞎子的证据。”

欧阳双杰点了下头：“没错，而且刘老三这个时候抛出这样的信息，目的和意义何在？”

“他牵扯进了人命官司，虽然他没有亲自动手，却是同谋，他也急于立功让自己能减轻刑罚。”

欧阳双杰笑了，在他看来这种可能性是有，可是他更觉得刘老三这是有意在把水搅浑。

“你去见阿诚就是想核实这件事情吗？”宋子宽问。

欧阳双杰摇了摇头：“我相信刘老三说的这事是真的，根本就不用找阿诚核实，而且这件事情应该是阿诚告诉他的。我好奇的不是这件事情本身，而是阿诚出于什么样的心思要把这件事情告诉刘老三。王瞎子与阿诚之间的感情还是很好的。阿诚与刘老三之间只是单纯的利益合作关系，不存在任何的感情问题。在这种情况下，阿诚是不需要出卖王瞎子的。”

“你是觉得阿诚把这件事情告诉刘老三本身就有问题？”宋子宽问。

欧阳双杰说道：“对，我在想这其中会不会是王瞎子本人的授意。”

“我发现这个案子越来越复杂了，特别是其中的人际关系。”宋子宽叹了口气。

欧阳双杰笑了：“这正是这个案子的关键所在。所有的涉案人员看似没有什么太大的关联，可他们之间的关系却盘根错节。先说王瞎子和刘老三吧，这两个人原本是井水不犯河水的，可王瞎子的徒弟阿诚与刘老三合谋把刘老三的徒弟刘兵给杀害了，这样一来，王瞎子与刘老三就扯上了关系。再说田子仲，田子仲与王瞎子是同门。韩建设与郭鹏是我们提到的两枚棋子。郭鹏曾经找过侯晓松，只是侯晓松把他给拒绝了。而韩建设手里还有刘老三做的平安符。还有那个‘蒿头’，他也说曾经接待过郭鹏。这些看似风马牛不相及的事却牵丝拉网，将林城这几个有名气的‘先生’给交织到了一起。你觉得这只是个巧合吗？”

宋子宽是老刑警了，自然也知道这不是巧合。他在心里暗暗叹息，看来对手确实不简单，利用一个传说，已经制造了两起连环杀人案，两起案子的凶手只是那个人手里的棋子，都以自杀告终，然后又推出好几个嫌疑人，让警方慢慢做选择题，甚至那个人根本就不在警方的视线里。

“欧阳，不知道为什么，我是越来越迷茫了，我觉得根本看不到一点希望。”

宋子宽有些气馁了。

欧阳双杰说道：“希望是自己给自己的，不管到什么时候，我们都不能放弃希望。这场游戏既然已经开始了，不把那个人揪出来是停不下来的，就算我们想停也不行，因为主动权根本就不在我们的身上。”

第十章 冲出迷雾

来到看守所，欧阳双杰和宋子宽进了审讯室，不一会儿阿诚就被带上来了。

欧阳双杰点了支烟，静静地望着阿诚，没有说话；宋子宽也在望着阿诚，手上的笔在转动着，玩得很熟练。

“欧阳警官，该说的我都说了。”阿诚先开了口。

欧阳双杰的脸上露出了微笑：“是吗？”

阿诚愣了一下，欧阳双杰的态度让他的心里很没底，不过他还是点了点头：“我说过会好好配合警方调查。”

欧阳双杰说道：“刘老三告诉我们，你曾经和他说过你师父的‘易名堂’里有一间密室，轻易不让人进的，不过你进去过。有这么回事吗？”

阿诚的脸色微微一变：“有这么回事，那密室不过是师父用来收藏一些贵重物品的。当时是我在刘老三那儿看到屋子里的古董时，起了好胜心，顺嘴说了出来。其实事后我就后悔了。”

欧阳双杰听了阿诚的解释后说道：“那里面供奉着陈大观的牌位，你就不觉得好奇吗？”

“起先有些好奇，不过后来想想师父曾经说过，我们这一支与陈大观是有渊源的，供奉他的牌位说得过去。”

“阿诚，你师父知道你去过他的密室吗？”

阿诚咬了下嘴唇：“知道的，不过他是后来才知道的。”

欧阳双杰问：“是什么时候知道的？”

阿诚说是在他进入密室后没几天，王瞎子把他叫进了办公室，关上了门，然后很严厉地问他是不是去了那间密室，阿诚没有否认，王瞎子很生气，把他大骂了一顿。

“他为什么会有那么大的反应？”宋子宽问。

阿诚苦笑：“他以为我是觊觎他的那些宝贝。可我阿诚怎么可能是那样的人？师父对我有恩，我也不是一个不讲义气的人，就算是再缺钱，也不敢打师父的主意。”

欧阳双杰笑道：“说得很有道理，不过这两天一直在想着一个问题。如果我是你阿诚，需要钱，那么我不会把刘兵当作我的目标。虽然刘兵手里有伪钞的模版，可是要把模版变成钱是有一定难度的。假如是我，我会把目标对准刘老三，你和刘老三之间有过很多的接触，想必刘老三的家里你也去过，他家里的那些东西，只要拿上一两件就抵得上你杀刘兵得到的钱了。况且刘老三是个瞎子，又经常不在家里，你甚至都不用杀人，只要做得干净利落一点，根本就不会被发现。从风险的系数来看，刘老三比刘兵更适合成为你的目标。”

“我承认在这一点上我选择错误。当时刘老三找我，谈到刘兵的事时我也没有多想什么，只是一心想弄点钱给家里寄去。我这脑子不够用，要是早能想到这些，我也不会杀人了！”阿诚低下了头。

“阿诚，恐怕这不是你的选择错误吧。我想这其中应该还有什么不为人知的秘密。杀阿兵真的只是为了那伪钞模版吗？”

欧阳双杰的声音突然就大了几分。阿诚惊恐地抬起头来：“当然，不然还能够为了什么？”

欧阳双杰冷笑道：“这个问题只有你和刘老三才清楚。不过阿诚，我劝你还是老实坦白了吧。你和刘老三现在都在我们的手上。谁先说，就对谁更有利。你以为你这样就能保守住秘密了吗？或许刘老三并不是这么想的。”

欧阳双杰的这些话对阿诚来说还是有些威慑力的。阿诚明显有些犹豫了。他一言不发，看来准备用沉默进行对抗。

大约过了十分钟，阿诚还是保持着沉默。

欧阳双杰站了起来对宋子宽说：“老宋，我们走！”宋子宽虽然不知道欧阳双杰的葫芦里卖的什么药，可他还是跟着站了起来往外走去。

阿诚也被狱警带了回去。

“这就结束了？”宋子宽有些不明白。

欧阳双杰看了他一眼：“不然呢？你还想怎么样？”

“我原本以为你要等阿诚给你一个答案。”

欧阳双杰说道：“你看他这个样子像是想说什么吗？”

欧阳双杰上了车才说道：“必须给他一点时间，从现在起晾他几天，我相信要不了多久他一定会开口的。”

宋子宽点了下头：“说老实话，刚才你那番话我还真没想过呢。你说得没错，阿诚真要弄钱，根本不需要杀刘兵，刘老三屋里的东西他只要随便倒腾几件就比从刘兵那儿得到的要多得多。”

“从刘兵的身上获得利益那是冒着杀人的风险，杀人可是重罪。是杀刘兵的难度大还是偷一个瞎子的东西难度大？其实早在知道阿诚与刘老三合谋杀害刘兵牟利的时候，我的心里就一直觉得这其中有什么地方说不通。刘老三与王瞎子不一样，王瞎子把值钱的东西都藏到了密室里，可是刘老三的屋里值钱的东西几乎是随处可见。”

宋子宽想了想：“这样看来他们合谋杀死刘兵的目的多半不是为了钱。如果不是为了钱，阿诚为什么要这么做？他不知道杀人偿命的道理吗？又或者他根本就是这盘棋中的一枚棋子，明知道自己必死，还义无反顾又是为了什么呢？”

“这几个问题除了阿诚，至少还有两个人可以给我们答案。”欧阳双杰淡淡地说。

宋子宽笑了：“我知道，一个是刘老三，另一个是王瞎子。不过我们为什么不顺便把刘老三也揪来问问呢？”

欧阳双杰摇了摇头：“刘老三要油滑得多，他并不是一个好的突破口。至于说王瞎子，那是一个滴水不漏的主儿，不过和他倒是可以聊聊。”

欧阳双杰已经成了易名堂的常客。王瞎子对他随时到访也习惯了。

“欧阳警官，听到车子的声音我猜到是你来了。”

欧阳双杰也微笑着说道：“路过。”

王瞎子又望向宋子宽：“宋警官好！”

宋子宽冲他点了下头：“你好。”

王瞎子把二人请进了屋，在他的办公室里坐来，然后给二人沏茶。

欧阳双杰一下子就扯到正题上："我们刚才去看守所了。"

王瞎子"哦"了一声："是不是又有什么新发现？"

"嗯，刘老三反映了一些情况。"欧阳双杰说了半截话，然后观察着王瞎子的反应。

"刘老三说了啥？"

欧阳双杰笑了笑："他说的这事和你还有些关系呢！"

王瞎子苦笑："怎么又扯上我了？"

"他告诉我们，你有间密室，里面藏着不可告人的秘密。有这回事吗？"

欧阳双杰说完望着王瞎子。王瞎子的脸上倒没见太多变化，他叹了口气："其实根本就不算什么密室，无非是我的一个贮藏室，里面放着一些我个人觉得贵重的东西。估计这事是阿诚告诉他的，那贮藏室只有阿诚进去过。要不我领两位警官去看看？"

欧阳双杰点了下头："看看也好。"

王瞎子的密室在他的办公室与卧室间的一个夹层，进入夹层便是一个向下的楼梯，是个地下室，地下室并不大，应该不到二十个平方。靠墙壁有三面陈列架，上面有一些古玩字画，还有一些老线装书，最难得的是一套脂砚斋版的《石头记》，这套书估计市价得有几十万。

在没有陈列架的那面墙上挂着道家三清图，一个凸出来的台子上赫然是陈大观的牌位，靠着墙壁的那张供桌上有香炉烛台，还放了一些香烛，看得出经常有人来上香火。

欧阳双杰的目光落在那块牌位上。王瞎子轻声说道："这牌位我师父那会儿就已经在这儿了，师父说陈大观是他的师祖辈了，加上长生不死的传说，把他当成半仙来供奉也不足为怪。"

欧阳双杰笑了，王瞎子的说辞其实他早就已经想到了。

宋子宽说道："真没想到，你这么有钱。"

宋子宽是有感而发，王瞎子这一屋子的东西，算起来价值该上千万了，一个江湖术士这么富有，在宋子宽看来确实很震惊。

王瞎子摇了摇头："你以为这都是我的吗？其实这里面我新置的也就一两件罢了。我也不喜欢倒腾这些玩意儿。你们也看到了，我喜欢吃喝，又喜欢抽好烟，没事还要下钱，就算挣到钱也是花光用光。这里面的东西大多是师父搜罗的，师父也是无儿无女，就传到了我的手上。”

三人离开了密室，重新在王瞎子的办公室里坐下。

“欧阳警官，阿诚的案子什么时候判啊？”王瞎子给他们续了茶，轻声问道。

欧阳双杰说那个案子是省厅在负责，具体的情况他也不太清楚，估计还在收集相关的证据吧。王瞎子面带着悲伤：“阿诚是个好小伙儿，要钱尽管和我开口，为什么要去杀人？”

欧阳双杰淡淡地说道：“现在说什么都已经晚了。只能看他自己的认罪态度，看他有没有戴罪立功的表现。”

王瞎子说道：“欧阳警官，你多替我劝劝他吧，只有你才能经常见他，让他好好认罪，争取有立功表现……”

欧阳双杰点了点头：“我今天已经把利害关系和他说了，希望他能够想明白。”

王瞎子又向欧阳双杰道了谢，话锋一转：“你在电话里说刘老三被敲诈的事情到底是怎么一回事啊？”欧阳双杰便把刘老三接到恐吓电话的事情说了一遍。

王瞎子冷笑：“这就奇怪了。我们谁都没有接到过这样的电话，就他刘老三接到了？我看这是他贼喊捉贼。”

“你觉得他的目的何在？”欧阳双杰把王瞎子问住了，这个问题他也答不上来。

电话响了，是张平打来的。

“张局，有什么指示吗？”欧阳双杰笑着问。

张平说道：“我看了你讯问阿诚的录像，你说得很有道理。阿诚和刘老三合谋杀害刘兵这个案子还存在很多的疑点。就拿刘老三来说，他根本不在乎那点钱。阿诚虽然缺钱，但也不至于要去杀人。刘老三的家里那么多值钱的东西，阿诚若真急需要钱，趁没有人的时候顺出一两件也就解决问题了。杀人就不一样了，性质就恶劣多了，换作是我，我也会仔细权衡利弊。”

欧阳双杰有些不太明白张平说这些话的意思。

张平咳了两声：“我觉得这个案子很蹊跷，伪钞案差不多告一段落了，原本准备就阿诚的案子向检察机关提起公诉的，现在我改变主意，把刘老三和阿诚交给你，另案处理吧。”

欧阳双杰笑道：“行，那谢谢张局了。”

案子陷入了困境。就连欧阳双杰也是一筹莫展。又过去了两天了，专案组的工作还在原地踏步。

欧阳双杰在办公室里有些坐立不安，原本在他看来昨天阿诚就该主动要求见自己了，可是一直到今天阿诚都没有一点动静。

阿诚与刘老三所谓的合谋杀人其目的并不是为了钱，只要弄清楚他们杀害刘兵的目的，那么很多问题就会迎刃而解。他在耐心地等待阿诚那边的消息，不过这样的等待让他渐渐失去了耐性。

他很想再跑一趟看守所，可他知道，这个时候自己应该比阿诚更能够沉得住气。

电话响了，是屋里的座机，欧阳双杰猛地从沙发上弹了起来，冲到了办公桌前接起了电话。在通话的过程中，他的脸上露出了一抹笑意。他挂了电话，不等宋子宽询问便说道："阿诚要见我们，看来他是想明白了。"

宋子宽很是欣喜，欧阳双杰说过，阿诚的身上有着很多的秘密，假如阿诚真愿意把这些秘密说出来，说不定案子的侦破就会有突破性的进展。

两人下了楼，开着车就往看守所去。

"给我一支烟。"这是阿诚的第一句话。阿诚的脸上已经长出了胡楂儿，憔悴了许多，眼睛也凹陷了。看来这几天他并没有休息好。

欧阳双杰掏出烟来，走上前递到他的嘴边，然后摸出火机替他点上。一直等阿诚将那支烟抽完，欧阳双杰才说道："想明白了？"

阿诚点了点头："想明白了，我不想死。刘兵不是我杀的，我没有杀人。"

阿诚翻供了？这出乎欧阳双杰的意料，阿诚会说出杀害刘兵的真正原因，可他没想到阿诚会彻底地翻供，说自己并没有杀刘兵。

欧阳双杰皱起了眉头："到底是怎么一回事？"

阿诚的情绪有些激动："我没有杀刘兵，刘兵的死和我没有一点关系。"

"那你为什么要认罪？还和刘老三串通起来？"宋子宽也被弄蒙了，他开口问道。

"阿诚，杀人偿命的道理你不会不懂吧？既然人不是你杀的，你为什么要承认，你就不怕被冤死吗？"欧阳双杰叹了口气。

"之前我说的都是实话，与刘老三合谋，杀死刘兵，夺他手里的伪钞模版，这些都是真的。至于我为什么不把目标锁定刘老三，偷他屋里值钱的东西去变卖，我还真没有想过这点。或许我这人笨，没这么多的想法吧。在我最急需要钱的时候，刘老三给我出了个主意，他告诉我刘兵的来历不简单，说刘兵的手上有一套伪钞模版，那东西至少能够卖上百万。他这么一说我就动心了，所有的一切都和我之前说的一样，只是有一点，我真没有杀人。当时我约了刘兵在悬崖相见。因为我路不熟，到那儿的时候迟到了十几分钟。等我到那儿才发现刘兵已经死了。当时我也吓了一跳，我搜了下他的身上，找到了那块伪钞的模版。原本我想直接离开，可再想想很容易被人发现，于是我就把他的尸体扔下了悬崖。除了这一点，其他的和我之前交代的都一样。我只是抛尸，我甚至连他是怎么死的都不清楚。”

“那你为什么要承认是你杀的人？”宋子宽揪住这个问题不放。

阿诚说道：“这件事情败露，我整个人都是蒙的。刘老三是知道我去杀人的，有他指证，我就算是浑身是嘴也说不清楚。我和你们另外那几个警官也说过，我没杀人，可是他们根本不给我解释的机会，一开口就叫我老实点。”

欧阳双杰说道：“是不是有人让你认罪？”

阿诚摇了摇头：“这倒没有，之前我觉得反正人不是我杀的，就算是被你们抓住也就是卖了一个伪钞模版的事。我想刘兵的死，你们应该能够查出些什么的，只要你们查实与我没有关系，我应该不会有什么大事的。可谁知道……”

“难怪你被抓进来以后一点都不担心。”欧阳双杰说道。

“可后来我才知道，我竟然真成了杀人犯了。这两天我想了很多，我真不想这么不明不白替人受过。我听上次审我的那个警官说，这杀人罪，就算不是死刑，也至少得是个死缓或无期，真是这样吗？”

欧阳双杰淡淡地说：“你以为呢？”

阿诚吓出了一身冷汗，他抬头望向欧阳双杰：“欧阳警官，这次我说的都是实话，你一定要帮帮我，替我做主啊！”

欧阳双杰道：“你再好好想想，还有没有什么遗漏的。你最好把你知道的事情全都说出来，不然我真帮不了你。”

阿诚想了半天，说没有了。

离开看守所，欧阳双杰的脸色很难看，原本他以为阿诚开口将会是案情的一个新的转折点，能够把陷入困境的调查引向明路，谁知道阿诚的翻供让整个案子更加扑朔迷离了。

“怎么会这样？”宋子宽也是一脑门子的雾水。

欧阳双杰手握住方向盘，目光直视前方：“我也不知道。”

“我们该审审刘老三的，或许他的身上能够找到答案。”宋子宽说。

欧阳双杰摇了摇头：“我不否认刘老三知道些什么，不过我们很难撬开他的口。他与阿诚合谋在我看来原本就是个套，是早就设好的一个局，他与阿诚都是这个局中的棋子，遗憾的是阿诚是枚弃子，而他却是活子。他认罪，可是他的罪根本就微不足道，最多也就是关他三年五年，加上他是残疾人，说不定还是个监外执行。我们去问他，关于刘兵这一段他肯定是供认不讳，可是其他的他是不会多说的。他很明白自己的处境，他只要坚持扛着，就一点事都不会有。”

“仅仅凭一个人的力量，能够闹出这么大的动静，而又做得滴水不漏是不可能的事情。”

欧阳双杰看了他一眼：“你相信阿诚的话吗？”

“他应该没说谎吧，都到这个节骨眼上了，他再不老实就真没得救了。”

欧阳双杰说道：“我相信他没说谎。种种迹象表明，他完全是被动入局的，他根本就什么都不知道，是让刘老三一步步引入局中的，他甚至都没弄明白这一切会给他带来什么样的后果。”

“如此说来，这个刘老三才是真正的知情者？”

欧阳双杰点头说道：“他知道的确实不少，只是这是只狡猾的狐狸，想从他的嘴里套出话来就太难了。记得我第一次和他接触的时候，他还故意表现出一份正义感，把自己的心思隐藏得很深。”

宋子宽没有再说什么，他很颓然。欧阳双杰感受到宋子宽沮丧的情绪，他笑了：“是不是觉得案子已经陷入了绝境？”

宋子宽反问：“难道不是吗？”

欧阳双杰摇了摇头：“阿诚的翻供确实对我们有很大的打击，但从他所说的那些来看，至少有一点证实了我们的猜测没有错。刘兵的死并不是因为他身上的伪钞模版。阿诚受了刘老三蛊惑，确实准备对刘兵实施谋杀，只是他没想到自己迟到了近十分钟，而刘兵早已经被人杀死了。刘兵死了，可是阿诚还是顺利地拿到了伪钞模版。他当时是做贼心虚，下意识地想到了毁尸灭迹，于是他把刘兵的尸体推下了悬崖。刘兵是被其他人杀死的，故意把尸体留在悬崖边儿上。首先我们能够肯定，凶手杀刘兵肯定不是为了那伪钞模版，因为那模版就在刘兵的身上，杀人的动机和目的就要另说了。其次，凶手杀了人，为什么不把尸体给处理了？”

宋子宽想了想：“我明白了，尸体是留给阿诚的。凶手早已经算定了，阿诚是为了那伪钞模版去的，他一定会在刘兵的身上搜出那模版，一旦阿诚得到了自己想要的东西是不会选择报警的。他出于心虚把尸体给处理掉，这是凶手故意留下的后手，而阿诚因为把尸体推下了悬崖，所以后来在被警方抓住后，稀里糊涂地就认了杀人罪。不过在看守所他又想明白了杀人是重罪，是要被重判的，于是他才翻供，说出了实情。如此看来是刘老三伙同其他的人给阿诚下了这个套。”

欧阳双杰微微一笑：“目前看来应该是这样的。”

宋子宽说道：“就算是这样，答案也在刘老三的身上。我们现在不找刘老三，也无法继续下一步的调查啊。”

欧阳双杰淡淡地说道：“之前我让许霖他们去调查刘老三的社会关系以及他经常接触的人，我们从这上面着手。刘老三的行动不便，他要与人合谋给阿诚下套，就不可能不留下一些蛛丝马迹。”

回到了局里，欧阳双杰把许霖叫了来。

“之前对刘老三的背景调查的资料给我一份。”欧阳双杰说道。

“刘老三这个人社会关系相当复杂，在最初对他进行调查的时候我以为他一个瞎子，社会关系相对应该要简单，谁知道他竟然什么样的人都有接触。”

欧阳双杰笑了笑：“刘老三在这一行算是小有名气，找他做事的人并不少，甚至还有一些有头有脸的人物也会光顾他。若不是这样，他也不可能替阿诚把伪钞模版给出手了。”

许霖说道：“我对刘老三近两个月接触的人进行过对比排查，几乎没有太多的可疑，去找他的人大多都是找他看卦算命的，不过我听红边门一个水果贩子说了一个情况。”

欧阳双杰放下手中的资料：“什么情况？”

“他说最近一段时间，总会有一个神秘男子去刘老三的卦摊儿，这个神秘男子一周会来两三次。”许霖说道。

欧阳双杰皱起了眉头：“神秘男子？”

许霖点了点头："这人穿着一件黑色的短风衣，戴着墨镜和口罩，还把风衣的帽子也罩上，根本看不清到底长什么样子。所以卖水果的摊贩说是神秘男子。"

欧阳双杰问了一句："既然什么都看不见，他又怎么那么肯定是个男子呢，或许也可能是个女人。"

许霖说那小贩听到过那男人的声音，有一天那男子从刘老三那儿离开，和他擦肩而过时不留神两人撞了一下，那男子说了声"对不起"就匆匆忙忙地走了，所以他才肯定那人是个男人。

许霖说的这个情况确实很重要。对于刘老三社会关系的排查没有什么结果，刘老三的手机通话记录也很干净，欧阳双杰就曾怀疑过，刘老三与那个人的联系方式很可能是最直接也最原始的方式。而最安全的见面地点自然是刘老三的摊儿上。假如那个人直接在摊儿上与刘老三面对面的沟通交流，一般来说谁都不会去留意的。

这个神秘人之所以被那水果商贩记住，只是因为他把自己伪装得太神秘了。不过想要把他找到并不容易，因为谁也没有见过那个人的真面目。

欧阳双杰说道："那人的大致体貌特征他应该记得吧？"

"身高大约一米七十左右，微胖吧。至于其他的特征那水果商贩还真是记不住了。"

欧阳双杰说道："这大概是什么时候的事情？"

许霖回答道："应该是两个月以前的事了，那水果摊贩差点都忘记了。"

许霖离开后，欧阳双杰坐在沙发上发呆，这个神秘人是自己要找的与刘老三合谋的人吧？那么他会是谁呢？欧阳双杰让许霖再去落实清楚，争取让那水果摊贩回忆起最后几次那个神秘人去刘老三摊儿上的具体时间。

只要有了具体的时间，再把自己觉得有嫌疑的人逐一拿来比对，就可能确定谁是刘老三的同伙。

刘兵为什么会死？刘兵曾经是刘老三的徒弟，对刘老三也很是照顾。为什么刘老三会与人合谋杀了他？应该是刘兵在某件事情上激怒了刘老三，两人翻脸，然后刘老三伺机报复他，又或者是刘兵发现了什么秘密，这个秘密威胁到刘老三，出于无奈刘老三也只能做出这样的选择。

前者的可能性不大，刘兵和刘老三之间根本就没有什么利益上的冲突。倒是后者，刘兵作为刘老三的徒弟，甚至说是刘老三的眼睛也不为过，刘老三任何的动静都逃不过刘兵的眼睛，掌握对方太多的秘密，刘兵自然就会处于危险之中，丢掉小命只是迟早的事。

欧阳双杰很想把这个神秘人找出来，可要去哪儿找？刘老三是不会说的；他甚至会给自己提供一些虚假线索，直到把自己绕晕。刘老三一直都在想方设法地误导警方的调查方向。

王小虎打来电话，他对韩筱筱的丈夫沈冬的寻找还是没有任何的结果。

他怀疑欧阳双杰是不是判断错了，也许侯晓松临死那晚见到的人不是沈冬。对于这一点，欧阳双杰还是坚持自己的看法，侯晓松打电话给侯甄，说看到一个不可能出现的人，除了沈冬他还真想不出应该是谁。

“小虎，我总觉得沈冬应该没死。”欧阳双杰坚持说道。

王小虎叹了口气：“好吧，我再下点功夫深挖一下。”

挂了电话，欧阳双杰又想到了韩筱筱，他走到白板面前，写下韩筱筱和侯晓松的名字，然后在两人的名字中间写上“感情”两个字，打了一个大大的问号。他很想弄明白，两人之间到底是不是真有感情。虽然这层关系侯甄已经证实，可是侯甄和自己同样是局外人。

他准备再去见一下韩筱筱，假如能够弄明白韩筱筱与侯晓松之间的真实关系，那么沈冬的问题就有了一个突破口。

韩筱筱显然没想到欧阳双杰会单独来找她，她先是一愣，然后妩媚地笑了笑，把欧阳双杰让进了屋。

“我去了美容院，店员说你好几天都没过去了，于是就来这儿了。”欧阳双杰解释了一下。

“美容院的生意早就已经走上了正轨，我在与不在都一个样，就不用整天都盯着了。这些天发生了许多的事情，我想好好静静，原本我是想离开林城一段时间，到外地去散散心的，可我想亲眼看到警方抓住杀害晓松的凶手。我若走了就证明我心虚了。”

“侯晓松临死前给他父亲打过一个电话，说他见到了一个不可能在那个时候出现的人。这个问题一直困扰着我，我想知道那人到底是谁。”

韩筱筱点了点头：“你曾经和我提过这件事情，你还怀疑他见到的人是沈冬，你认为是晓松杀了沈冬。”

“原本我以为，侯晓松在遇到事情的时候会第一个和你通话，没想到他会先打给侯甄。”欧阳双杰这句话明显带着试探。

韩筱筱莞尔一笑：“那得看什么事了。他之所以会打给他父亲，或许是因为他见到的这个人和我没有什么关系。其实那晚我也在等他的电话，你们应该查过我们的通话记录，我们几乎每晚都会通一次电话，可那晚他没有打来。”

“可是你也没有打过去，对吧？”欧阳双杰说道。

韩筱筱的神情有些黯然：“嗯，因为他的家人还不是很接受我，所以晚上我不给他打电话，怕引起他家人的反感。所以一般都是他闲下来一个人的时候才会给我打电话。”

欧阳双杰说道：“你觉得侯晓松对你是一种什么样的感情？”

韩筱筱愣了一下，她想了想回答道：“我想他应该是认真的吧。他曾经说过会娶我，只不过得把沈冬的问题先解决了。”

“他对你的感情是真的，那你对他的感情是不是也一样？”

韩筱筱的脸上露出一丝不悦：“你觉得呢？”

欧阳双杰摇了摇头：“我就是不知道才会问你。”

韩筱筱冷笑一声：“是不是在你的眼里我是个水性杨花的女人，只会玩弄别人的感情啊？”

“我并没有这么说，我也没有对你的情感进行任何的评判。”

“我对晓松的感情是认真的，最初他向我表白的时候我很犹豫，我知道我们之间的差距，年龄上他差了我很多。他是大学生，而我也就读到高中。他是出身于书香门第，我是一个农村来的傻丫头。我是有几分姿色，可红颜终归易老。如果当初我只是一个普通的乡下丫头，就不会有人调戏我，也不会有沈冬为我出头，我的生活或许会很平淡。”

“你和沈冬最初在一起的时候应该是有感情的吧？”

“算是吧，不过细想感激的成分多一些。那时候我人生地不熟，沈冬在一定程度上给我了安全感。其实我是一个很保守的女人，至少在认识晓松之前，即便是我和沈冬的关系再差，我都从来没有过外心！”

欧阳双杰说道：“沈冬失踪以后你是不是感觉轻松了许多？”

韩筱筱苦笑："恰恰相反，他的失踪非但没有使我觉得轻松，反而令我不安；我害怕某天他又突然出现，我害怕最后因为他我不但不能和晓松在一起，甚至可能对晓松和他的家人造成伤害。"

"你亲口对我说过，沈冬去找侯晓松的麻烦，但是让侯晓松找人给狠狠地修理了一顿，他不敢再对侯晓松怎么样，也正是这样，沈冬才会去侯家求侯晓松离开你。"

韩筱筱点了下头："我是说过，可是我更了解沈冬。这个人骨子里是倔强的，他确实让侯晓松打怕了，但如果他真不愿意放手的话，最后他还是会抗争的。把沈冬逼急了，他是什么事情都能够做的。"

欧阳双杰说道："这么看来，沈冬还是挺在乎你的。"

"在我看来那只是他的占有欲。他的心理已经扭曲了，他说我只是他的附属品，我就算挣再多的钱也还是他的女人，他想把我怎么样就怎么样。"

"也就是说，你根本不知道应该如何处理你们俩之间的关系？"欧阳双杰问道。

韩筱筱尴尬地说道："我不知道怎么办才好。晓松说这事情就交给他来办，让我不必担心。我问晓松他想怎么办，晓松说给他钱，可我心里再清楚不过了，这根本就不是钱能够解决的问题，否则我早就向沈冬提了。"

"后来侯晓松大概也意识到了，这根本就不是钱能够办到的事。"

韩筱筱没有否认："他应该是在沈冬那儿碰了壁的。在沈冬失踪以后就连我都想过，沈冬的失踪会不会真和晓松有关。晓松自然知道，要解决掉沈冬这个麻烦最好的办法就是让他消失。"

欧阳双杰冷冷地说道："你们原本可以走法律途径的。"

"法律？"韩筱筱不屑地笑了，"我要是向法院起诉离婚，走程序的话也有可能把这婚离了。对于沈冬这样的人，他很可能会对我和晓松的人身安全构成威胁，因为我起诉离婚，是不是警方就会二十四小时保障我的生命安全？我不能那么做，就算不为自己考虑也得为晓松考虑。"

"沈冬失踪之后你就再没有他的一点消息？"

韩筱筱摇头说道："没有，他就像是空气一样人间蒸发了。川北老家那边也问过我几次，还说他的失踪一定是我在捣鬼。他的大哥沈春让我小心一点，别让他发现我有什么对不起沈冬的地方，否则一定会来林城收拾我。这也是为什么我和晓松一直都偷偷摸摸的原因。我真不想给晓松惹麻烦，本来我们的麻烦就已经够多的了。”

离开了韩筱筱的家，欧阳双杰的心里还在回想着韩筱筱说的那段话，侯晓松那晚没有给韩筱筱打电话，而是打给了侯甄。韩筱筱的解释很到位，也很打动欧阳双杰。侯晓松说的那个不可能出现的人应该与韩筱筱没有关系，侯甄也是知道的。可是这么一来，侯甄就出现了问题。如果那个人真是侯甄认识的，侯甄为什么不说明白，是侯晓松没说明白，还是侯甄故意有所隐瞒？

欧阳双杰坐在车里，并没有马上发动车子，他闭起了眼睛，靠在椅背上，想着这个问题。突然，欧阳双杰睁开了眼睛：侯甄夫妇不是一直都不希望儿子和韩筱筱在一起吗？如果不是侯晓松坚持，他们是绝对不会松口的。侯晓松死了，侯甄夫妇的心里自然是悲伤的，但除了悲伤他们一定还带着气愤。假如他们一直对韩筱筱都有成见的话，他们一定会把侯晓松的死归罪于韩筱筱头上，这样一来，侯甄就有可能利用这件事情对韩筱筱进行报复。

侯甄知道警方怀疑侯晓松杀死了沈冬，还怀疑韩筱筱是同伙，于是侯甄便说了那么半截话，让警方以为侯晓松想说的那个人是沈冬，从而让韩筱筱坐实了同谋的罪名。侯甄是想假借警方的手，对付韩筱筱！

想到这儿，欧阳双杰惊出了一身冷汗，他发动车子往侯家开去。侯甄没在家里，他在外面的院子里溜达着。

“侯老师，又来打搅你了。”欧阳双杰很有礼貌地说。

侯甄看了他一眼，淡淡地说：“欧阳警官有何贵干？”

欧阳双杰走在他的身旁：“也没什么，只是路过，顺便来看看。”

“路过？”侯甄并没有给欧阳双杰好脸色，“凶手抓到了吗？”

欧阳双杰摇了摇头：“还没有，不过我想应该快了吧。”

“欧阳警官，你有什么事就直说吧。”侯甄说道。

“我就想问你一个问题，那晚侯晓松出事前打给你的电话到底是怎么说的？”

侯甄摊开双手，脸上写满了笑意：“我不是已经和你们警方说过了吗？电话内容就那些。”

欧阳双杰笑了：“是吗？”

“你是什么意思？”

欧阳双杰说道：“我只是希望侯先生能够和我说实话罢了。”

侯甄皱起了眉头：“你是说我骗了你们？”

欧阳双杰轻笑：“侯晓松最后打给你的那个电话里提到的不可能出现的人到底是谁？”

侯甄的脸色微微一变。

“我想那个时候侯晓松不会突兀地和你说一句你根本都听不明白的话吧？他给你打那个电话，提到的那个人，你知道是谁，可是你没有告诉我们。你故意留下了这个悬念，就是希望我们联想到一个人——沈冬。侯晓松死了，你也知道警方怀疑他杀了沈冬。你和你太太都不喜欢韩筱筱，你们甚至觉得是这个女人毁了你儿子的一生。”

“难道不是吗？”侯甄怒了，“如果不是那个女人的出现，我儿子也不会摊上这么些事情，更不会白白地送了性命。”

欧阳双杰叹了口气：“其实感情的事情是说不清楚谁对谁错的，这件事情也不能全怪韩筱筱。你们应该也了解，她是个可怜的女人，她的遭遇确实也令人同情。”

侯甄冷哼一声：“她值得同情？那她就该把我家晓松拉上吗？”

“不管怎么说，你也不应该误导警方把注意力放到韩筱筱的身上。你是老师，这样做的后果你就没有考虑过吗？如果警方真办错了案子，把韩筱筱给处理了，是不是你的心里就舒服了？”

侯甄愣住了，他没有说话，面部的肌肉轻轻抽搐着。

欧阳双杰又说道：“我想那并不是你们真正希望看到的结果，况且真正杀害晓松的凶手还逍遥法外呢，你就真能够心安吗？”

欧阳双杰从口袋里掏出烟，递给侯甄一支。侯甄木然地接过香烟。欧阳双杰替他点上。

“侯老师，我恳请你告诉我，侯晓松在电话里提到的那个不可能出现的人到底是谁？”欧阳双杰问道。

侯甄的嘴动了动，然后望向欧阳双杰：“我说了你会相信吗？”

“只要你说的是真的，我就信！”

侯甄深吸了口气："可是我自己都不信，不然那天我就说出来了。你当故事听听就行了，我也知道，这种事情说出来没有人会相信的，真要当真了，迟早会被送进精神病院的。"

欧阳双杰笑道："信不信我会有自己的判断。只要你说的是真话，我一定会相信的。"

侯甄终于开口说道："大概两个月前的一天，晓松匆匆忙忙地回到家里，他说几天前他收到一封信，那是一封很奇怪的信。虽然收信人写的是晓松，可是信上的内容却很无聊，说的是一个荒诞的故事，说是在清中晚期吧，具体是什么时候我也记不太清楚了……"侯甄所说的这个故事竟然是关于陈大观长生不死的诡异传说。

欧阳双杰的心里不由一紧，看来他的担心不是多余的，侯晓松的死和陈大观扯上了关系。

"这信没有落款署名，也不是通过邮局或是快递公司送来的，是直接从门缝塞到他公司的。晓松在收到信的时候也并没有把它当一回事，他以为是有人故意搞的恶作剧，只是把信随手一扔便不再管它。"

可是过了两天，侯晓松接到一个匿名电话，打电话给他的人自称叫陈大观，侯晓松听着耳熟，不过一时间却想不起这个陈大观是谁。侯晓松在对侯甄叙述的时候说，陈大观对侯晓松记不起他是谁好像很不悦，他问侯晓松，那封信侯晓松难道没有看吗？

侯晓松这才回想起来。侯晓松虽然从事这个行当，可是他总归是接受过高等教育的大学生，所谓永生这样的事情，在他看来根本就是瞎扯。于是他在电话里对那个陈大观一番指责，还让他别再做这样无聊的事情。谁知道陈大观非但没有生气，反而笑了，他问侯晓松，是不是以为他是在说故事。侯晓松懒得搭理他，就挂断了电话。

原本以为这事情就算完了，就在他接到陈大观电话那天下午，他下班准备开车回家的时候，在地下停车场他感觉有人在跟着他，一直到了自己的车边，他都没有看到那个人出现。他长长地松了口气，赶紧上了车，驶离了停车场。

"就在这个时候，诡异的事情发生了。"侯甄说到这儿，叹了口气，"其实在我听晓松告诉我这一切之后，我都怀疑晓松是不是真有过这样的经历，直到晓松出事，我才觉得这件事情应该是真实发生过的。”

那天，侯晓松开着车行驶在公路上，突然他从后视镜里看到后座上竟然坐着一个人。那是一个面色苍白但双眼有神的中年男子，他的装束有些怪异，穿着一件像是道袍的粗布衣服，头发绾起，还插了一根发簪。侯晓松急踩了一脚刹车，把车子停靠在了公路边上。

侯晓松问那中年男子是什么人，为什么会在他的车上。中年男子笑了，他告诉侯晓松，他就是给侯晓松写信和打电话的人，他叫陈大观。侯晓松听了之后反倒没有那么惊恐，他已经冷静下来，他说不管中年男子是什么人，希望他不要再打扰自己的生活。中年男子仍旧是一脸的微笑，他告诉侯晓松，人虽不可能真正长生不死，但是活上一二百岁其实并不是什么难事，只是这需要特殊的秘诀。

陈大观说侯晓松是有悟性的人，所以如果侯晓松想要长生，他可以教他。

侯晓松很果断地拒绝了他，并让他别再纠缠自己，别再打扰自己的平静生活。

陈大观笑着对侯晓松说：“你现在还年轻，自然不会对死亡有什么感受，可是有没有想过自己的父母？不为自己考虑，难道也不为自己的父母着想吗？现在有一个能让父母长生的办法，就这样轻易地放弃了？”

侯晓松虽然叛逆，可是骨子里却很孝顺，平时除了和韩筱筱在一起，大多的时间都是陪着父母的，每年都会带着父母外出旅游两次。

陈大观点到为止，并没有逼着他马上表态，而是让他好好想想，想通了会再找他，然后就下车离开了。

侯晓松匆匆忙忙回到家，把这件事情和侯甄说了。侯甄听了以后自然不相信，直觉告诉他，侯晓松应该是遇到了骗子。侯甄告诉侯晓松，应该有自己的辨别能力了，就算这件事情是真的，也不能动心。以牺牲他人的性命为代价来满足自己的私欲，这样伤天害理的事情是一定会受到惩罚的。

过了大概一个星期，侯晓松从韩筱筱那儿回来，半路上那个陈大观又出现了，他拦下了侯晓松的车，问侯晓松考虑得怎么样。

侯晓松质问陈大观，为什么总是阴魂不散地纠缠自己。他说他不会答应陈大观的。他不需要长生不死，他的家人也不需要，生老病死是天道使然，是自然规律，他和他的家人都不会为了自己的长生而伤害他人的性命。

陈大观却一直纠缠不清，上前拉扯侯晓松，就算侯晓松说自己要报警，陈大观也不以为然。侯晓松挣脱了陈大观，跳上车子，发动后便开走了，他清楚地记得陈大观已经被自己抛在了后面。

可是当侯晓松快到家的时候，突然发现车前不远的地方站着一个人，正是陈大观。侯晓松一瞬间呆住了，竟然忘记踩刹车，径直就撞了过去，只见那陈大观被撞飞了起来，侯晓松看到有鲜血溅到了车窗上。

侯晓松连忙下车，但当他下车后却发现什么都没有！

“这孩子回到家以后一直在哆嗦，看来是吓坏了。”侯甄叹了口气。

欧阳双杰皱起了眉头：“什么都没有是什么意思？就是说他根本没有撞到人，陈大观也根本没有出现过？”

侯甄点了点头：“现在看来，这件事情确实透着诡异。我想或许是晓松那阵子太累了，精神一直处于紧张的状态，然后出现了幻觉。”

“那封信呢？现在在什么地方？”

“我也曾经问他要那封信，我想亲眼看看那信上到底都写了些什么，可是他却告诉我那封信不见了。我怀疑根本就没有那封信，那个所谓的传说也不知道是他杜撰的还是他从哪里听来的。欧阳警官，你说这种离奇的事情，要是告诉你们警方，你们能相信吗？”

欧阳双杰当然相信了，因为自己手里的这个案子原本就与这个陈大观有着密切的关系，一切都是源于陈大观的这个传说。他问侯甄，那后来呢？

那晚过后，侯晓松两天没有去上班，他病了。那两天他的心神恍惚，总觉得陈大观就在他的附近。不过好在这样的情况没有持续太久，第三天侯晓松的病便好了，看上去也正常了。

“这之后他是不是又见到了陈大观？”欧阳双杰问道？

侯甄点了点头：“是的，而且重复着上一次的噩梦。”

“你是说他又撞了陈大观一次？”欧阳双杰问道。

侯甄苦笑：“不是一次，是两次，而且一次比一次真实，最后一次他下车后看到了陈大观的尸体，他……”

“他把尸体处理掉了，是吧？”

侯甄叹了口气：“是的，这三次事情几乎在同一周发生的，最后一次他把陈大观的尸体处理了。回到家里，他刚开始还准备瞒着我，可是他那样子我又怎么会看不出来。在我一再追问下，他终于说出了实情，我听了很吃惊，没想到这种事情会发生在他的身上，鉴于前两次的经历，我就逼着他说了藏匿尸体的地方，让他带着我去看看。谁知道我们去了他藏匿尸体的地方，什么都没有。这时我开始怀疑晓松的精神状况是不是出现了问题。”

欧阳双杰心里冷哼一声，他可不相信陈大观真有什么不死之身，一定是有人借了陈大观的名儿做了这些坏事。

侯甄说他让侯晓松去看心理医生。可是侯晓松坚持自己并没有心理问题，说这一切都是真真正正发生的，他亲自经历的。侯甄是教师，也多少懂得一些心理学的常识。侯晓松的表现其实很正常，除了他坚持自己几次撞见陈大观的事情，对于其他的事情他的思路都很清晰。侯甄告诫侯晓松，最近这段时间最好不要外出，就在家里待着。

“侯晓松一直都没有把这件事情告诉韩筱筱吗？”欧阳双杰问道。

侯甄摇了摇头：“这孩子太喜欢韩筱筱了，简直就像是着了魔，他说这件事情不能告诉韩筱筱，韩筱筱是女人，受不了这样的惊吓，这件事情也没有告诉他母亲，只有我和他知道。”

欧阳双杰明白了，侯晓松最后一次通话中提到的那个不可能再出现的人竟然是陈大观，而这事情韩筱筱确实不知情，难怪问韩筱筱的时候是一问三不知。

可是问题又来了，沈冬到底去了哪里？是活着还是已经不在人世了？

侯甄见欧阳双杰半天不说话，他轻声问道：“欧阳警官，这件事情是不是很荒诞？”

欧阳双杰先是点了下头，接着摇摇头说：“不能说它荒诞，应该说是诡异！不过我相信你说的，我想侯晓松也没有必要向你编一个这样的谎言。依我看，这件事情很可能有人从中在捣鬼，而侯晓松所经历的这一切说不定只是幻象。”

侯甄这回也赞同欧阳双杰的话，他说只是对方的手段很高明，不知道能不能查出这个捣鬼的人。

欧阳双杰和侯甄告别后就离开了，他回到队里给王小虎打了个电话，说是想开个碰头会，之后又打电话给肖远山，请他和冯局也一块听听。

案子到现在可以说是陷入了僵局，而且也越来越让人感到诡异，但欧阳双杰却有一种强烈的预感，这个案子很快就会出现转机。

第十一章 邪恶阴谋

会议室，所有的人都来齐了。

欧阳双杰开口说话："今天把大家请到这儿就是想通报一下这段时间的案件侦办情况。小虎，你那边有什么说的？"

王小虎摇了摇头，他说上次的碰头会到现在，他那边一点进展都没有。谢欣、邢娜和许霖也都表示没有什么说的。

肖远山说道："这个案子虽然我和冯局没有一路跟着，可是我们一直在关注你们的进展情况。就目前来看，这个案子确实很复杂。我想是不是我们的办案思路存在问题，切入点没找对。这个案子里有一个重要的元素，就是那个传说，关于陈大观长生不死的传说，而你们的侦查也是围绕着这个传说开展的。我想你们是不是走入了一个误区，或许那个幕后黑手根本就与这个传说没有关系，与你们所调查的算命先生这个行业也没有关系呢？"

冯开林对欧阳双杰说道："欧阳，你把大家召集起来一定有重要的事情要说吧？"

欧阳双杰清了下嗓子："今天我想和大家说一件事，关于侯晓松的。不过这件事情又和刚才老肖提到的那个传说有着很密切的关系……"接着欧阳双杰把侯晓松的那段诡异经历说了一遍。大家都听得目瞪口呆，谁也不相信竟会有这样的事情。

肖远山皱起了眉头："陈大观？这个侯晓松是撞邪了还是见鬼了？"

冯开林叹了口气："他没撞邪，也没见鬼。我看这鬼就是那只幕后黑手，不过从侯晓松的经历来看，这个人的能力比我们之前预想的还要强上许多！”

欧阳双杰认真地点了点头：“这个人确实很厉害。我一直在想一个问题，假如侯晓松所经历的一切都是幻觉，那么这个人是靠什么让侯晓松产生这些幻觉的呢？要让一个人产生如此真实的幻觉，要么依靠催眠，要么依靠药物。如果催眠，那么催眠师不可能对他进行遥控，催眠师应该就在侯晓松的身边，这种可能性显然并不大。如果是依靠药物，再高明的心理专家都不可能控制得了侯晓松因药物引起的幻觉经历，怎么可能三番两次都见到陈大观呢？”

谢欣问道：“假如二者相结合呢？先对他进行了催眠，然后通过药物在催眠师不在场的情况下诱发他的幻觉？”

欧阳双杰笑了：“这种可能性在理论上确实是可以成立的，但那不是催眠，是一种暗示的成分，就如之前梅雪芳的那个案子，她所运用的手段就是心理暗示。心理暗示与催眠不同，心理暗示是在人清醒的情况下，一次次地通过外部因素去促动内部因素。打个比方，王冲是一个很健壮的人，可是每遇到一个人都说他的脸色很难看，都问他是不是生了什么病的时候，原本坚信自己身体很棒的他就会在心里产生怀疑，怀疑自己是不是真的有什么疾病。当说这话的人越来越多，这种暗示就会严重影响了他的心态，他就会在潜意识里接受了这个暗示，从而把自己当成了一个真正的病人。一旦他的心理受到影响，那么他的意志力也会随之发生改变，人的心理和意志的改变同样会引起机体的变化，这样一来，他的身体很快就会和意志一同垮掉，真正地生出疾病来。”

欧阳双杰这话让大家都倒吸了一口凉气，没想到心理暗示真的这么恐怖。

欧阳双杰又说道：“假如侯晓松之前就接受了这样的心理暗示，暗示陈大观是存在的，陈大观会找他的麻烦，甚至还特定了场景，陈大观会拦他的车，等等。那么一旦他开着车脑子里就会浮现陈大观拦他的车的画面，而此刻他的神经反射弧一旦受到药物的影响，他就会分不清到底这是脑海中的幻象还是他真实的经历。”

“也就是说侯晓松并不是被催眠，而是被暗示的？”冯开林问道。

“这是我觉得最有可能性的事情。可是我想不明白，谁能够给他这样的暗示！”

“我觉得最有可能是他身边的某个人，像侯晓松这样的人，对于陌生人是存在一定的戒备的，不是他熟悉的人根本不可能给他这样的暗示。”邢娜这回话说到了点子上。

欧阳双杰点了点头：“所以我们要对侯晓松的主要社会关系进一步的排查。我想应该能够有所收获。我们回过头再看看韩建设和郭鹏，他们的自杀，也很可能是心理暗示的结果。”

“最初那个人还给你发短信，现在他却没有再主动和你联系了。我有一个想法，不过不知道对不对。”肖远山说。

欧阳双杰说道：“说来听听。”

肖远山道：“这个幕后黑手其实根本就不是为了向你宣战，而是想要扰乱你的视线，让你觉得他是为了和你打擂台；要不然，他就是一个很谨小慎微的人，他先是让你觉得他很高调，然而他只是躲在暗处出招。”

欧阳双杰点了点头，觉得肖远山的话很有道理。

冯开林总结道：“现在看来你们总算有所进展了，希望这回你们能够顺着这个思路有所收获。这个案子拖了这么长的时间，我也很久没有给你施加压力了，现在我得给你施施压，最后再给你一周的时间。要是一周内再没有结果，我冯开林估计就得脱下这身警服了。”

王瞎子、阿诚、刘老三、田子仲、侯晓松、蒿顺成、徐真。欧阳双杰在白板上写下了这几个人的名字。

王瞎子和阿诚是师徒，那么阿诚与刘老三的事情王瞎子真不知情吗？田子仲与王瞎子是师叔侄，虽说他们长期以来都“不和”，可是那也只是他们自己说的，他们之间到底是怎么一个关系也不得而知。

侯晓松与他们没有太多的关系，可偏偏侯晓松是“陈大观”选中的目标，“陈大观”想让侯晓松成为另一枚棋子，但没有成功，最后他不得不把侯晓松弄死了。至于蒿顺成和徐真，与前几人就更没有多大的关联了。

欧阳双杰抱着手，望着白板。有一点他想不明白，陈大观为什么要选中侯晓松呢？假如这个陈大观便是那个幕后黑手，他之前两枚棋子的选择并没有问题，而在选择侯晓松做棋子上却出了纰漏。在欧阳双杰看来陈大观失败的原因很简单——侯晓松根本就没有所谓的长生的诉求，而韩建设和郭鹏则是自己或亲人患上了绝症，并将不久于人世。

莫非陈大观不知道对于一个没有诉求的人来说，想要控制他的精神，让他按自己的意志去做某件事情并不是一件容易的事吗？陈大观不该犯这样的低级错误的，为什么？

有两种可能：第一种可能是自己的判断错了，这个或许不存在的陈大观并不是幕后的黑手，侯晓松的死也只是一个意外，幕后黑手另有其人。第二种可能性是他弄死侯晓松只是为了杀死侯晓松，并不曾想要让侯晓松成为他的下一枚棋子。

可是问题又来了。假如他只为了杀死侯晓松，为什么不来个痛快，而先要装神弄鬼？侯晓松是死于他杀，而非自杀。凶手如果是“陈大观”，侯晓松是不可能让他得手的。从侯晓松的尸检结果看，他对凶手根本就不设防，说明他根本就没想过凶手会对他下手！

欧阳双杰怎么想都不对，侯晓松临死之前见到了陈大观，按理说他会一直都处于警惕之中，凶手面对面下手，他没有反抗，挣扎，凶手应该是一个他比较熟悉的人，而且和他很亲近的人。可是这个人是谁呢？

宋子宽推门走了进来。欧阳双杰正用双手揉着自己的太阳穴，只看了宋子宽一眼，示意他坐：“有事吗？”

宋子宽苦笑：“我倒希望自己有事！”

“沈冬到底跑哪儿去了？”

宋子宽苦笑：“欧阳，你想说什么？”

“在侯晓松的案子里，沈冬是个关键性人物。找不到沈冬，对于他与韩筱筱之间的关系我们就不能够做出最为客观公正的判定。而他与韩筱筱的关系，直接影响到我们对侯晓松死亡的调查方向。”

宋子宽叹了口气：“可是王队已经寻找过，根本找不到沈冬的踪迹。他或许真如你想的那样，遇害了。”

“沈冬真是遇害的话，杀人者是谁？是侯晓松还是韩筱筱？”

宋子宽咳了两声：“你的问题太复杂了，我还真回答不上来呢。”

欧阳双杰看了他一眼：“其实我们手里掌握的线索也不算少了，只是我们暂时还不知道该怎么把这些串起来罢了。不过你说得也对，是该出去走走了。我们去找下田子仲，我一直都没有弄明白他与王瞎子之间到底是什么关系，到底是交好还是交恶。”

宋子宽“哦”了一声：“这师叔侄俩还真有些意思。不过我不太喜欢田子仲，与王瞎子相比，他让人感觉更不真实。”

田子仲给人的感觉不真实，这不仅是宋子宽这样认为，欧阳双杰也有同样的看法。

田子仲请二人坐下，然后倒了两杯茶：“二位警官，那个案子查得怎么样了？”

欧阳双杰说道：“一直没有什么进展。”

“可惜我们帮不上什么忙。”

欧阳双杰说道：“田先生，侯晓松的死你应该听说了吧？”

田子仲说已经听说了。欧阳双杰又说道：“那么之前侯晓松经历过的一件诡异的事情你该没听说过吧？”

“哦？诡异的事？”

欧阳双杰微微一笑：“侯晓松在死前曾经几次见到陈大观这事情很可能是真的？”

“陈大观？”这下轮到田子仲惊讶了，“怎么可能？陈大观只不过是个传说。”

“侯晓松确实见过他，而且还不只一次，只不过他见到的陈大观也就三十几岁的样子……”欧阳双杰把侯晓松见到陈大观的情形详细地说了一遍，这当然都是侯甄说的。

田子仲不说话了，他的眉毛攒到了一起，苦着脸：“要我说这件事情很可怕。陈大观竟然真出现了，难道那件事情是真的而非传说？”

欧阳双杰淡淡地说：“所以我才来找你，想听听你的看法。你说了，很多看似诡异的事情本质却不然，只是我们一直没能够看清楚事件的本质。”

“我说老实话，听你说了这些，我的脑子是蒙的。理智上我不相信陈大观活着。可是我刚才也说过，很多事情是解释不清楚的。”

“对了，田先生，你离开易名堂是你师兄死后的事情吧？那么你可知道，在‘易名堂’你师兄有一间密室？里面放了他收藏的一些宝贝？”

“这个我知道，我还知道那里面供奉着我们的祖师爷的牌位。”田子仲回答道。

“那你还记得是哪一个祖师爷吗？”欧阳双杰又问。

田子仲回答道：“这个我就不知道了，师兄没有说过，那间密室我也从来都没有进去过。”

欧阳双杰笑了：“那密室里供奉着陈大观的牌位，你真不知道？”

田子仲好像也并不惊讶：“是吗？其实这也没什么，陈大观是传说中的人物，当成个半人半仙供起来也没什么。”

“可你刚才还在说，有些事情不是不存在，只是科学无法解释而已。那么你觉得长生不死有没有存在的可能？”

田子仲望着欧阳双杰：“我说的是一些看起来诡异的事情。而传说的这件事只能说很荒诞，我是不信的。”

欧阳双杰微微点了点头：“我也是不信的。那么你对侯晓松所经历的事情又怎么看？你相信陈大观真活着吗？”

田子仲苦笑道：“这个问题我真不好回答你。从理性上来说，我觉得这种可能性不大，这是侯晓松亲身的经历，除非是他在说谎，否则我真不知道怎么解释这件事情。”

欧阳双杰叹了口气：“这也是令我费解的地方。侯晓松的这段经历让人感觉很真实，可是我并不相信陈大观能够活到现在。你好好想想，是不是还有别的解释能够说得通？”

田子仲摇了摇头：“没有。”

“最近你和王瞎子经常联系吗？”欧阳双杰突然问了一句。

田子仲没有否认：“最近我们确实偶尔会通电话。其实我们之间也没有什么真正的矛盾，都是年轻时置气。出了这档子事，既然和我们都扯上了关系，作为师叔侄，彼此关心一下也是很正常的。”

欧阳双杰笑道：“你能这么想就好，况且你们的关系还不只是朋友那么简单。”

田子仲叹了口气：“是啊，其实什么衣钵，什么名气啊，细想明白了根本就不是什么事。我们这种人注定是孤独终老的。当知道他那大徒弟做出那样的事情我还埋怨他呢。不就是钱的事情吗？”

欧阳双杰的眼睛一亮：“你好像对阿诚很熟悉？”

田子仲脸色有些不自然：“这倒不是。我也是听瞎子说的，我并没有和他那个徒弟接触过，自从离开‘易名堂’我就没有再回去过，一直都在这儿。”

欧阳双杰说道：“那你有没有想过有一天回到‘易名堂’去，和你师侄一道把它发扬光大呢？”

“实不相瞒，瞎子也和我说过这事。不过暂时我还没有那个想法。”

“老宋，对于田子仲这个人你怎么看？”回去的路上，欧阳双杰问宋子宽。

宋子宽摇了摇头：“这个人我看不透，他的话哪句真哪句假我根本就分辨不出来。不过这人让我感觉不真实。他因为师父的不公平而离开了‘易名堂’，从这一点看来他应该是一个很计较的人，可是偏偏在我们的面前他又表现得很大度。上一次就是他主动提出把几个嫌疑人都拢起来的，他和王瞎子一直都十分配合我们的办案。”

欧阳双杰微笑着点了点头：“没错，按理说他对王瞎子应该是心里存着怨气的，可是他刚才那话语之间又仿佛和王瞎子的感情很好。当说到阿诚的事情时他说他当时还埋怨王瞎子不该因为几个小钱而让徒弟走上了绝路。”

“看来王瞎子与田子仲之间的关系很微妙啊！要不我们再去见见王瞎子？”

欧阳双杰说道：“王瞎子和田子仲一样，都不可能对我们真正敞开心扉。现在我倒是觉得可以去见见刘老三了。”

“刘老三？”宋子宽愣了一下。

欧阳双杰说道：“刘兵案的关键在刘老三为什么要诱导阿诚对刘兵动手，阿诚可以说是为了钱，可是刘老三为什么？”

“哦？你是不是想到什么了？”宋子宽好奇地问道。

欧阳双杰点了下头：“不过在去见刘老三之前我准备再去一趟刘老三家。还记得我们在刘老三家发现的红布条吗？早在之前我们见到红布条的时候都没有真正把它放在心上。因为在我们看来，那只是个传说，陈大观是不可能存在的。可是侯晓松的案子告诉我们一个事实——陈大观又出现了。既然陈大观从传说中走了出来，那么那红布条就不可能没有意义，它意味着什么？”

宋子宽摇了摇头，他回答不上来。

“假如陈大观不是一个人，而是几个人呢？而碰巧刘老三正是其中的一个。这是一件很隐秘的事情，偏偏这件事情却因为刘老三的疏漏而被他的徒弟刘兵所发现。因为是刘老三的疏漏，所以他必须对自己犯下的错误负责，只有除掉刘兵。这就是为什么刘老三会利用阿诚缺钱而诱导阿诚杀人的原因。因为这个错误是刘老三犯下的，所以他才会毫无怨言地当了阿诚的同案犯。他为的不是钱，而是弥补自己的过失。”

欧阳双杰说到这儿，宋子宽终于明白了他的意思：“陈大观本不存在。有人借用了陈大观的传说在作案，而且不是一个人，是一个团伙。刘老三是团伙中的一员。可是他为什么会选择阿诚？就算阿诚缺钱，刘老三选择阿诚也有很大的风险，他就不怕阿诚把这件事情告诉王瞎子？王瞎子可不是一个好糊弄的主。”

“如果刘老三选择阿诚，而王瞎子是知情的呢？阿诚是王瞎子的得力助手，在王瞎子的徒弟当中他最有天赋。按说阿诚需要的钱数目并不大，王瞎子大可以给他这笔钱，可是王瞎子没有给，最后阿诚只能自己想办法。‘刘兵案’是刘老三主动找阿诚的，而刘老三又怎么知道阿诚缺钱呢？要知道这可是谋财害命的活儿。阿诚是成年人了，他应该知道杀人是什么样的罪。如果说刘老三没有十足的把握，他会轻易找上和自己没有太大关系的阿诚吗？”

宋子宽这才点头说道：“你的意思是王瞎子把阿诚缺钱的事情告诉刘老三，而王瞎子在阿诚这边又装作什么都不知情？”

欧阳双杰确实是这样的想法，他甚至觉得田子仲也参与其中，他是故意在田子仲的面前提到阿诚的事情的。田子仲当年负气离开了“易名堂”，之前王瞎子说他们几乎没有太多的关系，甚至差点老死不相往来。因为案子的缘故，他们又联系到了一起，毕竟系出同门，师门又与陈大观有渊源。可是当田子仲说他为了阿诚的事情还埋怨过王瞎子，这就有些奇怪了，他又怎么那么清楚阿诚的事情？阿诚的事情就连王瞎子都说他知之甚少，一副想要置身事外的样子。

“那我们现在去刘老三家找什么呢？”宋子宽问道。

“找关于陈大观的其他线索，我想除了那布条我们还疏忽了别的什么。”

不一会儿，车子就到了刘老三家的门口。欧阳双杰取出备用的钥匙和宋子宽进了屋。两人在屋子里找了半天，没有任何的收获。

欧阳双杰坐到了刘老三的那张太师椅上，点上一支烟。

宋子宽说道：“找不到也很正常，出了刘兵的事情之后他该是很小心谨慎的，不会再犯这样的错误。”

欧阳双杰的眼睛一亮：“你说得没错，被刘兵发现了他的秘密以后他应该不会再犯这样的错误。可是为什么我们在他的屋子里发现了那红布条呢？为什么呢？”

“刘老三是瞎子，或许他收拾的时候会有遗漏吧。”宋子宽给出了一个解释。

“他瞎，他的同伴可不都是瞎子。”

宋子宽又想了想：“难不成是有人故意把东西放在这儿，让我们发现吗？”

欧阳双杰的脸上露出了笑容：“有这样的可能，说不定有人知道阿兵死的真相，故意留下那东西想给我们一个提示。”故意留给自己提示的人是谁呢？这个人与“陈大观”一伙又有什么交集？假若他与这伙人没有什么关系，为什么会知道如此隐秘的事情，还能够抛出那样的线索？

“走吧，我们还是去见见刘老三吧，听听他会怎么说。”

宋子宽担心地问道：“假如他什么都不肯说呢？”

欧阳双杰淡然一笑：“不说也没有关系。如果我们的思路没有错，他听了之后一定会恐慌，会想尽办法把消息传递出去。阿诚说他没有杀刘兵，他到的时候刘兵就已经死了。如果这次我的思路没错的话，我大概已经猜到杀死刘兵的真凶是谁了。”

“说说看吧，那真凶可能是谁？”

“除了王瞎子你觉得还会有谁。俗话说，知子莫若父，对徒弟的性情了解得最深的自然就是王瞎子了。虽然他知道阿诚缺钱，在刘老三唆使之下也可能真会去铤而走险，可杀人并不是那么容易的。他太了解阿诚的个性了，他担心阿诚会临时变卦，下不去手，那么这个杀人计划就功亏一篑了。于是王瞎子便赶在阿诚之前上了山，先一步杀了人。而且他也算到了阿诚在见到刘兵尸体之后，慌乱之下一定会把尸体抛下悬崖！”

“不管怎么说，我们还得收集证据。”

欧阳双杰点了点头：“对手很狡猾，从始至终就没给我们留下任何的证据，所以收集证据的过程相对就要困难些。”欧阳双杰说到这儿，突然把车子停到了路边。他打电话给王小虎：“小虎，帮我查一查刘兵与侯晓松或者韩筱筱之间有没有什么关系。”

“好的，你在哪儿呢？”王小虎在电话里问道。

欧阳双杰告诉他，自己和宋子宽在去看守所的路上。王小虎说：“有沈冬的消息了，不过还没有最后确定。”

欧阳双杰问道：“活着吗？”

“嗯，两个月前他曾经去过渝市，找过一个老乡借了笔钱。我已经让许霖去渝市了。这还是从沈冬老家传来的消息，也不知道是真的假的。”

欧阳双杰说道：“许霖那边有消息，马上通知我。”

王小虎应了一声：“好的。”

挂了电话，宋子宽小声问道：“找到沈冬了？”

欧阳双杰把王小虎的话转述了一遍：“还没有确认消息的真假。不过既然是从沈冬老家那边传出的消息，我想多半是真的。韩筱筱说过沈冬的家人曾经威胁他，若是找不到沈冬一定会到林城来寻她的麻烦；沈冬的家人并没有来，说明他们很可能也知道这个消息。”

“这么看来，沈冬是自己失踪的？莫非是侯晓松威胁他的吗？”

欧阳双杰却说道：“假如沈冬是因为别的原因玩消失呢？”

“什么意思？”宋子宽不明白。

欧阳双杰说道：“如果他也是发现了什么重要的秘密，觉得这个秘密很可能会要了他的命，于是他不得不放弃了韩筱筱，甚至对她和侯晓松的事情不管不顾，他消失只是为了保护自己，沈冬或许不想做第二个刘兵。沈冬躲得远远的，不巧的是侯晓松自己又凑上前来。侯晓松最后也知道了那个秘密，所以他才会死。”

宋子宽苦笑：“如果照你这样的说法，那么韩筱筱岂不是有问题。这两个人，一个是她的丈夫，一个是她的情夫，一个跑路逃命，一个命丧黄泉。”

欧阳双杰冷冷地笑了笑。

欧阳双杰之前就曾经想过沈冬在侯晓松的案子里到底扮演了一个什么样的角色。他还从来没有见过沈冬，只是从侯晓松和韩筱筱的嘴里听到的。

侯甄说沈冬曾去找过侯晓松，是求侯晓松离开韩筱筱，韩筱筱也从侧面证实了这件事情，只是这件事无法再与侯晓松确认了。

“你是怀疑侯甄在这件事情上说了谎？”

欧阳双杰摇了摇头：“侯甄应该不会对我们说谎，但不等于侯晓松在这件事情上没有说谎。假如依着我们刚才的思路，那么沈冬去找侯晓松应该是其他更重要的事情。沈冬毕竟是个男人，为了女人跑到另一个男人的家里去下跪哀求，这不符合最初韩筱筱向我们描述的沈冬的个性。你想想，当年沈冬为了赢得韩筱筱的芳心，也不是一个怕事的主。”

“可是侯甄亲口说过沈冬请侯晓松离开韩筱筱啊！”

欧阳双杰笑了：“我并不怀疑侯甄说的话。沈冬确实去了侯家，对侯晓松下跪。可是到底是离开韩筱筱还是放过韩筱筱，侯甄是不是清楚地记得沈冬当时的原话我现在有些怀疑。假设沈冬发现了什么，他知道侯晓松接近韩筱筱或许会给韩筱筱带来伤害，那么他撕下男人的面子，抛开男人的尊严跑到侯家去给侯晓松下跪，求他放过韩筱筱也不是没有可能的。离开和放过在不明就里的侯甄听来是差不多的词，它们可以是相近的意思，也可能根本就不是一回事。”

“看来最好能够找到那个沈冬。如果真像你说的，那么侯晓松与‘陈大观’的事情就不像侯甄说的那样，或许还会有更多的交集。希望刘老三能够给我们一些提示吧。”

刘老三静静地坐在那儿。

“刘老三，在这儿还习惯吧？”欧阳双杰轻声问道。

刘老三叹了口气：“他们挺照顾我的，看我是个瞎子，又一把年纪了，也没刁难我。”

“知道自己可能被判几年吗？”

“三四年吧。只要我的认罪态度好，可能还更轻些，监外执行。”

欧阳双杰咳了一声：“刘老三，知道我们今天为什么来吗？”

刘老三摇了摇头：“不知道。我想我的案子应该已经差不多了吧？”

欧阳双杰冷哼一声：“你认识侯晓松吧？”

刘老三还是摇头：“只是听说过，认识谈不上。”

“他死了。”欧阳双杰的双眼盯住刘老三的脸。刘老三好像并不惊讶，很平静地说道：“哦？他死了？不过这和我有关系吗？”

欧阳双杰说道：“他是被陈大观杀死的。你说有关系吗？”

刘老三笑了：“警官，上次你问我的时候我就说过，关于陈大观和他那个长生不死的秘密只是一个以讹传讹的传说。别说你们不信，我也不信。生老病死是自然规律，这就是道，是天道自然，不可能有什么长生不死。”

欧阳双杰叹了口气：“我也这么想，可偏偏事情就这么诡异。”接着他把侯晓松经历的诡异事件说了一遍。刘老三只说不信，并没有太多的话。

“好吧，我们再说说你的案子吧。我再最后问你一遍，你为什么要唆使阿诚杀刘兵？这是你最后的机会了，想好再说。”

欧阳双杰的话好像并没有起到太大的作用，刘老三还是坚持他之前的说法。

“既然你不愿意说，那我来说。其实你根本就不差那几个钱，按说你是不会对刘兵手里的伪钞模版起贪念的，不过刘兵知道了你们的一些秘密，而那些秘密是不能让人知道的，所以你必须杀了他灭口。你一个瞎子，想要杀他不容易。刘兵是个健全人，又是年轻人。你想要神不知鬼不觉地除掉他而不留下一点痕迹根本就是不可能的事情。于是你找上了阿诚，可林城那么多人你为什么找上阿诚呢？因为他那个时候缺钱。阿诚很快被你说服了，于是就有了阿诚杀人抛尸那一出。”

刘老三打断了欧阳双杰的话：“欧阳警官，我不明白你在说什么。我承认见财起心，为了伪钞模版和阿诚合谋杀人，不过我只是出了主意，并没有动手参与。”

欧阳双杰说道：“刘老三，我们已经查清楚了，甚至是谁帮你搭上阿诚这条线的我们也知道。刘兵的死不是因为伪钞模版，他真正的死因是撞见了你们的秘密，‘陈大观’的秘密！你们一帮人借着陈大观的名义达到不可告人的目的。”

刘老三不愧是一只老狐狸，任凭欧阳双杰怎么诈他，依旧是一副死猪不怕滚水烫的样子：“欧阳警官，我真不明白你在说些什么。我就是一个算命的瞎子，我见财起意做了不该做的事情，触犯了法律，我认罪，我也认罚。该我认的，我认；不该我认的，我不会承认。我知道你们警方现在承受巨大的压力，可是不能因此就逼着我认下所有的罪吧？”

“刘老三，你不承认没有关系，有人会承认。既然你觉得在这儿舒服就多待些日子。你应该已经知道了，你暂时还不会判，已经被另案处理了。”

欧阳双杰说完，对宋子宽说道：“老宋，我们走。”

两人离开了审讯室，刘老三坐在那儿一动不动，只是听到欧阳双杰离开之后，他的脸色变得有些难看。

“欧阳，看来刘老三是不会说什么的了。”宋子宽叹了口气。

欧阳双杰笑道：“原本我也没指望他会说什么。我只是想看看接下来他会做什么。此刻他的心情一定不会像他表现出来的那样平静。从我的话中他能够得出我们已经知道了他们的秘密，可是他并不能肯定我们到底知道了多少。他此刻最想做的事情就是与外界取得联系。”

宋子宽点了点头：“你觉得他下一步会怎么办？”

“估计他会想尽办法与外界沟通。”欧阳双杰很肯定地说，“你刚才没留意到，我提到关于‘陈大观’的事时他有些惊讶。他惊讶的并不是事情的本身，而是我们知道了这些事情。还有我说到侯晓松的事时，他很平静，还反问侯晓松的死与他有什么关系。他一直在努力表现得自然，可是他给出的反应并不正常。因为他已经把自己的好奇心给扼杀了。作为一个算命看风水的神棍，他对于这样的事情竟然没有一点好奇。”

宋子宽苦笑：“看来我们只能等了。”

欧阳双杰说道：“等吧，至少我相信应该不会等太久。”

接着欧阳双杰的目标就是易名堂，他要去向王瞎子透个底。在他看来既然这件事情王瞎子也脱不了干系，敲打了刘老三再敲打下王瞎子，看看他们到底会不会又靠到一块去。

不过车子还没到易名堂，王小虎的电话就打来了：“欧阳，你马上到‘六零五’来一趟。”

“六零五”是林城市南一个已经废弃的厂区，那是当年支援三线时落户林城的一家军工企业，不过早在很多年前厂子已经迁离了林城，那一片也就荒废了。

欧阳双杰问道：“出了什么事了？”

“你来就知道了，你能找到‘六零五’之前的职工医院吧？”王小虎问。

欧阳双杰应了一声，掉了头，向着“六零五”开去。欧阳双杰儿时经常到“六零五”来玩的，记得当时这儿十分热闹。“六零五”是个大厂，光职工就有近万人。可是现在这地方杂草丛生。

车子在“六零五”职工医院的门口停了下来，那儿已经停着两辆警车，一辆是王小虎开来的，另一辆则是当地派出所的。

欧阳双杰才下车，王小虎便小跑着过来：“欧阳，你总算来了。”

“到底出什么事了？”

王小虎这才说道：“派出所接到报案，说在‘六零五’家属院发现尸体残骸。派出所的同志对整个‘六零五’进行了排查，他们发现职工医院里有异常，便给我打了电话。进去看看吧，看了你就明白了。”

三人往医院里走去，医院早就已经废弃，地上很脏，积了水，还有厚厚的一层灰。到了二楼，这儿原来是一个手术室，门大开着，欧阳双杰刚进去就感觉到一股血腥的气味。他看到手术室就像还有人在这儿做过手术一样，手术室收拾得很整齐，手术器械都很齐全。

欧阳双杰皱起了眉头。王小虎拍了拍宋子宽的肩膀："这回我们怕是真遇到你说的器官盗卖团伙了。"

派出所的小李说道："在原家属院的几个房间里我们都找到了尸骨残骸，初步判断，应该不是同一具尸体的，而且全都残缺不全。手术室的电线是临时搭的，典型的偷电。不过这儿方圆几里都荒废着，谁也没有留意到这儿会有这样的事情发生。"说着领欧阳双杰他们去到隔壁。"这儿有两张简易的床，应该是那些人临时休息的地方。隔壁有曾经关过人的痕迹。"小李继续说道。

"我已经让他们把尸骨拿去给法医检验了，看看能不能有什么发现。"王小虎说道。

欧阳双杰仔细察看手术室："手术室虽然收拾得很整齐，可是从灰尘来看，该有两个月没有人动过了。这些人最后一次出现在这儿应该是两个月前。"

宋子宽有些激动，他拉住欧阳双杰："你说，这会不会和那个陈大观有关系？你也说了，陈大观代表的或许不只是一个人，而是一个团伙。那么这个团伙搞出这么多事情来总要有个目的吧。他们的目的很可能就是为了偷盗人体器官，所谓的长生不死传说完全就是幌子。"

欧阳双杰没有说话，他的心里也同样有这样的疑问。最初与宋子宽相见的时候，宋子宽就提出了这样的假设，欧阳双杰当时并不以为然，可是现在他真的有些动摇了。他轻声说道："老宋，或许你是对的。这也许就是整个案子的真相，而这些人所做的一切都是在设法隐瞒这一真相。"

蒿顺成来自首了。他承认林城发生的这些案子都是他在幕后一手策划的。

欧阳双杰知道这个消息马上就和王小虎、宋子宽赶回局里。

"怎么会这样？"宋子宽忍不住问了一句。欧阳双杰也不知道，此刻他的心里很零乱。"六零五"职工医院看到的一切让他费解，而蒿顺成的自首更是让这个案子又蒙上一层神秘的面纱。

此刻有人自首，对于警方而言是一件好事，可是欧阳双杰认为这个人不应该是蒿顺成。欧阳双杰原本以为应该是刘老三，可是刘老三根本就没有什么动静。

“我也不知道，听听蒿顺成会怎么说。”欧阳双杰嘴里这么说，心里却在想着蒿顺成与这个案子到底存在着什么样的联系。他真是“陈大观”中的一员吗？如果不是，那么他为什么要跑来自首？

棋子，此刻在欧阳双杰的心里冒出这个念头。蒿顺成也可能成为对方的另一枚棋子，而棋子就是用来牺牲的。

蒿顺成神情木然地坐在审讯室里，头发乱蓬蓬的，眼神很是空洞。

欧阳双杰和王小虎走进审讯室的时候谢欣站了起来：“他什么都不肯说。”

王小虎点了下头，对谢欣和王冲说道：“你们出去吧，我们来审。”谢欣和王冲离开了，欧阳双杰和王小虎坐了下来。两个人都没有忙着开口，用一种审视的目光望着蒿顺成。蒿顺成的头是低着的，仿佛没有察觉到他们的到来。

“蒿顺成，抬起头来！”王小虎的声音充满了威严。

蒿顺成把头抬了起来，望着王小虎：“警官，这些案子都是我做的。”

王小虎轻哼一声：“你说这些案子都是你做的，那你把整个作案的经过说来听听。”

蒿顺成却只是重复这一句，并没有说具体的作案经过。王小虎皱起了眉头，拍了下桌子：“蒿顺成，你最好老实一点，问你什么你就回答什么。”

欧阳双杰轻轻碰了碰王小虎，示意他别发火。

欧阳双杰走到了蒿顺成的面前，轻声问道：“抽烟吗？”蒿顺成点了点头。欧阳双杰把刚点上的烟放到了他的嘴边，蒿顺成贪婪地吸了两口。

“蒿顺成，这些案子真是你做的？”

蒿顺成又点了点头。

欧阳双杰说道：“那你告诉我你为什么要这么做。”

“为了钱。”蒿顺成说道，“我需要钱，所以我就告诉他们，我有办法能够让他们长生不死，哪怕他们患上绝症只要按我说的做，他们就死不了。”蒿顺成的脸上露出了笑容，可是那笑容恐怖、狰狞。

“告诉我们详细的经过。”欧阳双杰说道。

蒿顺成又不说话了，紧紧地闭着嘴，抬头望着天花板。

欧阳双杰坐回到了王小虎的身旁。王小虎凑过头来问道：“他这是怎么了？”

“看来一时半会儿他是不会说的。我们也别在这儿耗着了。让谢欣他们继续吧。看看他会不会说点什么。”

离开审讯室，王小虎跟着欧阳双杰到了他的办公室。

“这个蒿顺成到底什么意思啊？既然是来自首的，怎么什么都不愿意说？”

欧阳双杰苦笑了一下：“小虎，蒿顺成并不是真正的幕后黑手。他所谓的自首估计是让人蛊惑的，又或者他此刻不知道他在做什么，他不过只是对方手里的一枚棋子。”

“那我们该怎么办？”王小虎很习惯地问了一句。

欧阳双杰说：“既然对方那么希望警方结案，就按他们的意思做吧，等上两天就把这个案子结了。”

听了欧阳双杰的话，王小虎瞪大了眼睛：“结案？这不是你的风格啊！”

欧阳双杰叹了口气：“有时候该妥协就只能妥协。”

这时肖远山推门走了进来：“怎么样，蒿顺成那儿有突破了吗？”

欧阳双杰把大致的想法和肖远山说了一下。肖远山听到欧阳双杰想用蒿顺成把案子结了，也是一惊：“欧阳啊，这案子还有太多的疑点，怎么能够这样草草结案呢？”

欧阳双杰一脸的苦涩：“既然他们玩策略，我们又为什么不能顺着他们的思路走呢？把‘六零五’那边的人全撤了，暗中留下人监视着吧。”

肖远山这才想起：“对了，‘六零五’那边又是什么状况？”

王小虎把在“六零五”的发现说了一遍。

欧阳双杰淡淡地说道：“器官盗卖团伙需要货源。而陈大观这伙人能够利用那个传说，找到棋子满足他们这个需求。然后一个利益链就形成了。这一点我在从‘六零五’回来的路上就想明白了。只是如何抓住这两伙人，就得费些神了。”

第十二章 天网恢恢

欧阳双杰一个人驱车来到了河边，他走到堤岸上，在铁栏杆上坐下来，点了支烟。他需要好好静静，整理一下零乱的思路。他肯定所谓的“陈大观”其实只是个代号，他们选择棋子，由棋子去选择目标受害人，而目标受害人则被器官盗卖团伙窃取器官。但在韩建设案中，那些被发现的受害人却并没有丢失器官，这又是为什么呢？

其实对于“陈大观”，欧阳双杰至少已经锁定了三个人：王瞎子、田子仲和刘老三。这三人因为“刘兵案”而被联系到一起。可是偏偏这三个人都很狡猾。自己与王瞎子接触得最多，却抓不住他的任何把柄，他把所有的事情都做得滴水不漏。拿刘老三来说，就算自己的推测是对的，刘兵发现了他们的秘密，他们杀刘兵灭口，借助阿诚这个倒霉蛋，他们补救得很及时。就算“刘兵案”现在看来疑点众多，可只要刘老三不开口说出其中的秘密，他们根本就无能为力。

再有，刘兵到底是谁杀死的？之前欧阳双杰觉得应该是王瞎子赶在阿诚之前，先一步对刘兵下的手。但现在欧阳双杰觉得这个可能性并不大。因为他们还有帮手——器官盗卖团伙，那些人都是些穷凶极恶的人，为了他们共同的利益，杀一个人算得了什么？这两帮人凑到一起，确实可以实施完美的犯罪，尤其是他们当中还有一个智囊。也正因为这个人，他们实施的犯罪才没有留下任何的线索。

这些线索困扰着欧阳双杰，他觉得需要找一个人好好聊聊。他给宋子宽打了个电话，约在一家大排档见面。

“说吧，你到底是怎么想的？”

欧阳双杰叹了口气：“这个案子走到这一步，如果你是我，你会怎么办？”

“查，继续往下查。现在真相已经要浮出水面了，不能因为蒿顺成投案，你就草草结案。再说蒿顺成虽然投案了，可是他作案的动机、手段等，我们什么都没问出来。你不觉得这么结案太草率了吗？”

欧阳双杰点了下头：“确实草率了些。那么你说该怎么查？”

一句话把宋子宽给问哑巴了。

“我知道你的心思，你一直觉得这个案子与人体器官的盗卖有关系。换在以前，我对你的看法是不屑一顾的，可是现在我认为你是对的……”

“你就没想过他们把蒿顺成送来，就是想让我们就此结案。我们为什么不能顺着他们的意思呢？”

“你什么意思？”宋子宽问道。

欧阳双杰悠悠地说：“我想看看他们到底想要做什么。‘六零五’那边我让人都撤了。你也去现场看过，自从警方开始调查林城发生的案子以来，‘六零五’那边就荒着了，说明他们很小心谨慎。可他们为什么没有把‘六零五’那边给清理干净，不留下一点线索呢？”

宋子宽想了想：“或许他们根本就没想到我们会找到那个地方。”

欧阳双杰点了点头：“对，他们很可能还会继续在那儿做点什么。他们是两个月前撤离那儿的，也就是我们开始调查第一个案子的时候，说明他们对于警方的介入还是有所畏惧的，不然他们也不会弄个替死鬼送过来。”

“你是想借这个机会假装结案，看看他们是不是会放松警惕，然后他们很可能会露出马脚？”

欧阳双杰“嗯”了一声，继续说道：“我们得盯紧他们，稍有风吹草动，就要立刻抓捕，决不能让他们的罪行继续下去！现在，我们先去探探那个王瞎子的虚实！”

“唉，真没想到，竟然会是‘蒿头’！”王瞎子叹了口气。

欧阳双杰说：“是啊，一直以来蒿顺成都游离在警方的视线之外，不曾想他竟然会是这几个案子的主谋。”

王瞎子说道："真是知人知面不知心啊，平日里看他老实巴交的，竟做出这样的事情来。他到底为什么要这么做？"

"天下熙熙，皆为利来，天下攘攘，皆为利往。他为什么这么做，无非就是一个'利'字，钱这东西害死人哪。"欧阳双杰一副痛心疾首的样子。

宋子宽心里暗暗发笑，这个欧阳双杰还真有些表演的天赋。

王瞎子说道："这么说这个案子就要结了？欧阳队长，恭喜你了，至少你不用再为这案子伤脑筋了。"

欧阳双杰斜了他一眼："你不会是嫌我经常来骚扰你吧？"

王瞎子笑道："经过这次，我们也算是朋友了。朋友之间是要多走动。"

宋子宽说道："老王啊，这段时间多亏了你的帮助。若不是你给我们提供了很多的思路，这案子指不定还得拖到什么时候呢？"

王瞎子摆了摆手："我可没有做什么，'蒿头'是自己投案的。要说我真做了点什么，就是请你们喝喝茶，聊聊天儿，给你们减减压了。"

欧阳双杰和宋子宽都笑了起来。

离开"易名堂"，上了车，宋子宽叹了口气："明明知道王瞎子有问题，可是还要和他应付周旋。"

欧阳双杰淡淡地说道："今天来就是给他透个底，让他知道'蒿头'的事情，也让他们知道我们要结案了。"

宋子宽点了点头："你是想通过他传递信息，可是他们真会因为我们的结案而放松警惕吗？我觉得可能性不大，至少王瞎子觉得你应该不会这么善罢甘休的。"

欧阳双杰笑了："可是你别忘记了，他们是两帮子人，特别是他们身后还有一个利害的角色。他们会有所警惕，也可能会事先对我进行试探。现在不是怕他们动，是怕他们不动。"

宋子宽还是有些担心："我怕他们打一枪换一个地方，这个案子最初是发生在都城的，现在到了林城，而之后呢？"

欧阳双杰摇了摇头："应该不会那么快转移，在都城发生的案子并没有那个所谓的传说支撑，那应该是这个盗卖人体器官的组织独立作案。可是在林城发生的这一系列案子却不同，这次他们集结了林城的几个算命先生，这样的作案手法让他们对器官来源没了后顾之忧，他们不会轻易放弃的。”

“对了，你想过没有，为什么在韩建设的案子里那些受害者并没有丢失器官？”

欧阳双杰冷笑道：“不是没有，虽然后来在地下室里发现的尸体相对完整，可是之前他们抛尸骨以及头颅，把尸体给肢解得支离破碎就是为了掩饰这一事实。地下室里的为什么没有动，我想无外乎是韩建设的阻止，他虽然做了荒唐事，可是若让他知道自己被利用来干这样的缺德事，他肯定不会答应。为避免不必要的麻烦，他们没有去招惹韩建设。这也是为什么韩建设对于我们发现头颅和尸骨也是一头雾水的原因。”

“还有，明明侯甄说侯晓松是物理专业毕业的，王瞎子为什么说侯晓松主修心理学，王瞎子的表情很不自然啊。”

欧阳双杰微微一笑：“侯晓松确实是物理专业毕业，可是他在校时选修了心理学。知道这一点的人并不多。虽然侯晓松在办公室里也摆了许多心理学专业的书籍，可连他工作室的同事也都不知道这件事，侯甄知道，另外就只有韩筱筱知道。王瞎子当时急于把我们的视线引向侯晓松，故意向我们透露了这个信息，后来他自己也知道心急了些，说漏了嘴，之后他也就不再提这件事情了。”

“韩筱筱？”

“对，你现在是不是也觉得这个女人越来越有意思了？”

他们接着去了韩筱筱的家，有了沈冬的消息，当然得把这个好消息告诉韩筱筱了。

“两位警官，什么风把你们给吹来了？”韩筱筱的笑依旧妩媚迷人。

欧阳双杰说道：“不欢迎吗？”

“请坐，我给你们沏茶。”

欧阳双杰说道：“我们的人已经找到沈冬了。”欧阳双杰说得很确切，其实许霖没真正打探到沈冬的下落。

“哦？”韩筱筱的样子有些惊讶。欧阳双杰说道：“沈冬在渝市，我们的同志已经去接他了。他一个大男人，就算是真有什么事也得坐下来好好解决，这样一走了之也不能解决问题。”

韩筱筱点了点头：“是该坐下来好好地解决了，可惜晓松不在了。”

“侯晓松之前有没有和你提过一个名字？”

韩筱筱皱了下眉头：“什么名字？”

“陈大观！”欧阳双杰说道。

韩筱筱摇了摇头：“他没有提起过。如果他提过，我一定会有印象的。这个陈大观到底是什么人？该不会是晓松最后提到的那个人吧？”

欧阳双杰点了点头：“就是侯晓松最后提到的那个人，这是侯晓松的父亲告诉我的。我想以你和侯晓松的关系，他应该告诉你的，谁知道……”

韩筱筱咬了下嘴唇：“是啊，可是他为什么不告诉我呢？”

闲聊了一会儿他们就离开了，不过欧阳双杰能够感觉出来，自从知道警方找到了沈冬的下落，又听到了“陈大观”这个名字后，韩筱筱明显有些魂不守舍。这意味着韩筱筱的心里藏着秘密，而这秘密确实与这两件事情有关系。

韩筱筱把他们送到门口，欧阳双杰对她说道：“假如你想到什么觉得重要的事情，给我电话。”韩筱筱木然地点了点头。

上了车，宋子宽说道：“韩筱筱的反应有些不正常。就算她与沈冬的关系再差，换任何人听到沈冬的消息也会忍不住好奇地问上几句，可是她除了表示惊讶，就再也没有一句话了。她听到‘陈大观’名字的神情也不对，她不是没有听说过这个名字，而是根本就不想谈论这个话题。”

欧阳双杰笑了：“不错，一旦不掺杂个人感情，你是一个很理智的警察，观察力很强，看问题很深刻。”

“不过既然是这样，为什么你不多问问她呢？或许她还会告诉我们一些什么。”

欧阳双杰叹了口气：“不能急。你也看出来了，她很抗拒，虽然她表面上对我们很热情的，可是今天的谈话气氛并不好。现在的关键就是沈冬，希望许霖能够找到沈冬吧。如果沈冬开口，那么这个案子就有眉目了！”

第二天的报纸大篇幅报道了警方破获连环杀人案的内容。“蒿头”的落网，为这个案子画上了一个“完美”的句号。

欧阳双杰坐在办公室里，一手拿着报纸，一手握着电话，脸上的神情有些激动：“把他带回来！路上一定要注意安全，请那边也派人护送你们一程。”

电话是许霖打来的，他们已经找到了沈冬的落脚点，很快就能把沈冬给带回来。挂了电话，欧阳双杰把报纸放到了桌子上，捧起了茶杯，站到白板之前。

很快沈冬被带回来了，可是他什么都不愿意说。他像是受了重大的刺激，神志有些不太正常。

“见到他的时候就是这样。他住在一个工地的工棚里，工地的人说他去的时候就已经是这样了。”许霖解释道。

欧阳双杰皱起了眉头：“工棚？他到工地去打工吗？”

“也不是，就是在那儿吃住，只是他是付钱的。大家都说他脑子坏掉了。他租个便宜的房子，自己吃喝是足够的。”许霖回答道。

欧阳双杰苦笑了一下：“看来他的脑子并没有坏掉，他找地方藏身，谁都不会想到他会藏在那么一个鬼地方。”

沈冬被安置在警察局的招待所里。欧阳双杰和宋子宽坐在他的房间里。他蜷缩在床上，眼睛没有任何神采。

欧阳双杰微笑着说道：“沈冬，你别害怕，我们是警察，这儿是警察局的招待所，在这儿你是安全的，谁都伤害不了你。”

沈冬还是没有反应。

宋子宽说道：“欧阳，我看还是算了，我们再想办法吧，他这个样子恐怕是帮不上我们了。”

欧阳双杰没有理会宋子宽的话，一双眼睛紧紧地盯着沈冬。沈冬还是那副样子，欧阳双杰掏出烟来，递过去一支，沈冬伸手接过烟，迅速地塞进了嘴里，欧阳双杰给他点上了火，他大口地吸了起来。

“沈冬，你还记得韩筱筱吗？”

沈冬停止了吸烟的动作，慢慢地扭头望向欧阳双杰。欧阳双杰点了下头：“是的，韩筱筱，你的妻子。”

沈冬的脸上露出傻笑：“筱筱，她在哪儿？”

“你想见她吗？”欧阳双杰又问道。

沈冬先是点了点头，接着他的头摇得像拨浪鼓：“不！我不要！”

“为什么？她是你的妻子，她很想你。”

“她想我？”

欧阳双杰回答道："她一直都很想你。"

沈冬开心地笑了："她知道我对她最好了。"

"能告诉我你为什么要离开她吗？"欧阳双杰轻声问道。

沈冬想了半天："为什么？"

宋子宽又是一声叹息，他觉得欧阳双杰和沈冬说什么都是对牛弹琴，根本就是在浪费时间。宋子宽起身离开了房间。

欧阳双杰坐到椅子上："沈冬，其实你并没有疯，你比任何人都清醒，在我面前你就不用再装了吧。"

沈冬像是不明白欧阳双杰的话，仍旧在傻笑。

"你以为这样装疯卖傻的你就安全了？只要我把你送回家，接下来他们就会找上门来。你知道了他们的秘密，就算你疯了他们也不相信你能够保守那个秘密。"欧阳双杰说完，目光如炬地望着沈冬。

沈冬的身子微微颤动了一下。欧阳双杰继续说道："你最好配合我们，把你知道的事情说出来，这样警方才能保证你的安全。韩筱筱已经知道我们找到你了，她早上还给我们来过电话，说一旦警方找到你，希望能第一时间通知她，她好带你回家。"

沈冬终于开口了："为什么？！你们为什么非得把我给弄回来。我真的什么都不知道，什么都不知道。"沈冬一脸的痛苦。

欧阳双杰抱着双手："侯晓松死了，你知道吗？"

沈冬愣了一下："什么？"

"侯晓松死了，起先我怀疑过你，我想是不是你杀了他。在听说你失踪之后我也曾经想过，会不会是侯晓松为了和韩筱筱在一起把你给杀了。可是后来我才知道，杀死侯晓松另有其人。"

沈冬轻声问道："是谁？"

"陈大观，我想这个名字你应该不陌生吧？"欧阳双杰问道。

沈冬的脸色一变："我从来没有听说过这个名字。"

欧阳双杰有些郁闷，这个沈冬为什么就不愿意和警方配合呢？他明明知道自己的处境很危险，却要这样死扛着，难道这一切真的都与韩筱筱有关系吗？

"这样吧，我打电话给韩筱筱，你们见上一面吧。"

沈冬没有说话，不说好也不说不好，他像是在思考着什么。

很快韩筱筱就赶来了，不过并没有让她马上去见沈冬。欧阳双杰把她叫到隔壁房间，大抵把沈冬的情况说了一遍。不过从欧阳双杰口中说出的沈冬，脑子是有问题的。

韩筱筱很平静："看来他还在对我和晓松的事情耿耿于怀，他这个人就是心窄。你们的意思是让我把他领回去还是……"

欧阳双杰说道："我想他目前的状态你领回去也麻烦，再说我们还需要他配合做一些调查。"

"可是他现在这个样子，怕是配合不了你们。"韩筱筱说。

欧阳双杰笑了："这个我们会想办法替他治疗的，相信在接受治疗之后，他会好起来的。"

"也好，那你们把我叫来的意思是希望我能够开导他，让他能够说点什么，是吧？"

欧阳双杰并没有否认："马上我就安排你去见他，不过你们见面的时候我必须在场。现在他的脑子不好使了，我们怕他会伤害到你。希望你能够理解。"

韩筱筱点了点头。宋子宽则在沈冬另一边隔壁的房间里，屋子里已经装了监视器，此刻他正和谢欣守在屏幕前。

欧阳双杰带着韩筱筱进了沈冬的房间，沈冬慢慢地扭过头来。

"阿冬！"韩筱筱轻轻叫了一声。

沈冬的脸上露出了笑容，他冲韩筱筱笑了笑，不过没有说话。

韩筱筱慢慢地走上前去，坐在了床沿："阿冬，你到底跑哪儿去了？我还以为你出了什么事呢。"说着韩筱筱伸手想要拉沈冬的手，沈冬躲开了。

欧阳双杰静静地站在一旁，他想要看看这二人在一起到底会说些什么。可是沈冬什么话都不说，任凭韩筱筱怎么说，他都只是笑，他在韩筱筱的面前装傻！

韩筱筱只待了十分钟就离开了房间。欧阳双杰让宋子宽送韩筱筱离开，自己留在了沈冬的房间里。

"沈冬，你到底要怎么才愿意开口？"欧阳双杰问道。

沈冬冷冷地说："我说过我什么都不知道。我喜欢选择什么样的生活方式是我的事情，我当流浪汉也好，做苦力也好都是我的事情。你们警察如果觉得我触犯了法律，大可抓我，否则你们就把我放了。”

“你就不怕我们放了你之后，他们会对你下手吗？”欧阳双杰问。

沈冬摇了摇头：“我真不明白你在说什么。就算你们是警察也不能限制我的自由。”

欧阳双杰无奈地点了点头：“我们没有限制你的自由。只要你不对他人的安全构成威胁，你想去哪里就去哪里，我们不会干涉。”

沈冬笑了笑：“既然这样，我就要走了。我希望你们别再找我，我也不想给你们找麻烦。”说着沈冬就离开了招待所。欧阳双杰让王冲暗中跟着，他确实很担心沈冬的安全。

宋子宽来到了欧阳双杰的身边：“这小子是铁了心。”

欧阳双杰说道：“是我把问题想得简单了，不过他这么做也说明了一点，要么他是受到对方的要挟，要么他就是想替谁隐瞒什么。不管怎么说，找到他也算是一个突破。你去送韩筱筱的时候她有没有说什么？”

宋子宽说道：“没有，从头到尾她都没有说话。”

“刚才她背对着我，你看到她与沈冬之间有肢体上的接触吗？”

宋子宽很肯定地说没有。

“你怀疑他们之间有什么沟通吗？”

欧阳双杰点了点头：“我觉得沈冬可能是在保护韩筱筱，整个案子似乎和这个女人有说不清道不明的关系。韩筱筱刚走，接着沈冬就嚷着要离开，甚至不顾自己的安危，这很不正常。”

“你不是让王冲去盯着了吗？如果他们真有什么接触的话，应该逃不过王冲他们的眼睛。”

欧阳双杰也希望是这样。

半小时后，王冲的电话来了，他告诉欧阳双杰，自己跟丢了！

“什么？跟丢了，你怎么搞的？”很少见到欧阳双杰这样的生气。

王冲吓了一跳：“我一直都盯得很紧的，可是……”

原来走到武岳路口的时候，沈冬就进了一家大超市，那家超市有三个出入口，刚赶上商家做促销，又是周末，人很挤，王冲便把人给跟丢了。

欧阳双杰看了看地图，武岳路距离韩筱筱的住处并不远，当然他们不会蠢到在家里见面，欧阳双杰说道：“增加人手，暗中查一下韩筱筱家到沈冬失踪的超市这段路上的酒吧、咖啡厅以及酒店，一定要设法找到他们。”

欧阳双杰突然有一种不好的预感，自己这一次若是让沈冬再跑掉了，那么这个案子就很可能成了悬案。他也不清楚自己为什么会有这样的感觉，他越来越觉得沈冬是破案的关键性人物。

“一直以来，我们所知道的沈冬都是源于韩筱筱与侯晓松的描述，好酒，爱赌，动不动就家暴，是这样吧？”欧阳双杰问道。

宋子宽用力地点了点头，确实是这样的。

欧阳双杰微微一笑：“这都是真的吗？”

宋子宽愣在原地，他在回味之前与韩筱筱见面的场景。

“走吧，我们去个地方。”

上了车，宋子宽问欧阳双杰去哪儿。欧阳双杰说道：“这些天我让邢娜调查了沈冬和韩筱筱的过去，她找到了一些最初与两人相识的人。去听听他们所认识的沈冬与韩筱筱吧。”

花果园的大型家具市场，邢娜已经等在了那儿。邢娜见欧阳双杰和宋子宽下车，走上前来，打了招呼，把他们带到了一家店里。一个胖老头儿正戴着老花镜在做木工活儿。

邢娜给他们做介绍，老头儿姓秦，沈冬最早就是跟着秦师傅做活儿。很多家庭并不喜欢买成品家具，反倒喜欢自己设计好了请木匠。

“这小子手艺不错，也难为他了，一个大学生，竟然来做木匠。不过他这人没常性，总是三天打鱼两天晒网的。”

秦师傅一开口就让宋子宽瞪大了眼睛：“沈冬是大学生？”

“应该是吧，也是一次大家一起喝酒，喝得多了他才抱怨了几句。捧着大学文凭，谁愿意做我们这活儿。”

“他跟您了多长时间？”

“差不多三年吧，反正断断续续的。来几天，又不来几天。问他呢，就说是玩去了。年轻人玩心重些倒也正常，只是偶尔也会误了我的活儿。只是看在他手艺不错的份儿上，也不好多说他什么。别看他年纪不大，那活儿做起来赶上老师傅了。”

“那么他和他老婆认识的事您应该有所耳闻吧？”

秦师傅抽了口烟：“他倒没说起过，只知道他结婚了，他家是川西农村的，农村结婚都早，他只说不愿意过那样的日子才出来打工的。”

“沈冬在乡下有老婆的？”

可惜秦师傅对于沈冬的了解也不多，甚至连沈冬平时住在哪儿他都不知道。

问及沈冬是不是好酒贪杯、滥赌的时候秦师傅却说：“酒喝一点，但喝得少。他是不赌的，我们经常在一起耍点小钱他都不参与。总之，这小伙子不太合群，像是对谁都防着，可能他的性格就是这样吧。”

邢娜又带他们见了两个曾经与沈冬有过较长时间接触的人，一个是沈冬曾经的房东，另一个是沈冬常去的一家小饭馆的老板，只是那家小饭馆已经关门了。

两人嘴里的沈冬同样充满神秘的色彩，不过两人都不知道沈冬与韩筱筱的事情，倒是那个房东侧面印证了秦师傅说的一件事情，沈冬很可能是个大学生，而且还是学医的。因为房东的女儿也是学医的，一次偶然去沈冬的房间，发现了很多关于医学方面的书籍。当时他们都好奇，一个做活儿的木匠，怎么会看那样的书。

在回局里的路上，邢娜说道：“我认为有必要去一趟沈冬的老家，我怀疑沈冬的身份是假的。”

欧阳双杰点了点头：“这件事情你去办吧，让许霖和你一道去。”

宋子宽说道：“要不这样吧，川西那边我有很多的熟人，让他们去查。你们一来一回，时间上也耽误了。”

欧阳双杰笑了：“是啊，怎么把你这个都城人给忘记了。好，尽快吧。”

宋子宽叹了口气：“你暗中查沈冬的底都不露一声，把我瞒得好苦啊，是不是你早就已经发现什么了？”

欧阳双杰苦笑：“其实一直我都有一种直觉，沈冬的身上应该藏着什么秘密。最初我觉得沈冬或许是知道那些人的事，所以才会逃走。可是细细一想，如果是那样，他为什么不选择报警？假如说他是替韩筱筱考虑，这样一走了之也不是办法，他就不怕那伙人再找韩筱筱的麻烦吗？他失踪之后韩筱筱摆出一副受害者的样子，对他的失踪根本就不关心，反而和侯晓松越走越近，可偏偏侯晓松就死了。你不觉得奇怪吗？”

宋子宽点了点头：“之前我们还猜测侯晓松的死可能与沈冬有关。”

见欧阳双杰进来，殷承基从藤椅上起来，取下了鼻梁上的老花眼镜：“欧阳啊，你来了？”

欧阳双杰微微一笑：“殷教授，这位是我同事，王小虎。”

殷承基看了王小虎一眼：“我们见过。”殷承基招呼他们坐下，师母给他们送了茶水就离开了书房。

欧阳双杰说道：“殷教授这么着急着把我叫来，是不是有什么事？”

殷承基叹了口气：“我是想到一件事情，也不知道对你们有没有帮助。之前你们不是来问过我一个传说吗？就是关于长生不死的那个。我是搞民俗研究的，对易理也有所涉及，但真要说到研究的话，侯甄比我强，他懂的也比我多得多。只是他这个人很低调，很少发表什么学术上的东西。再有是他好像并不喜欢与别人谈及这一类的话题。我和他早年就认识，他这脾气我很清楚。只是我没想到，他竟然会让儿子干这一行。我记得他以前是最瞧不起以此为谋生手段的人的。”

殷承基的话让欧阳双杰和王小虎的心里都十分震惊。欧阳双杰原本以为侯甄就是一个普通的语文教师，不曾想他竟然还有这些背景。可在与他接触的过程中他却绝口不提，甚至还说侯晓松做的那些事情他根本就不懂。

“之前我也没有想过这些，你问我的那件事情，去问问他或许能够给你答案。不过他刚刚死了儿子，不一定有心思接待你们。若不是听说你找过侯甄，我还真没想起这件事。”

欧阳双杰说道：“殷教授，你怎么知道我去找过侯甄呢？”

“那天你和侯甄在街边说话的时候我正好坐车路过，原本我还以为你已经知道侯甄有这本事呢。后来看到他儿子死的报道，又联想到当时他和你说话时那神情，应该不是那么回事。”

离开殷承基的家，王小虎问欧阳双杰：“欧阳，侯甄为什么要对警方故意隐瞒呢？”

欧阳双杰摇了摇头：“他这么做确实让人有些费解。从事这项研究，却又不愿意太多人知道，从这一点来看他的所作所为真有些蹊跷。特别是侯晓松的死，他主动向我提起了‘陈大观’的事情，可是他就像是一个什么都不懂的人一样，没有对这件事情做任何的评论。”欧阳双杰说到这儿，沉默了一会儿，“小虎，你帮我查一件事情，侯晓松死的那个时候侯甄在哪儿。”

王小虎瞪大了眼睛：“你不会是怀疑他杀了自己的亲生儿子吧？”

欧阳双杰苦笑：“如果我说我怀疑呢？”

“为什么？”王小虎问。

欧阳双杰叹了口气：“侯晓松是一个成年人，他有独立行事的能力，对那晚他给侯甄打那个电话我一直到现在都没有一个很好的解释。”

“可是侯甄不是已经解释了吗？”王小虎说道。

欧阳双杰淡淡地说：“他的解释乍一听像那么回事，可是细细一想，他说的关于侯晓松几次‘遇到’那个‘陈大观’的事情太离奇，至少对我来说，他说的这个故事缺乏一种可信度，现在再结合殷教授说的事情，他的解释是不是太单薄了，他应该能够说出更多的东西。”

“所以你怀疑他是在编故事。他知道我们一直陷在‘陈大观’的传说里，所以他故意利用我们的好奇心编造了这么一个故事，目的就是想要误导我们，把我们的侦破引向一个误区？”

欧阳双杰沉重地点了点头。

“可是我还是不相信一个父亲会对自己的儿子下手。”

欧阳双杰一脸的严肃：“当我们排除了所有的不可能，剩下的最不可能的就是案子的真相。所以办案的时候不要用常人的思维去进行判断。你想想，能够近距离一刀刺入侯晓松的胸膛，而侯晓松根本就没有任何的反抗，这个人是不是应该是侯晓松亲近的人，让他根本不会设防的人？”

王小虎点了点头。欧阳双杰又说道：“再回过头来说侯甄接到的那个电话，那个电话有没有可能是侯晓松无意中发现了侯甄的什么秘密，可是他又不太敢确认那个人就是自己的父亲，于是他才打个电话核实一下。而这也正是侯甄会为那个通话编造一段谎言的真正原因。”

王小虎倒吸了口冷气，他觉得欧阳双杰是不是把人性想得太过于残酷了，不管怎么说，侯晓松是侯甄的亲生儿子，一个父亲谋杀自己的儿子，而且还是用那样残忍的手段，这也太耸人听闻了吧？

“我知道，我的这个想法你可能很难接受，但对我而言，它很可能是最接近事实的真相。只是之前我们一直没有怀疑过侯甄。就如你想的一样，一个父亲怎么可能对自己的儿子下手？记得第一次侯甄对我们说起侯晓松最后一次和他通话的时候，他并没有马上说出‘陈大观’的事，而是故弄玄虚，说侯晓松当时见到一个不应该见到的人，其实他这话原本就是半真半假，那个不应该见到的人是谁，或许就是他自己。可是他这么一说，我们首先想到的肯定不会是他，而是沈冬，又或者是韩筱筱！直到后来我又找了韩筱筱，韩筱筱给了我一个启发，最后那个电话提到的人应该是侯晓松相对熟悉的，于是我又去见了侯甄，他才编了那么一个故事。”

王小虎听得有些糊涂了：“刚才你还说你怀疑沈冬与韩筱筱也涉案，现在又怀疑侯甄，你到底真正怀疑的人是谁啊？”

欧阳双杰平静地说道：“我都怀疑，每一个我都怀疑。”

“但是不可能他们都是嫌疑人吧？”王小虎苦涩地来了一句。

欧阳双杰竟然很认真地点头：“当然有可能，所以我让你去查，查侯甄那一晚的行踪。你再查查侯甄与王瞎子他们几人的关系，包括沈冬，只要你能够查出他们之间有关联，那么我想这个案子的很多疑点就能够串联起来了。”

回到局里，王小虎就开始着手调查了。过了没多久，宋子宽和肖远山来到了欧阳双杰的办公室。宋子宽告诉欧阳双杰，王冲重新跟上了沈冬，沈冬果然是寻了个地方与韩筱筱见面了。

欧阳双杰听了这个消息，脸上有了笑容。

“老宋最初从都城来的时候曾经说过他认为这是一起盗卖人体器官案，可是当时我并没不这么认为，我觉得应该是一起连环杀人案，而凶手作案的动机与目的就是为了向我挑战！直到在‘六零五’发现那个简易的手术室，我才想到老宋的看法是对的。只是这起盗卖器官的案子被披上了一层神秘的外衣——所谓的传说。”

肖远山和宋子宽都点了点头。

“现在我们重新来说说那个传说吧。那个传说是谁先传出来的？王瞎子，另外还有刘老三，还有王瞎子的那个师叔，而当时我们对这个行当进行了大规模的排查，其他的人几乎不知道这个传说，就连我省的民俗专家殷承基教授也说从来没有听说过。之后我没少和王瞎子接触，还有他的师叔田子仲，他们都从侧面肯定了这个传说的存在，甚至后来我们还得到一个信息，王瞎子有一个密室，那儿供奉着陈大观的香火。这一切在我看来只能说明一个问题，他们在刻意地让我们相信那个传说的真实性！相信真有一个陈大观存在。”

肖远山说道：“你是说传说和陈大观是杜撰的？”

欧阳双杰叹了口气：“起先我还真相信有这么一个传说。若不是后来听到王瞎子密室里供奉陈大观的香火，我还不会起疑心。”

“为什么？”宋子宽问。

欧阳双杰笑了笑：“画蛇添足。其实王瞎子和我接触的次数不少，他该看出来我差点就相信了传说。为了让我更加信以为真，他利用阿诚的嘴说出密室的事情，他等于是在告诉我，陈大观是存在的，那么传说自然也就是存在的！印证传说的还有刘老三、田子仲！田子仲与王瞎子的关系自不用说了。虽然表面上看他们不和，可是他们之间时有联系，在田子仲主动提出配合警方调查的时候已经表露无遗，他们的关系远比表现出来的要亲密。至于刘老三，阿诚便是联结他们的纽带。倒是阿诚，从头到尾都被师父利用，玩弄在股掌之间。”

欧阳双杰说到这儿，宋子宽插了一句：“既然你说传说的事情是王瞎子他们搞的鬼，那么侯晓松的父亲又怎么会知道？你又为什么说侯晓松是他父亲杀的呢？”

欧阳双杰笑了笑：“别着急，慢慢来，我会把所有的一切告诉你们的。”

林城市局刑警队，欧阳双杰坐在办公室里，王小虎闯了进来：“欧阳，田子仲已经办了签证，看样子想去泰国。”

“那王瞎子呢？”

王小虎说：“王瞎子原本就持有护照，不过暂时还没有动静。沈冬和韩筱筱那边，王冲问要不要先拿下？”

欧阳双杰摇了摇头：“不用，盯紧了就是了。再不能让沈冬脱离警方的视线。倒是田子仲，想办法绊住他；还有王瞎子，绝不能让他离开林城。”

王冲的电话打了过来，沈冬和韩筱筱短暂见面之后就分手了，韩筱筱回了家，沈冬则躲进了一家宾馆。

欧阳双杰拿上外套：“小虎，让你密切关注的那几个人一定要盯好。老宋，咱们走！”

“去哪儿？”宋子宽问道。

欧阳双杰开玩笑地说道：“我们最后再拜访一次韩筱筱。”

欧阳双杰摁了几下门铃，门开了。韩筱筱看到欧阳双杰和宋子宽，她只是点了下头，脸上没有太多的表情：“请进吧。”

招呼欧阳双杰他们坐下，韩筱筱在对面的沙发上坐了下来。她像是算定欧阳双杰会来找自己，低着头，不说话。

“你去见沈冬了？”欧阳双杰开门见山。韩筱筱也不隐瞒，她轻轻地点了点头：“我是见过他，不过他的事情我真的不清楚。”

欧阳双杰说道：“你别紧张，我只想知道你们是怎么约好见面的时间、地点的，你们见面之后到底说了些什么？”

“约见的时间和地点是他在电话里告诉我的。”

“沈冬找你做什么？”

“沈冬问我侯晓松到底是怎么死的。因为警方怀疑上了他，所以他想要给自己洗脱嫌疑。”

欧阳双杰冷笑：“韩筱筱，警方之前是怀疑过沈冬，可是后来就没有怀疑了，侯晓松的父亲也证实了不关沈冬的事情。现在你这么说，莫非沈冬与‘陈大观’团伙有什么关系吗？”

韩筱筱的脸色微微一变，连忙说道：“当然不是的。这是沈冬的原话，我只是转述罢了。”

“沈冬住的宾馆是不是你提前给他订好的？”

韩筱筱愣住了。

欧阳双杰冷冷地说：“你和沈冬见面恐怕说的不只是侯晓松的事情吧。你早就替他把宾馆订好了，你甚至还给他准备了一个假身份。如果我猜得没错，沈冬所谓的失踪完全是一个骗局，而从头到尾你与沈冬都是有联系的，沈冬那段日子恐怕也根本没有离开过林城，而是躲在林城的某处吧。”

韩筱筱没有回答，只是抬眼望着欧阳双杰。

韩筱筱轻声说道：“我真不知道你们说的是什么意思。”

欧阳双杰笑了：“沈冬一直都在林城，你们还经常见面。而你与沈冬之间的关系并不像你所描述的那么不堪，你与侯晓松之间也不像你说的彼此相爱。侯晓松最后为了你还把命给送了。”

韩筱筱的身子明显一颤。欧阳双杰继续说道：“我们已经查到沈冬在林城的那段时间躲在什么地方，他是最近一两个月才离开的林城。而且他是故意泄露自己的行踪。之前我们告诉你，我们找到了沈冬的下落时，你的反应很平静，好像我们能够找到沈冬是理所当然的，因为你知道沈冬也应该要出场了！”

韩筱筱冷笑道：“就算你的猜测都是对的，可是在法庭上能够作为证据吗？”

“猜测确实不能成为证据，想要拿到证据就不是什么难事。你知道‘六零五’职工医院吗？”

韩筱筱脸色大变。欧阳双杰又说道：“你告诉我们沈冬是个小木匠，他曾经在林城做过木匠活儿。只是他做木匠活儿根本就是‘三天打鱼，两天晒网’。因为那根本就不是他的正业，他借此来掩藏自己的真实身份。他也不叫沈冬，至于叫什么我想我们会查出来的。但有一点，他应该有很深的医学背景，甚至还是外科手术医生。”

韩筱筱完全地沉默了，她怎么也没想到，欧阳双杰竟然已经掌握了这么多的情况。

“韩筱筱，你最好还是老实交代吧，坦白从宽。”

韩筱筱望着宋子宽：“我真的什么都不知道。”

欧阳双杰摇了摇头：“韩筱筱，不管怎么说，我想有一点你应该没撒谎，侯晓松对你的感情应该是真诚的。对于侯晓松的死，你就没有一点的内疚吗？”

韩筱筱幽幽地叹息：“我对不起侯晓松，我利用了他的感情。”她说到这儿，突然闭上了嘴，像是意识到自己说错话了一般。她的嘴动了动，却不知道该说些什么。

“你利用他的感情，只有控制住了他，才能够控制住侯甄，我说得没错吧？”

韩筱筱的目光紧紧地盯在欧阳双杰的脸上，满是震惊。

“可是你们没有想到，侯甄远比你们想的还要狠。他为了摆脱你们的控制，竟然狠下心对自己的儿子下手，他亲手杀了自己的儿子，这就逼得沈冬不得不现身了。沈冬是一个谨慎的人，当一切变得不可控制的时候他慌了，他必须要回来，所以他故意让警方查到了他的行踪，利用警方很自然地回到了林城。可是沈冬有一点不能自圆其说，他为什么要玩消失？在见到沈冬之前我曾经想，沈冬是不是因为知道些什么，怕对方对他下毒手才玩失踪的。直到来见你的时候，你提起了沈冬的家人，说沈冬的家人因为沈冬的失踪对你有意见，说是再找不到沈冬就会来林城找你的麻烦。这话你还记得吧？”

韩筱筱微微点了点头。

“可正因为你说起这件事情，我开始对沈冬所谓的失踪产生了怀疑！因为按正常的思维逻辑，沈冬的家人应该在沈冬失踪没多久就应该有所行动的，怎么会一直干等着？为什么迟迟没有行动呢？两种可能：一是他们已经知道沈冬的下落，二是你所说的沈冬家人对你威吓的事情根本子虚乌有！”

韩筱筱脸上有惨淡的笑：“看来我确实说错了话！”

“你说得没错，只是你们的戏做得不够好，既然沈冬有那么厉害的家人，那么如果他的家人真来闹，或许我真就相信了，可偏偏他们并没有出现。”

韩筱筱问道：“就凭这一点，你就怀疑沈冬了？”

欧阳双杰说：“并不是完全怀疑。因为那个时候我还是弄不清楚沈冬到底在整个案子里充当什么样的角色。于是我就让人去查查沈冬的底，你说过和沈冬认识的经过，顺着这些线索，我们对沈冬进行了调查。我们查到沈冬如你所说，确实早些时候当过木匠。老师傅说沈冬的木匠活儿做得很专业，不过他像是并不指着这手艺为生。既然沈冬并不指望以干木匠活儿维持生计，说明他在外面还有其他的营生。刚好我们又找到了沈冬最早在林城的房东，房东说一次她女儿无意中去了沈冬的房间，发现沈冬的房间里竟然摆了好些医学类的书籍，而且对沈冬过去的调查里，我们还获得了一个信息，沈冬竟然还曾经读过大学。我们不难得出结论，沈冬在大学里应该是学医的。”

“当查到沈冬可能是学医的大学生时，我不禁就很好奇了，一个学医的人，为什么要去当木匠？房东的女儿说沈冬的专业书很高深，在她看来那些书是专业的医生才会读的学术论文。也就是说，沈冬在医学方面应该有些造诣了！”

韩筱筱喝了一口水：“那又怎么样？”

欧阳双杰笑了：“偏偏在这个时候我们发现了‘六零五’的秘密，把它们联系起来，一切就都好解释了！”

韩筱筱放下了杯子，那神情很沮丧：“就算那样，你们又怎么能够肯定‘六零五’的背后就是沈冬？”

“第一，沈冬的医学背景；第二，沈冬的失踪时间。这两点，应该不是巧合，还有侯晓松的死，正是侯晓松的死给我们在山穷水尽的时候带来了一缕光明。侯晓松与你的关系成为我联系这全部线索的纽带！林城大学的殷承基教授告诉我一个信息，侯甄是研究易理的老学究。这是一个让我很是振奋的发现。这时，我把所有的珠子串了起来！”

韩筱筱笑了：“可是说到现在仍旧只是你的猜测！”

欧阳双杰收起了笑容：“马上就不是猜测了。因为你会被我们带回到警察局，等我们查到沈冬的真实身份之后我们也会把他控制起来。你到了警察局，就算什么都不说，他们那帮子人也会动起来。无论他们做点什么，都会是最好的证据。”

“你凭什么带我走？”

欧阳双杰说道：“理由很简单，你得配合我们调查‘侯晓松案’。对外我们会说你主动向警方提供线索，寻求警方保护。”

“如果我不跟你们走呢？”韩筱筱说道。

欧阳双杰叹了口气：“你觉得自己有选择吗？我们有权力请你协助调查。在我们觉得有疑点却没有证据的情况下，有权拘留你四十八小时。在这段时间里我想他们应该做出相应的反应了。”

韩筱筱面如死灰，欧阳双杰是在利用自己来引蛇出洞。

“看来你来找我之前就已经想明白了？”韩筱筱轻声问道。

“不然你以为呢？这么容易就让你和沈冬见上了？我是非得让你和沈冬见上一面的，这样才显得你真正和警方有了合作。”

宋子宽这回明白了欧阳双杰来见韩筱筱的真正目的。

众人在欧阳双杰的办公室开会。欧阳双杰接到了王冲的电话，说沈冬与侯甄见面了。

欧阳双杰的脸上露出了笑容，沈冬与侯甄的见面其实早就在自己的预料之中，只是没想到来得那么快，才把韩筱筱带回来，他们就按捺不住了。

“小虎，让你的人盯紧了，估计这帮子人会趁着这两天逃离林城，千万不能让他们跑了。再查查侯甄的私人账户，特别是海外户头，包括王瞎子和田子仲的也好好查查，这些很可能会成为我们的有力证据。”欧阳双杰对办公室里的王小虎说道。

“嗯，我这就安排。”王小虎说。

宋子宽把沈冬的资料送来。“沈冬，原名唐以和，蜀中人，从他曾祖父起，一直到他的父亲都是以做木匠活儿维持生计。唐以和是唐家的独苗，从小就受家里的影响，喜欢鼓捣木活儿，他的学习成绩也非常好，十八岁考入了医科大学临床医学专业，二十三岁毕业，毕业后曾在都城华南医院实习，实习期满后离开了医院。他在实习期内表现很好，医院原本是准备留下他的，是他自己要求离开的。至于他为什么没有留院，医院方面也不太清楚。这个人在医院很低调，话不多，也没有什么朋友。二十四岁到二十六岁这两年的行踪不明。他以沈冬的身份出现在林城，是他二十七岁那年。值得注意的是，他失踪的那两年正好是都城发生那几例诡异命案的时间。”

听完宋子宽对沈冬的介绍，肖远山望了欧阳双杰一眼：“看来对上了。”

欧阳双杰微微点了点头：“嗯，不过都城的几宗案子与林城的很相似。如果那几个案子是沈冬做的，那么那个时候他是不是已经和‘陈大观’的这伙人开始勾结？小虎，查查那几个人那时候谁在都城。”

王小虎点了下头：“好的。”

宋子宽说道：“现在我们应该可以收网了吧？”

欧阳双杰摇了摇头：“证据链还不完整。现在我们只是把脉络给梳理清晰了，可是手里没有实质性的证据。”

“这确实是个头疼的事情，抓人容易，定罪难。要是定不了罪，咱们反而会被动。”

欧阳双杰苦笑了一下：“现在我倒希望他们能够有所动作，可看来他们现在是准备跑路了。不过这个案子倒是还有几个突破口。”

谢欣问道：“哪几个突破口？”

欧阳双杰回答道：“刘老三、韩筱筱，还有蒿顺成，这三个人在我们的手上，此刻他们与外界失去了联系。如果他们其中一个能够开口，就好办得多了。”

开完会，欧阳双杰就和谢欣去看守所。他要再会会刘老三。

刘老三还是那副样子，对于谋杀刘兵的罪行供认不讳，可对其他的事情他绝口不谈。

欧阳双杰轻声说道："刘老三，其实你应该清楚我们为什么一直没把你移交公诉机关。"

刘老三没有说话，一双白眼向着欧阳双杰的方向。

欧阳双杰轻笑一声："看来你确实清楚，不过你觉得这样有意义吗？你与蒿顺成一样，不过是他们的一枚弃子罢了。田子仲、王瞎子已经办好了签证，这两天就要出国了。就在昨天，沈冬也与侯甄完成了最后的交易，两人也会相继离开。到头来，只剩下你和蒿顺成把牢底坐穿。等你出去的时候，你觉得你还能够找到他们，拿到属于你的那一份吗？"

刘老三的身子微微一颤。欧阳双杰看在了眼里，看来自己的话还是起到了一定的作用。

"刘老三，你也算是老江湖了。刘兵不是你杀的，可是最后你和阿诚背了这黑锅。他们在危难的关头，也不会帮你一把。他们一旦出国了，还可能再为了你的事情回来吗？"

刘老三又抽了两口烟，然后把烟头扔到地上："我不明白你说的是什么。"

欧阳双杰叹了口气："真不明白？我问你，你和韩筱筱相比，谁在他们的心目中地位更重一些？可是他们现如今连韩筱筱也抛弃了，沈冬连韩筱筱都不顾了，还顾得上你吗？他们为什么着急要走？因为事情败露了。他们对你和蒿顺成根本就不放心，明白吗？"

刘老三一直没有说话。大概过了五分钟，欧阳双杰才说："想清楚没有？难道你真没有什么想说的吗？"

刘老三抬起头，虽然那双眼睛什么都看不见，却对着欧阳双杰："欧阳警官，我还有机会出去吗？"

欧阳双杰笑了："你触犯了国家法律，该怎么判那是法官的事情。以我掌握的相关法律知识而言，如果你确实有悔过并有立功的表现，法官会从轻判决的。"

刘老三微微点了点头："其实以欧阳警官的智慧，应该早就已经猜到了我和王瞎子之间的关系。"刘老三终于开口了，欧阳双杰一颗悬着的心才放了下来。

"这一点我确实已经想到了，只是还不太清楚具体的情况。"

刘老三叹了口气："我有个癖好，就是收集一些古董，也不全是因为钱，就是爱好。你一定会很奇怪，一个瞎子，怎么有这样的爱好。说来惭愧，我是生下来就瞎的，可我的心里一直渴望自己能够像正常人一样。但是我自己也清楚，我永远都不可能成为一个正常人。于是我就想证明正常人能做的事情我也能做。我开始对古董感兴趣了。玩古董是需要眼力见儿的。我是瞎子，可我要证明给大家看，我人瞎可我的心不瞎，而且玩得比其他的人更好！

“原本我和王瞎子是井水不犯河水的，我们各自在林城做各自的生意，可是在几年前的夏天，刘兵也刚到我那儿，那天我接待一位很特别的客人，这个人给我的感觉有些神经质。他说话倒也正常，可若说他是正常人，他说的那些又让我有些无法理解。也正是那个时候我第一次听到了‘陈大观’这个传说！”

刘老三说到这儿苦笑了一下：“陈大观，长生不死。当时我听了想笑，人生老病死是自然之道，要真有长生不死，那是妖了！可那人偏偏很认真，他要我告诉他具体的办法。我哪知道啊？我就问他，这事情是谁和他说的；谁说的就找谁去，我是不懂的。”

这事过了没几天，刘老三就接到了一个神秘的电话，电话里一个男子问刘老三，对明代的青花瓷器有没有兴趣。刘老三当然有兴趣，不过他也担心对方是骗子，就让那男子把东西带上，然后去他的一个朋友开的古玩店见面。

那男子并没有去，而是让快递公司的人送去一个纸盒子。刘老三的朋友看了一下成色，果然是明青花瓷器，只是不是官窑的，做工也相对粗糙了些，不过对方要的价格很公道，说刘老三若是愿意，就把钱交给那送快递的带回去，就算成交了。

“那瓶子我带了回去，让刘兵给我收好。平心而论，刘兵这孩子很不错，做事情踏实，对我照顾得也很上心，他在我这儿很多事情我都省了心。就在我收了瓶子没几天，那男子又打电话给我，说他手里又有了好货，问我还要不要入手，而且他给我一个优惠的价格。这一次我收了几件青铜器，价格连我自己都想不到，我还真是捡了很大的便宜。”

欧阳双杰冷笑：“看来你是被人一步步地诱进套里了吧？”

刘老三点了点头，叹了口气：“是啊。他们就抓住了我的这点喜好，做了文章。”

刘老三让人给算计了，因为他收的都是赃物。那男人没过几天又来找他，把真实的情况和他说了。刘老三吓了一跳，真正让他害怕的不是买赃物，而是那男人竟然买通刘老三相熟的那家古玩店老板，说刘老三是盗窃这些文物的主使者！

刘老三是个明白人，弄了这么一个套让自己钻，自然是有很强的目的性的。于是他约了那个男人。他和那个男人约见的地方就是他的算命摊儿。令他吃惊的是那个男人竟然也对他提起“陈大观”的传说。刘老三说他根本就没听过那个传说，他也不相信真有那样的事情。

男人说有没有这个传说没关系，说的人多了，假的也就成了真的了。接着那男人便说有件事需要和他合作，可以让他挣大钱。对于钱，刘老三其实没有那么多的需要，可偏偏这次让人家给坑了，只得听话。

那男人给了他一个地址，让他晚上到那地方去，带他见几个朋友。

欧阳双杰问道：“那个男人应该就是沈冬吧？”

“就是他！那晚我就去了那地方，地方很偏僻。不过那男人早早就在门口等着我了，他带我走进了一个屋子，屋里还有三个人！”

刘老三说三个人中他听出了王瞎子的声音，另一个是田子仲，只是第三个人一直都没有说话，从头到尾都没有出过声，只是王瞎子无意中叫过一声大师兄。

“一直到现在我都没有弄清楚那个大师兄到底是谁。”

欧阳双杰皱起了眉头：“你不知道那个大师兄是谁？”

欧阳双杰把侯甄的名字说了一遍，刘老三摇了摇头：“侯甄是谁啊？”

欧阳双杰和谢欣对视了一眼，看来刘老三真不知道侯甄是谁。

欧阳双杰这才告诉刘老三：“侯甄就是侯晓松的父亲，你也不知道侯晓松为什么死的？”

“我知道应该不是那么回事，‘陈大观’根本就不存在，那是他们杜撰的一个传说。我听说过侯晓松与沈冬老婆之间的事情。”

“可杀死侯晓松的人偏偏不是沈冬，而是侯晓松的父亲侯甄！”

“怎么会这样？这个侯甄到底是什么人？听你的口气他好像是个重要的角色？”

欧阳双杰说道：“侯甄就是你刚才说的那个大师兄，从头到尾都没有说过一句话的人。至于他为什么要杀侯晓松，原因很简单，沈冬想利用韩筱筱控制侯晓松，目的自然是为了制约侯甄，他们之间应该在分赃的问题上出现了分歧！”

刘老三沉默了，这么看来，他们把自己当作一枚弃子也不足为奇。

“你知道他们利用这个传说做什么吗？”

“给那些因为身体有疾病或者想要长生不死的人出主意，骗他们的钱！”

“你呢？你没有照他们说的做吗？”谢欣问刘老三。

刘老三摇了摇头：“我那晚就拒绝了。不过他们说了，如果我不照做的话，他们就会把我弄古董的事情给捅出来，最后没办法，我妥协了，我只负责把一些绝望的客人介绍到王瞎子那儿去。他们倒是也答应了，还说该我得的那一份一分钱也不会少我的。”

“说说刘兵的死吧！”欧阳双杰说道。

“其实这都怪我，刘兵这孩子很无辜。有一天我接到沈冬的电话，说找我有点事，我便急匆匆地去了，那时还早，大概七点多钟吧。刚好赶上天气不好，又下起了雨来，刘兵的心实在，怕我挨了雨淋，就拿着伞去追我，刚好看到我和沈冬在路边说话，他就走过来。因为沈冬是背对着他的，没发现，而我这眼睛也看不见，等刘兵出声叫我的时候，我们都吓了一跳。虽然我觉得刘兵应该没有偷听到我们的谈话，可是沈冬担心刘兵已经知道了什么，所以……”

“沈冬为什么着急找你？”谢欣问道。

刘老三说当时沈冬找他是想问问这些天推荐了多少客人到王瞎子那儿去，他想知道一个准数，不过他不愿意在电话里说这事，沈冬一直觉得电话这玩意儿很多时候不一定安全。

“你真不知道沈冬到底是个什么人吗？”

刘老三半天才说道：“我知道，我这人胆子挺小的，都是他们让我这么干的。其实我从内心是不愿意听他们的话的，可是我没有办法！”

欧阳双杰和宋子宽来到了羁押室。韩筱筱的脸色很难看，看来这一夜她并没有休息好。

“韩筱筱，还是不愿意说吗？这可是你最后的机会了。”欧阳双杰望着她，冷冷地说道。韩筱筱斜了欧阳双杰一眼，然后目光就移开了。

欧阳双杰点上烟：“刘老三已经开口了，他把沈冬、王瞎子的事情都说了，你觉得你还能够脱得了干系吗？”

宋子宽在一旁道：“你还是老实交代吧。现在除了你自己，谁都帮不了你。”

韩筱筱咬着嘴唇，欧阳双杰叹了口气：“你以为你不说，我们就拿你没有办法吗？沈冬很快就会被带回来，到时候你说与不说根本就没有任何的意义了。在整个案子里，其实你并没有陷入太深，若是现在回头还来得及。”

韩筱筱像是在思考着什么。宋子宽看了看欧阳双杰，欧阳双杰示意他耐心等等。韩筱筱的双手不停地扭着衣角，她的情绪很不稳定，那疲倦的脸上带着一丝激动。

韩筱筱努力让自己平静下来：“对于他们的事情，我知道得不多。我和沈冬……”

“他好像并不叫沈冬吧！”

韩筱筱愣了一下，然后点了点头：“对，他的真名叫唐以和，他也不是个木匠，他是个医生，只是他并没有真正做过医生。”

欧阳双杰淡淡地说：“看来你知道的也不少！”

韩筱筱低下了头：“这些都是他自己主动告诉我的。他说能和我说的就会和我说，需要钱只要开口他会给我，而我只要听他的话就行了。我一个从乡下来的女人，在林城无依无靠的，一下子有人愿意让我过上衣食无忧的日子，对于我来说是想都不敢想的事情。他很大方，很舍得在我的身上花钱。”

欧阳双杰说道：“你那些所谓的奋斗史都是假的？”

韩筱筱点了点头：“我那美容院其实根本就不赚钱，我也不善于经营，开个美容院就是积累些人脉。”

“你和沈冬的那些事也都是假的？”宋子宽问。

韩筱筱叹了口气：“那些都是他让我这么说的。最初是为了欺骗侯晓松，取得侯晓松的同情与信任，然后他让我迷惑侯晓松，最后他再出面和侯晓松谈，具体他们谈些什么我不知道。但这之后侯晓松好像和他走得很近。不过侯晓松这个人并不像他想的那么好控制。所以后来他们之间闹了些不愉快。”

“那你知道唐以和的钱是怎么来的吗？他做的那些事情你真就一点都不知道吗？”宋子宽问道。

韩筱筱犹豫了片刻：“我知道一些。”

宋子宽问她是怎么知道的，她说有几次唐以和在房间里打电话，像在联系什么业务，她偷听到了。当时吓了她一跳，她没想到唐以和竟然在盗卖人体器官。

于是她就问唐以和，唐以和很生气。她逼问唐以和，为什么要自己去迷惑侯晓松，她的心里其实是爱着唐以和的。唐以和告诉她，侯晓松对自己很重要，是自己的一枚重要筹码。直到唐以和喝醉了，她才问出唐以和与王瞎子、田子仲以及侯甄间的合作。

“其实我也不知道这样能不能挟制侯甄。不过既然他让我这么做，我就做了。侯晓松的死我也曾经问过以和，他不承认，那个时候他在外面，让我自己小心一点，我就没有多问。我一直都很疑惑，到底是谁杀了侯晓松，我怎么都不会想到侯甄会对自己的儿子下手。”

欧阳双杰轻声问道：“你和侯晓松之间的那种感情，我想应该是不存在的吧？”

“他倒很在乎我，不过我确实只是在应付他。同以和相比，他根本就没什么吸引力。可他很单纯，没那么多的花花肠子。他从来没有怀疑过我对他的感情。”

林城国际机场。王瞎子已经过了安检，回头望着安检口，脸上露出了笑容，他喃喃自语：“再见了，林城！”可就在他回过头的时候，看到前面不远的地方正站着两个人冲他微笑。这两个人他都认识，一个是王小虎，另一个是谢欣。

王小虎走上前来：“王瞎子，这是打算去哪儿啊？”

王瞎子尴尬地笑了一下：“原来是王队啊，我出去走走，散散心。你也知道，这段时间发生了太多的事情，这心里堵得慌啊。”

谢欣冷笑道：“不做亏心事，不怕鬼敲门。我看你是亏心事做得太多了，怕遭到报应吧？”说罢，她取出了手铐。

王瞎子早就猜到王小虎和谢欣的来意，他叹了口气：“没想到这一天还是来了。我应该听子仲的，早一点走，现在估计他应该已经离开了吧。”

王小虎耸了耸肩膀：“可能如不了你的愿了。我想回去以后你还有机会再和他见上一面的，不过该是在法庭上！”

王瞎子一惊，他没想到田子仲竟然已经被警方给逮了。

而同一时间，在侯甄的家里，侯甄坐在沙发上，大口地抽着烟。他老伴一直在打扫房间。

“你想知道晓松到底是谁杀的吗？”

老伴愣住了，她紧紧地盯着侯甄，“你什么意思？”

“杀他的人是我！”侯甄那语气很平静。

老伴回过神来，脸色大变，她扑向侯甄，抓住了侯甄的胳膊：“你为什么要这么做？就算他不是你的亲儿子，毕竟他也喊了你二十几年的爸，你为什么要杀他？”

侯甄淡淡地说道：“从某种意义来说，他确实是我的儿子，现在不一样了，有人想利用他来威胁我，留着他只会成为我的累赘，不如死了的好。从我的内心而言，我也不想这样，可是我没有办法，我必须这样。”

妇人望着侯甄，仿佛从来都不认识：“你说这些是什么意思？”

侯甄看了她一眼：“这些年，我做过什么你都不知道？”

妇人的脸色微微一变。侯甄笑了：“其实你知道的，只是你不说，你不愿意说，也不敢说，你怕会影响到你的儿子。只是你没想到，你儿子还是死了，而且是我亲手杀的！”

这时楼下响起了警车的警笛声，侯甄走到窗前：“该来的总算来了。你要是不想惹麻烦，就像之前那样，装作什么都不知道。”

妇人瘫坐到了沙发上。警察上来了，把侯甄给带走了，妇人终于哭出了声来。

与此同时，在林城客运总站，欧阳双杰和宋子宽截下了正准备上车的沈冬。

“唐以和，准备去哪儿啊？”欧阳双杰面带微笑地问道。

唐以和垂下了头，没有说话，双手并到一起递了出来；宋子宽给他戴上了手铐。

被带上了车，唐以和叹了口气：“看来我还是低估了你们的能力，我早该远走高飞了。”

欧阳双杰淡淡地说道：“走？你觉得你能够走到哪儿去？就算你不回林城，你也一样难逃法网！”

两天后，林城市局召开记者发布会，宣布破获了一个大型的人体器官盗卖团伙。

审讯室里，欧阳双杰望着侯甄：“说说吧，唐以和是为了牟利。你是为了什么？”

“我现在很想知道你们都查到了些什么？”侯甄不屑地说道，“是不是还在想着那个传说呢？”

欧阳双杰看着眼前毫无悔意的侯甄，对那些无辜死去的人感到痛心。虽然犯罪分子都被缉拿归案，但逝去的生命终归不能复活。

欧阳双杰点了一支烟，坐在侯甄的对面，眼睛一直盯着他。这是他的习惯。他想从侯甄的脸上看到恐惧、悔恨，可是他并没有看到，他看到的是得意与不屑一顾。

“你准备什么时候开口说话？”侯甄忍不住问道。

“等你想说的时候！”欧阳双杰平静地说道。他知道侯甄早晚会沉不住气的。

“我想说的可能超过你们的想象，所以我并不愿意告诉你们，免得你们惊吓过度！”侯甄抬头死死盯着发出白光的灯，一直没有眨眼。有一瞬间，欧阳双杰觉得他是一个精神病患者。

“所有的一切都是你伪造的！对吧？”欧阳双杰吐出一口烟，幽幽地说道，“你欺骗了所有的人！”

侯甄的脸上闪过一丝惊讶，但很快又恢复了平静。他想，这是欧阳双杰在诈自己，绝对不能上当。

欧阳双杰坚定地说道，“我是个人民警察，怎么可能相信你编造的传说？你夺走了那么多无辜的生命，我想知道你究竟是为了什么？”

侯甄选择了沉默，也许是已经意识到一切都已经无法挽回，所以他想一直保持沉默。

见侯甄沉默不语，欧阳双杰继续说道：“你编造那样一个传说，原本是为了欺骗一些迷信算命的人，让他们充当你们的棋子。但你让王瞎子把那个传说抛给我们，算是聪明反被聪明误了。你以为我们的破案思路会被误导，但实际上我们警方对算命先生这一群体的关注始终没有松懈。所以当韩建设事发之后，我就觉得他背后一定还有黑手，一定是有人教唆他。于是我们就顺理成章地展开了对算命先生的调查。当然，你并不是算命先生，你当然可以安稳地躲在幕后，但你的儿子侯晓松却处在我们的关注范围之内！所以他的死亡顺理成章地把你带到了我们的视线当中。而你编造的侯晓松的死因和他见到陈大观的种种谎言，经不起我们警方对侯晓松的全面调查！你想将杀死侯晓松的罪名转到别人身上，但你别忘了，沈冬，也就是唐以和，是整个案子里非常关键的人物，你主动把他推出来，不是自作聪明吗？沈冬虽然躲了起来，但他能逃脱我们的法网吗？！只要把他调查清楚，再加上在郊区工厂的重大发现，你以为这些证据还不足以将你们绳之以法吗？！说，你所做的这一切都是为了什么？”欧阳双杰的语气很严厉，他要为死去的人讨个公道。

“能为了什么？说破天也就是为了钱，利欲熏心哪！”侯甄终于说了出来，“我操作了整个谜局，就是为了钱。我和他们一直都有联系，他们会定期将钱打到我的银行账号上。”

“你要这么多钱干吗？”欧阳双杰愤怒地说道。

侯甄将头低了下去，眼睛一直望着桌子上的烟，平静地说道：“你一直都抽烟吗？”

“一直都抽，怎么了？”欧阳双杰对他的反应有些不知所措，只得顺着他的思路，从桌上的烟盒里掏出一支烟递给他。侯甄看着烟，又抬头看着欧阳双杰，摇摇头。

欧阳双杰似乎明白了，他问道：“你真的得了绝症？！”

侯甄无力地点了头。他怕死，他想活着。当得知自己患了癌症以后，他整整一晚上都睡不着觉，他觉得不公平，为什么他这么倒霉。但是他无力改变这样的事实。他想到报复社会，可是这样不能治好他的病。他需要钱，需要很多钱来治好他的病。于是他编织了那个邪恶的传说，笼络了一群算命先生参与到他的罪恶计划之中，然后又和唐以和勾结，让他们去执行具体的犯罪。而他自己深藏在幕后，只管收取钱财。

“你所做的一切都是因为想治好自己的癌症？！可那些无辜的人，她们的生命就应该被剥夺吗？”欧阳双杰更加气愤地说道。

“你根本不知道面对死亡是什么感觉？那种绝望和挣扎是你们普通人永远都不会明白的！”说完侯甄哭了，他低下了头，将整个脸深埋进臂弯里。

过了很久欧阳双杰才问道：“侯甄，给我发短信的人是你吗？”

侯甄“啊”了一声，瞪大了眼睛，然后摇了摇头：“我可没那么疯狂！”

欧阳双杰皱起了眉头，那这个人又是谁呢？

不过侯甄接下来的话却是个转折：“难道是他？！”

欧阳双杰问道：“谁？”

侯甄苦笑："侯晓松！"

"怎么会是他呢？"欧阳双杰有些不解。

侯甄说道："他好像知道些什么，不过他并不知道我与这些事情有关系。我想他应该是从韩筱筱那儿探听到了什么。晓松是个聪明人，反倒是唐以和那笨蛋小看了他。"

欧阳双杰说道："他为什么要那么做呢？"

侯甄望着欧阳双杰忍不住笑了："为了韩筱筱他什么事情都做得出来。只要把唐以和送进去了，韩筱筱不就是他的了吗？"

"好了，再说说你为什么要杀侯晓松吧？"

侯甄想了想说道："那晚我并没有想杀他，我也不知道会见到他，是唐以和把我约到那儿去的。后来我想了想，应该也是唐以和约他去的。他为了那女人一直想找到唐以和，把这件事情说清楚，可偏偏那晚去的人根本就不是唐以和，而是我。当时我先看到了他，我马上就反应过来是怎么一回事了。于是我就准备躲开，不料他的眼很尖，竟然看到了我。原本我以为说两句谎话就能够把他应付过去，谁知道他一下子就猜出了我与唐以和有关联。我知道唐以和是想用晓松来威胁我。他不知道，我和晓松名义上是父子，可他不是我亲生的。所以为了守住我们的秘密，为了我能继续活下去，我没有别的选择！"

欧阳双杰知道，侯甄的心灵已经严重地扭曲了，从病理上说，他已经有了严重的妄想症。侯甄不希望自己的秘密被侯晓松知道，于是杀了侯晓松。

王小虎坐在唐以和的对面，他和谢欣审问唐以和。

"都城的案子也是你做的？"

唐以和点了点头："是的。"

"为什么从医大毕业后只实习一年就没有再从事医务工作了？"谢欣问道。

唐以和冷笑："我学医原本就没打算做医生，一开始我就准备干这个。"谢欣与王小虎面面相觑。

"去医院实习只是想让自己有实际的操作经验。在医院那一年，我学了怎么动刀，至于看病，我几乎没怎么学，只是应付了两下。"

这又是一个疯子！

王小虎问道："为什么要选择林城作为作案的地方？"

"都城那边待不下去了，姓宋的警察好像查到了什么，之前侯甄帮过我，我自然到林城来找他了……"

经过一个晚上的审讯，案子终于水落石出了。

宋子宽、王小虎、谢欣聚到欧阳双杰的办公室里。王小虎对宋子宽说道："老宋，是不是准备要回去了？"

宋子宽笑道："是啊，这一回学了不少的东西。"

欧阳双杰拍了拍他的肩膀："没事，以后也许还有机会走到一起。回去以后好好休息吧，明天不知道还有什么样的案子等着我们呢。"